中共柳州市委宣传部
柳州日报社
编

人民需要什么，我们就造什么

广西教育出版社
南宁

图书在版编目（CIP）数据

人民需要什么，我们就造什么 / 中共柳州市委宣传部，柳州日报社编 . -- 南宁：广西教育出版社，2022.11

ISBN 978-7-5435-9223-0

Ⅰ. ①人… Ⅱ. ①中… ②柳… Ⅲ. ①新闻报道 – 作品集 – 中国 – 当代 Ⅳ. ① I253

中国版本图书馆 CIP 数据核字 (2022) 第 206802 号

策划编辑：孙华明　　责任编辑：孙华明
装帧设计：李浩丽　　责任技编：蒋　媛

RENMIN XUYAO SHENME
WOMEN JIU ZAO SHENME

出　版　人：石立民
出版发行：广西教育出版社
地　　　址：广西南宁市鲤湾路 8 号　邮政编码：530022
电　　　话：0771-5865797
本社网址：http://www.gxeph.com
电子信箱：gxeph@vip.163.com
印　　　刷：广西壮族自治区地质印刷厂
开　　　本：787mm×1092mm　1/16
印　　　张：23.25
字　　　数：350 千字
版　　　次：2022 年 11 月第 1 版
印　　　次：2022 年 11 月第 1 次印刷
书　　　号：ISBN 978-7-5435-9223-0
定　　　价：68.00 元

（如发现图书有印装质量问题，影响阅读，请与出版社联系调换。）

编委会

主　　编：周海洋　吴怀辉

副 主 编：李　斌　周　全

参加编写人员：闫友明　刘　旭　杨绣文
　　　　　　　郭　音　梁思思　陈园方

前 言

江山就是人民，人民就是江山。共产党打江山、守江山，守的是人民的心，为的是让人民过上好日子，让人民生活幸福是"国之大者"。

2021年4月26日，习近平总书记来到广西柳州考察，对广西柳工集团有限公司制造的大国重器和"网红"美食柳州螺蛳粉给予高度评价。2022年10月17日，习近平总书记参加党的二十大广西代表团讨论，与柳州工人郑志明代表真情对话，充分肯定产业工人在中国制造中的作用，强调"真正在添砖加瓦建设中国特色社会主义现代化强国大厦的人，他们都是值得我们尊敬的"。

工业和美食，"一重一轻"，为国为民。

从上汽通用五菱汽车股份有限公司在新冠肺炎疫情最吃紧的时候组织生产口罩提出"人民需要什么，五菱就造什么"，到中国共产党柳州市第十三次代表大会提出"人民需要什么，我们就造什么"，柳州坚持以人民为中心的发展思想一以贯之，以百姓心为心的为民情怀愈益彰显。

此间自有千钧重，"人民"二字重千钧。"人民"始终深深镌刻在新时代新柳州建设的"惊奇答卷"上。鉴于此，我们顺势策划推出"人民心——人民需要什么，我们就造什么"大型系列报道，讲述人民重如山的100个柳州故事。

党的十八大以来，柳州坚持以习近平新时代中国特色社会主义思想为指导，深入实施"实业兴市，开放强柳"，牢记嘱托、感恩奋进，大力弘扬"闯"的精神、"创"的劲头、"干"的作风，全面加强党的建设，决战决胜脱贫攻坚，众志成城抗击疫情，加快转型升级步伐，统筹城乡协调发展，提升生态宜居品质，深入推进改革开放，日益增进民生福祉，用历史性成就诠释了坚定如磐的初心——人民需要什么，我们就造什么。

《人民需要什么，我们就造什么》一书，集结了一辆车、一碗粉、一江水、一朵花、一叶茶、一片林、一套房、一部剧等100个"一"，用第一人称的写法，以小见大，点面结合，串起100个典型人物的故事，最终构成了工业振兴、乡村振兴、改革创新、文化建设、社会发展、生态文明六大篇章。该书全面反映了工业振兴的柳州气息、乡村振兴的柳州气质、改革创新的柳州气魄、文化建设的柳州气派、社会发展的柳州气象、生态文明的柳州气色，全面展现了一辆车风行全球、一碗粉红遍天下、一江水冠绝群城、一朵花紫气东来等柳州推进高质量发展创造的惊奇。

在中国共产党第二十次全国代表大会胜利召开之际出版该书，是为了在这个特殊的年份给人留下深刻的印记，给人以继续前行的磅礴力量。让我们品着一卷书香，踏着历史足迹，紧跟伟大复兴领航人踔厉笃行，一起向未来！

中共柳州市委宣传部
柳州日报社
2022年10月

目录

一 工业振兴

- 001　一辆车：千万锤成一器　　　　　　　　　/闫友明　荣瑶　3
- 002　一块钢：百炼中淬成金　　　　　　　　　/宋美玲　朱柳融　7
- 003　一重器：新"智"造挺脊梁　　　　　　　/韦斯敏　11
- 004　一根索：威力缆显身手　　　　　　　　　/荀诗媛　16
- 005　一基地：新模式开先河　　　　　　　　　/谢耘　20
- 006　一个展："市场链"释红利　　　　　　　/黄慧妮　24
- 007　一"巨人"：新方阵露头角　　　　　　　/荣瑶　27
- 008　一根纱：小服装振辉煌　　　　　　　　　/江宏坤　31
- 009　一个桩："充电宝"蓄动能　　　　　　　/张威　35
- 010　一根丝：精细化创纪录　　　　　　　　　/朱柳融　38
- 011　一名匠："柳州造"铸技魂　　　　　　　/韦斯敏　41
- 012　一朵"云"：联工业促转型　　　　　　　/韦斯敏　44
- 013　一"果实"：控制器强链条　　　　　　　/闫友明　荣瑶　47
- 014　一碗粉：品牌化闯天下　　　　　　　　　/吴祉婧　黄慧妮　51

- 015　一片药：拾瑰宝传精华　　　　　　　　　　　　　/ 荀诗媛　55
- 016　一配方：小牙膏立潮头　　　　　　　　　　　　　/ 朱柳融　58
- 017　一班列：新通道拓市场　　　　　　　　　　　　　/ 粟桂利　61
- 018　一案例："朋友圈"扩四方　　　　　　　　　　　/ 韦斯敏　64

二　乡村振兴

- 019　一颗螺：特色路兴产业　　　　　　　　　　　　　/ 文鑫豪　71
- 020　一根笋：产业林富口袋　　　　　　　　　　　　　/ 文鑫豪　74
- 021　一粒种：试验田育"芯片"　　　　　　　　　　　/ 范桢　李俊　77
- 022　一食材：长豆角搭快车　　　　　　　　　　　　　/ 黄蕊　韦苏玲　80
- 023　一顿餐：免费里藏大爱　　　　　　　　　　　　　/ 覃珩　83
- 024　一颗桔：金灿灿向振兴　　　　　　　　　　　　　/ 覃珩　86
- 025　一把葱：绿成"金"富一方　　　　　　　　　　　/ 朱柳融　90
- 026　一群"雁"：铆干劲促振兴　　　　　　　　　　　/ 范桢　付华周　93
- 027　一根蔗：高产量酿甜蜜　　　　　　　　　　　　　/ 江宏坤　文鑫豪　96
- 028　一节藕：产业链连幸福　　　　　　　　　　　　　/ 朱柳融　100
- 029　一包糖：甜产业润心田　　　　　　　　　　　　　/ 周枳伽　104
- 030　一颗籽：油茶树发"新芽"　　　　　　　　　　　/ 文鑫豪　107
- 031　一个村："小缩影"映振兴　　　　　　　　　　　/ 文鑫豪　110
- 032　一叶茶：绿产业释潜力　　　　　　　　　　　　　/ 覃珩　113

033	一仓粮：米袋子更充实	/文鑫豪 117
034	一池水："幸福泉"甜在心	/宋美玲 121
035	一桑蚕：好日子破茧出	/陈粤 124
036	一株草："救命药"能致富	/朱柳融 127
037	一根木：深加工正起势	/朱柳融 130
038	一篮菜："柳产牌"保供给	/文鑫豪 134
039	一新貌：村面容提"颜值"	/李书厚 137

三 改革创新

040	一个码："健康云"通民情	/宋美玲 143
041	一张票：消失中见情怀	/李劼 146
042	一枚章：改革路勇向前	/李华 谢耘 150
043	一扇"窗"：幸福感暖人心	/吴祉婧 154
044	一弯"月"：新举措保平安	/帅君 157
045	一个"园"："教产城"有活力	/张婷婷 160
046	一片光：公益心连民情	/宋美玲 164
047	一盏灯："护航星"照前路	/蔡婉君 167
048	一条链：大招商活棋局	/黄慧妮 170
049	一个"港"：新通道连中外	/朱柳融 173
050	一本证：新改革助融资	/江宏坤 177

•051	一礼包：新医改释红利	/宋美玲	180
•052	一中心：大"乐园"托养老	/周仟仟	183
•053	一扇"门"：进出口更便捷	/粟桂利	186
•054	一双"眼"：大天网护平安	/帅君	189
•055	一网络："双千兆"赋新能	/李斌	192
•056	一试点："科创力"添动能	/荀诗媛	195

 四 文化建设

•057	一书屋：知识库富脑袋	/范桢 宾孔玲	201
•058	一座城："金名片"续历史	/李书厚	204
•059	一朵"莲"：古遗址放光芒	/周枳伽	207
•060	一名录：妙技艺耀神州	/黄慧妮	211
•061	一首歌：沃土上声飞扬	/文鑫豪	214
•062	一个节：水文化展魅力	/韦斯敏	217
•063	一个馆：存记忆续文明	/谢耘	221
•064	一方砚："千年石"续文脉	/叶露婷	225
•065	一支舞："文化棒"接力传	/朱柳融	228
•066	一栋楼：老建筑见巨变	/李书厚	232
•067	一农都：战时魂传薪火	/韦斯敏	235
•068	一部剧：致青春展芳华	/周枳伽	238

- 069　一群"贤"：好家风促清廉　　　　　　　　　　　　／李俊 242
- 070　一遗产："老面孔"新模样　　　　　　　　　　　　／韦斯敏 245

五　社会发展

- 071　一条"线"：新起航向前方　　　　　　　　　　　　／吴祉婧 251
- 072　一叶舟："志愿红"托善举　　　　　　　　　／朱柳融　周仟仟 254
- 073　一抹绿：自行车载健康　　　　　　　　　　　　　／李书厚 257
- 074　一张网：新治理解百忧　　　　　　　　　　／雷媛媛　吴晓娴 260
- 075　一古镇：燃夜色旺产业　　　　　　　　　　　　　／荀诗媛 263
- 076　一面旗："火焰蓝"护平安　　　　　　　　　　　　／朱柳融 267
- 077　一个号："连心桥"通民心　　　　　　　　　　　　／李斌 270
- 078　一个圈：消费观促升级　　　　　　　　　　　　　／黄慧妮 273
- 079　一套房：安居梦遂心愿　　　　　　　　　　　　　／李书厚 277
- 080　一公园：运动场强体魄　　　　　　　　　　／覃科　韦苏玲 281
- 081　一村医："守护人"为民康　　　　　　　　　／周仟仟　韦苏玲 285
- 082　一纪录：好环境育主体　　　　　　　　　　／宁静波　韦苏玲 288
- 083　一杆秤：守公平护正义　　　　　　　　　　／覃珩　张婷婷 291
- 084　一座桥：发展路变通途　　　　　　　　　　　　　／李书厚 294
- 085　一条路：连万家通幸福　　　　　　　　　　　　　／吴祉婧 298
- 086　一楼长："小管家"筑和谐　　　　　　　　　　　　／张威 302

- 087　一个乡："同心舟"驶远方　　　　　　　　　　/ 文鑫豪　305
- 088　一条心："团结花"齐绽放　　　　　　　　　　/ 覃珩　308

 六　生态文明

- 089　一朵花：同心瓣溢馨香　　　　　　　　　　/ 李华　周枳伽　315
- 090　一江水："母亲河"长清流　　　　　　　　　　/ 粟桂利　322
- 091　一张"图"：发展快留记忆　　　　　　　　　　/ 张捷　326
- 092　一方石：美韵味蕴品位　　　　　　　　　　/ 范桢　330
- 093　一部法："利牙齿"护清流　　　　　　　　　　/ 李俊　333
- 094　一样本："年轻态"更健康　　　　　　　　　　/ 张捷　336
- 095　一氧吧："大绿肺"焕生机　　　　　　　　　　/ 宋美玲　339
- 096　一片林：优质树育生态　　　　　　　　　　/ 文鑫豪　342
- 097　一棵树：精细化护"古董"　　　　　　　　　　/ 覃珩　345
- 098　一座山："美符号"延文脉　　　　　　　　　　/ 宋美玲　349
- 099　一民约：实治理育新风　　　　　　　　　　/ 朱柳融　354
- 100　一条道："最美路"释红利　　　　　　　　　　/ 张捷　357

一 工业振兴

时代风云变幻，初心坚如磐石。我们埋下头，筑牢柳州的"根"和"魂"。"实业兴市，开放强柳"，言简意赅却力量无穷。这是柳州立市最大的依仗和特色，是柳州市坚持用工业化理念、产业链思维谋划发展，推动工业高质量发展的旗帜。

001 ▶ 一辆车：千万锤成一器

/ 闫友明　荣瑶 /

> 汽车行业是市场很大、技术含量和管理精细化程度很高的行业，发展新能源汽车是我国从汽车大国迈向汽车强国的必由之路，要加大研发力度，认真研究市场，用好用活政策，开发适应各种需求的产品，使之成为一个强劲的增长点。
>
> ——习近平

人物：邵杰，柳州人，浙江大学材料学博士，上汽通用五菱汽车股份有限公司技术中心智能平台首席技术官兼电动化总监。记者见到邵杰，是在宝骏基地。他眉目端庄，戴着眼镜，文质彬彬，富有生气，正与电池研发团队专注地探讨问题。正是他，抟心揖志，心无旁骛，带领团队自主研发，冲云破雾，掌握电池、电驱、电控等关键核心技术，在行业内名列前茅。

"眼纳千江水，胸起百万兵。"这句话，烙在我心，印在我行——开眼看世界，闭眼思"神车"。

从"0"到"1"，从"1"到"N"……宝骏小E、宏光MINI EV等新能源"神车"，你方唱罢我登场。中国奏响最强音，世界发出惊叹声。

我不是一个人在战斗。平均年龄28岁的团队，万山磅礴中的主峰。他们专心致志，朝乾夕惕，千万锤成一器。

时代脉搏跃动，新能源汽车蓄势待发，给人一种催人奔跑的感觉。我与毕业于天津工业大学的蔡德明等团队队员，在感觉中寻找"感觉"。蔡德明来自北海，思维像海一样活跃和宽广。我们吃饭、睡觉都想着新能源汽车，无

上汽通用五菱新能源总装车间,工人在生产线上忙碌

人民需要什么,我们就造什么

数个"新能源"填充了我们的脑子,似乎在催促我们:"年轻人,你们必须跑起来,跑好新能源汽车研发的'第一棒'!"

做一款什么样的新能源汽车呢?哪些人会买这类车?绝知此事要躬行!

2014年7月,天气炎热。"一辆、两辆、三辆……"十人团队两三个人一组,每天上下班时间在双冲大桥、柳江大桥、壶西大桥,数着穿梭不息的过往车辆。

从茫茫大数据中,我们得出"双80"结论:80%的车辆,上下班时最多乘两人;80%的司机,开车出行距离不超过30公里。基于这个结论,我们描绘出第一款新能源汽车的雏形——一款两座小车。当时,新能源汽车还处于萌芽和起步阶段,配套体系不成链条。打造完整的产业链条,谈何容易!

世上无难事,只怕有心人。最终,在电池、电机、充电设施供应链方面,"卡脖子"难题如愿破解。赵奕凡是破解难题的"主攻手"。他从武汉理工大学博士毕业后,就进入上汽通用五菱,研发新能源汽车。他带领团队冬跑东北、夏下海南,完成了各项测试。

千呼万唤始出来。2016年,终生难忘的一年——广西首款新能源汽车宝骏E100应运而生。我们欢呼雀跃,自豪暖流涌心头。这款汽车的使用成本是汽油车的五分之一,2017年上市后迅速成为"网红"。认识—实践—认识……通过多次循环验证,新能源汽车渐入寻常百姓家。

曹宇就身在循环中。他毕业于浙江大学,在上汽通用五菱从事新能源汽车研发,孜孜不倦。

春江水暖鸭先知。2016年9月,他和团队伙伴共同策划免费体验活动,用3000辆新能源汽车与市民亲密互动。历时8个月,体验活动画上句号。他又钻进"句号",寻找答案。众里寻他千百度,蓦然回首,那人却在灯火阑珊处——真正买新能源汽车的,其实家里基本都有一辆汽油车。我们茅塞顿开:打造生态,上市冲刺!

上下同欲者胜。创新律动,带动政企联动。新能源汽车推广应用柳州模式,如一束光芒,喷薄而出。全国首个充电设施行业标准呼之欲出。柳州成为全国乘用车电动化率第一的样板城市。

模式的"惯性效应"越发显现。我的笔记本上，有一组数字：建成新能源示范点229个，充电插座1.3万余个，上汽通用五菱GSEV全球小型纯电动平台产品累计销量超70万辆，累计实现减少碳排放超5亿千克。我在数字下面画了两条杠，告诉人们：小车身也能为世界贡献大力量。

在发展新能源汽车过程中，我们打通了"八条路"：用户认知路、配套设施完善路、技术人才成长路、车辆性能提高路、政企联动路、以点带面推广路、服务提质路、发展方向转型路。

"人民需要什么，我们就造什么"，这不只是口号。我们的团队坚持以人民为中心的发展思想，植根中国土壤，带动新能源汽车产业链扩容升级，"出海网鱼"，亮起"中国红"，让世界有了"我的模样"。

○ 后 记

我有一个梦，涌动在心里，扎根生命中。我的团队正心手相牵，一路向前，一以贯之，立足神州向世界，领航世界看神州，把"人民需要什么，我们就造什么"的梦想，一个个落在新能源汽车的高质量发展上，一个个刻在我国从汽车大国迈向汽车强国的新征程上。

002 ▶ 一块钢：百炼中淬成金

/ 宋美玲　朱柳融 /

> 要增强"四个自信"，以关键共性技术、前沿引领技术、现代工程技术、颠覆性技术创新为突破口，敢于走前人没走过的路，努力实现关键核心技术自主可控，把创新主动权、发展主动权牢牢掌握在自己手中。
>
> ——习近平

人物：袁勤攀，中共党员，高级工程师，广西柳州钢铁集团有限公司技术中心工艺技术科副科长，柳钢集团供港珠澳大桥建设用钢项目团队核心研发人员。他身材壮实，与钢"共舞"多年。在冬日暖阳映照下，他与同事正在进行中厚板超快速冷却技术的研究与应用。遇到争议，他淡定自若，翻阅资料，让数据"发言"。

"遗憾！港珠澳大桥开通3年多，我都没能去瞧瞧。这座世界最长的跨海大桥背后，珍藏着我和同事们勇攀技术高峰的奋斗时光。"

时光回到2014年。有一天，技术中心接到一笔港珠澳大桥建设用钢的订单。看到备注上的字时，我差点跳了起来，"全球顶尖的工程建设，要用我们产的钢材"。

仔细看订单要求，我的心情又忐忑起来。项目要求建筑钢材表面零缺陷、探伤100%合格、抗震强度高于国标，交货期仅有10天……要知道，国标允许钢材表面存在6%的缺陷，按正常流程生产钢材的交货期也在1个月以上，订单的要求可谓严苛。

要"摘"这个"果子"，柳钢真得"跳起来"！

"跳起来也要摘！"面对挑战，柳钢集团给出肯定的答案。

一场为荣誉而战的技术攻关就此开始：公司抽调了11名业务骨干，组建了研产销一体的团队，为项目提供"保姆式"服务。当时，还不到30岁的我以集团技术中心研发科副科长的身份入选。我暗下决心：要大干一场！为使首批热轧板卷顺利交付，我们开了无数次研发会议。经过多次试制，产品终于小批量试制成功。

生产时，我和同事几乎在厂里安家。压力最先落在了在项目中把控炼钢技术指标、时任技术中心板材开发科科长的杨跃标的身上。他是东北大学钢铁冶金专业的研究生，当年29岁，已经是先进钢铁产品研发的佼佼者了。

要是杨跃标负责的坯料没搞好，我负责的轧钢环节就"没米下锅"。发际线已经老高的杨跃标，摸着头对我说："我这发际线呀，又得后移了！"

白天黑夜，杨跃标都蹲在生产线，紧盯各个生产环节，把"米"给我准备好。轮到"下锅"时，我更加不能掉链子。

当时在热轧厂一线对接的技术员赵忠云刚大学毕业两年。别看他还懵懵懂懂的，做事积极着呢，经常跟着我们熬夜加班。后来赵忠云说，他还记得很多次下班走出厂门时，天都蒙蒙亮了。

大家的这股拼命劲，让第一批热轧板卷顺利下线了。当时厂里没有在线表面检测仪，检测全靠两只眼睛。顶着七八月的高温，我和质量部产品管理科技术员陈拥军一手拿着手电筒，一手阻挡着200℃的热轧板卷散发的热气，仔细查看钢卷表面是否存在缺陷。

"这里有一条疑似裂纹！""火眼金睛"的陈拥军发现了问题，我的心顿时悬了起来。如果这条"裂纹"是质量问题，就得重新生产，影响交货进度。大家对是否要重新下料生产争论不一。

争论面前，我只相信事实和数据。重新核对研发、生产各环节的数据，对宏观力学和微观组织进行研究后，我们发现这条"裂纹"其实是坯料在高温下轻微摩擦氧化后留下的痕迹，并不是裂纹。

① 在柳钢集团热轧厂里,"新鲜"出炉的钢材带着温度向前进

② 柳钢集团热轧厂里的集装箱板

③ 在柳钢集团冷轧厂成品库房,工人行走在绿色包装的成品钢材间,对成品钢材进行检查

我悬着的心终于放下，1000多吨热轧板卷成功交付。

这次保质保量、准时交货后，港珠澳大桥项目订单纷至沓来。面对后续品种繁多、尺寸各异的订单，我的内心不再忐忑，取而代之的是从容。

5.23万吨，港珠澳大桥建设用钢总量的八分之一源自"柳钢造"！

我们为大桥建设项目攻克的各项技术难题，也为柳钢集团参与大藤峡水利枢纽、平潭海峡公铁大桥等"国字号"工程建设提供了强有力支撑。其中，微合金化高性能管线钢关键技术还获得了2019年度广西科学技术奖科学技术进步类三等奖。

逝者如斯夫，不舍昼夜。我见证并参与了柳钢集团的高质量发展。如今，柳钢集团已发展成为利润破百亿元、营业收入破千亿元的现代化钢城，正朝着世界500强的目标迈进。

○ 后 记

"昨天靠创新'起家'，今天靠创新'成家'，明天还要靠创新'发家'。"这句话让我记忆犹新。苟日新，日日新，又日新。在"一块钢"高质量发展征程中，我和同事将以"亦余心之所善兮，虽九死其犹未悔"的豪情，把创新当使命，视创新如生命，抓创新像拼命，牢牢把创新主动权抓在手上、扛在肩上、放在心上，推动柳钢集团发展越过一山、跨过一峰。

003 ▸ 一重器：新"智"造挺脊梁

/ 韦斯敏 /

> 制造业高质量发展是我国经济高质量发展的重中之重，建设社会主义现代化强国、发展壮大实体经济，都离不开制造业，要在推动产业优化升级上继续下功夫。只有创新才能自强、才能争先，要坚定不移走自主创新道路，把创新发展主动权牢牢掌握在自己手中。
>
> ——习近平

人物：蔡登胜，教授级高级工程师，广西柳工机械股份有限公司副总工程师、全球研发中心智能技术研究院院长。他容貌清癯，鬓角夹杂几根白发，一副无框眼镜后面，目光炯炯，神情坚毅。谈起柳工产品由"制造"向"智造"的发展之路，他指着一旁的无人驾驶挖掘机和无人驾驶装载机，打开了话匣子。

自强不息，止于至善。这是我在柳工工作30年来所感受到的柳工发展之"魂"。

2021年4月26日，习近平总书记视察柳工并发表重要讲话，这是载入柳工史册的高光时刻。嘱托重如山，践诺须躬行。总书记的句句真言，在我心里留下了深深的烙印。

自主创新，是一个企业的制胜法宝。而柳工的研发创新，是一个从追着跑，到并排跑，再到领着跑的过程。

一切要从1958年讲起。我们原来的老领导、柳工原董事兼副总经理杨冠淼，曾经告诉我：那一年，包括他在内的500多名建设者，从上海等地来到

① ②

人民需要什么，我们就造什么

① 位于柳工国际工业园内的挖掘机生产线

② 工人在柳工存车场检查即将外销的车辆

柳州，在一块叫"龙腾背"的荒地上，建起了柳工最初的厂房。

就是在这间简陋的厂房里，柳工研制出了中国第一台轮式装载机Z435，开创了中国装载机的生产历史。自此，柳工犹如一条苍龙，昂举腾跃，冲入云霄。

在研制第一台装载机的过程中，我们就已经深刻体会到产品技术与国外的差距，意识到自主创新的重要性。对自主创新的追求，可能从一开始就刻进了柳工的基因中。柳工大型挖掘机总装厂生产计划高级专员严德富对此深有体会，在他工作的现场，头顶的标语就是"产品今天不出新，企业明天就关停"。

1992年，我刚进入柳工的时候，从事的是电器产品的设计工作。当时，柳工在电器技术方面不仅设备短缺，几乎没有仪表仪器，而且技术方法也匮乏，唯一的参考书是《电器工程师手册》。

随着市场的发展，竞争越来越激烈，我意识到电控技术在产品研发中的重要作用，并尝试将工作重心逐渐从电器设计转移到电控设计上。2003年，柳工承接了国家"863计划"项目——"装载机远程服务系统与智能化挖掘机"，我在其中负责智能化挖掘机的设计工作，肩上的担子真不轻。也就是经过国家"863计划"项目的磨炼，柳工的电控技术开始崭露头角，逐渐成为柳工制造的核心技术之一。

2015年，柳工全球研发中心正式建成，柳工也开始布局智能化制造转型升级。经过前期的调研与技术发展，2020年，柳工无人驾驶设备项目正式立项，我作为主要负责人之一，带领团队进行无人驾驶技术的研发。

无人驾驶难就难在如何让机器像人一样思考。为此，我们团队在工程机械作业的感知、规划、决策和执行各个阶段，进行了大量的研究。我手下的得力干将孙金泉，就经历了研发的冲刺关头，那份紧张和焦虑，相信他记忆犹新。

2021年8月初，柳工大多数员工正在享受一年一度的高温假，而孙金泉作为柳工智能产品研发总监，却带着研发团队奋战在烈日之下。

当时，无人驾驶挖掘机已进入测试阶段，预计9月要在北京的一场重要展览中正式亮相，却在这时出现了严重的数据偏差。30℃以上的高温中，他们顶着烈日，抱着电脑，围着设备，一遍遍讨论，一遍遍推翻，一遍遍试错。他们身上的衣服湿了又干、干了又湿。一天下来，每个人的衣服上都结了一片片的盐渍。

直到一周之后，问题才终于解决。现在你们看到的这两款无人驾驶设备，就是柳工人自强不息、艰苦奋斗的最佳奖赏。在柳工的智能化蓝图之中，未来无人驾驶将从根本上改变工程的施工方式。

大国重器，民族脊梁。奔跑在柳工由"制造"向"智造"的发展之路上，我也从一个满脸稚气的小伙子长成了中年人，长出了皱纹和白发。我始终相信，只要坚持自主创新，柳工的未来、柳州工业的未来还会更加美好。

○ 后记

"大境界是攀登出来的，大格局是磨炼出来的，大成就是奋斗和奉献出来的！"这句话始终激励我前行。我和千千万万个柳工人一样，将继续在劈波斩浪中开拓前进，以创新驱动高质量发展，脚踏实地，奋进有为，行稳致远，一笔一画交出柳工高质量发展新答卷。

004 一根索：威力缆显身手

/ 荀诗媛 /

> 500米口径球面射电望远镜被誉为"中国天眼"，是具有我国自主知识产权、世界最大单口径、最灵敏的射电望远镜。它的落成启用，对我国在科学前沿实现重大原创突破、加快创新驱动发展具有重要意义。
>
> ——习近平

人物：刘成洲，湖南人，广西柳工集团有限公司柳州欧维姆机械股份有限公司常务副总经理。身着企业制服，步履匆匆，一口湖南口音，这是记者对刘成洲的第一印象。他与缆索结缘三十二载，感受着"索"发展的飞跃，见证着"索"创造的奇迹。

"截至2021年12月19日，500米口径球面射电望远镜已发现509颗脉冲星，是世界上所有其他望远镜发现脉冲星总数的4倍以上。"听闻这消息，我兴奋又自豪。这成就中，有欧维姆用研制的6670根拉索编织的智慧结晶。

团队协作，三年攻关，2016年，欧维姆用索"织网"，以毫米控力撑起世界"观天巨眼"。拉索疲劳应力幅从国际规范的200兆帕提升至500兆帕。这是数的跳跃，也是质的飞跃。

大家赞誉，柳州制造给力！团队苦心造"索"，由细若发丝的钢丝拧成钢绳，也能成为顶天立地之柱。

坚韧刚劲的缆索，因柳工参与上海南浦大桥斜拉索锚具及装备研制而生。上海南浦大桥，1991年11月19日落成，是上海第一座跨越黄浦江的大桥，也是我国第一座自行设计、自行建造的双塔双索面、叠合梁斜拉桥。其因施工难度大，建设周期短，被载入我国乃至世界桥梁建设史。

1988年，我作为柳州市建筑机械总厂（柳州欧维姆机械股份有限公司前身）总师办科员，参与了施工，见证了这座飞架东西、底部可通行5万吨级巨轮的斜拉桥的成功。它设计实用，技术新颖。

回到柳州，应用广泛的斜拉索预应力技术，印在众人脑中。

"我们能不能在缆索产业上做文章？将这门长期被国外掌握的技术，为己所用，变成现实生产力。"技术工人间的讨论，并没有随上海南浦大桥的顺利通车，画上"休止符"。

"快动起来，你们能行！"脑海中的呼唤声、鼓励声，如万马奔腾、排山倒海。1994年，在四周漏风的钢架厂房中，我们开始如琢如磨，漫漫求"索"。

春天，淋漓细雨，浇不灭点燃的技术火苗。

夏天，炙热骄阳，晒不化记录的各项数据。

秋天，干燥粉尘，蒙不住捕捉的入微细节。

冬天，穿堂冷风，吹不散如火的跳跃思维。

与上海南浦大桥斜拉索技术上的差距，在努力中缩短。

1997年，天津彩虹大桥的系杆拱桥订单来了。这是建厂生产缆索后承接的第一个大项目，也是斜拉索技术首次应用于国内拱桥。大家激动不已。

问题也来了。时任缆索分厂厂长黄富强向市建筑机械总厂求助：老旧的缆索车间制造的缆索达不到合同要求。合同推不掉，已与施工方签订军令状。产品做不出，工期仅余两个月。总不能让整座桥梁停工吧？

彼时我在总厂负责新产品开发与技术改造。临危受命，我成为特派组组长，通过从总部调专家组团队、从上海找外援引技术等，逐一攻克难关：更换缆索外包塑料、调整缆索粗细……时间一点点流逝，可困难还有很多。

50多个夜晚仰望宇宙苍穹，我在想：时间所剩无几，工程不给延期，若产品做不出，公司将承担高额违约赔偿金，怎么办？

在满脑子想着如何解决问题、没日没夜开会研讨的状态中，我们凝聚集体智慧，终于破解了难题，如期交付合格产品。

此刻，我们悟出，一根索，经过千锤百炼，能肩挑重任，一"缆"众山小；一个团队，发挥集体智慧，能创造奇迹，会当凌绝顶。

时间是最好的证明：在黄芳玮、雷欢等科研人员加入后，港珠澳大桥、杨泗港长江大桥、矮寨大桥、埃及REF斜拉桥等一个个与缆索有关、享誉国内外的重要工程由欧维姆参与制造。欧维姆反复续写着从"0"到"1"的神话，创造出一个个国内首个、世界一流的预应力工程奇迹。

"预应力行业都是和工程打交道，应用的很多技术在课本上找不到，研发人员也没法预见客户需求，"黄芳玮说，"遇到问题，不断试验，不断总结，不断创新，企业方能走得更远。"

路漫漫其修远兮，欧维姆的求"索"之道，以梦为马，终奔向星辰大海。

○ 后 记

科技创新就是生命力。一根缆索，依托科技创新，能上天入海。通过努力，欧维姆的身影遍布全国各地，甚至还跨洋过海活跃全球。柳州制造大显身手。数风流人物，还看今朝。我们的团队迎着早上八九点钟的太阳，奔腾在科技引领的大道上，正创造着从"1"到"N"的奇迹。

① 欧维姆参与的项目：位于贵州省黔南布依族苗族自治州平塘县的世界上最大的射电望远镜

② 欧维姆参与的项目：港珠澳大桥

005 ▸ 一基地：新模式开先河

/ 谢耘 /

> 我们发展自己的汽车制造业，像一汽这样的企业要当先锋。一定要把关键核心技术掌握在自己手里，要立这个志向，把民族汽车品牌搞上去。现在中国要向制造业强国、工业强国的更高目标发展，就是要在发展战略性新兴产业方面，抢抓机遇、弯道超车。
>
> ——习近平

人物：林桥春，贺州人，柳州市柳东新区规划建设环保处副处长，高级工程师，曾参与上汽通用五菱宝骏基地，东风柳汽乘用车基地、商用车基地在柳东新区的项目建设。他身形清瘦，戴着厚厚的眼镜，思考时常眉头紧锁，显得严肃深沉。说到兴起时，他眉头舒展，露出诚挚的笑容。

驾车行驶在柳东新区宽阔平整的宝骏大道上，看着气势恢宏的上汽通用五菱宝骏基地，我的思绪回到了10多年前。

2007年2月8日，柳东新区挂牌成立。2008年，柳州高新区和柳东新区合并，我被安排到柳东新区规划建设环保处工作。

亲身经历"一心两城"城市发展格局的变化，亲身参与"再造一个新柳州"的建设，我与同事们身披荣光，不敢懈怠。那时的柳东新区，新柳大道刚落成，周边是蔗海翻涌的苍莽景象。缺少龙头项目的落地，整个新区的规划该如何着笔？

正当我和同事们踌躇之时，一个消息如春雷乍响——上汽通用五菱新基地的选址确定在柳东新区！

这何尝不是一个双赢的决策——随着企业的发展壮大，原有的场地开始掣肘发展，企业需要一个崭新的场地来承担研发、生产宝骏品牌系列整车、发动机及相关配套产品的重任；柳东新区要培植"工业树""产业林"，盼望龙头项目在这片土地上落地。

这浓墨重彩的一笔，奠定了柳东新区产业发展的主基调。2010年，自治区党委、政府做出重大决策：在柳东新区建设广西柳州汽车城。我和同事们着手重新修编柳东新区总体规划，以汽车产业为主导，描绘广西柳州汽车城的发展画卷。

2011年2月16日，这一天牵动着柳东人的心弦。自治区党委、政府在柳东新区举行广西柳州汽车城奠基暨上汽通用五菱新基地、东风柳汽新基地项目启动仪式。天空飘起了雨，我穿着雨衣站在新基地的场地上，两脚沾满泥土，充满了干劲。看着大型机械设备进场平整土地，留下了一道道车辙印，我想：这不就是奋斗的印记吗？

项目开工前，一个专门协调小组成立了。每周，我和小组成员开一次会议，根据企业提出的问题清单，协调项目前期工作，解决建设过程中的问题。

时任柳东新区征地办副主任的李国华和我并肩作战，他负责项目用地保障工作。2个多月时间里，我看着李国华忙忙碌碌，头发白了许多，换来了项目征地的最快速度。

"问题描述、决议、负责人、状态……"在一张张项目周报的进度表上，我的名字在负责人一栏不时出现。状态栏中表示"过期未完成"的红色圆点，不断刺激着我和同事们紧张的神经。

当时，企业反映官塘变电站仅一台主变压器，不能满足企业生产需要。我负责协调广西电网公司柳州供电局扩建官塘变电站，推进上汽通用五菱专用变电站接入系统建设，为企业解决项目用电问题。

那时，手机铃声常常响起，我必须及时回复。有时我刚从项目现场回来，来不及歇口气，接到电话便又急忙赶往现场。

① ②

  为项目建设专用加压站,解决用水压力不足问题;协调建设雒容商品车发运基地,解决汽车外运问题;协调建设新基地周边城市道路及新基地连接花岭零部件园区的通道……在一项项具体工作的协调推进中,我和同事们逐渐摸索出一套成熟的服务模式,不仅完成了上汽通用五菱宝骏基地的项目建设,还为后来引进和服务东风柳汽、一汽解放、广西汽车集团新能源基地三大整车基地奠定了基础。

  时任柳东新区招商局局长的李铭记忆犹新,2012年12月,柳州第1000万辆汽车在上汽通用五菱正式下线。"人民需要什么,我们就造什么"的理念,在柳东新区和柳州的工业史上"茁壮成长"。

  为支持东风柳汽乘用车、商用车基地建设,我又负责协调柳东新区相关部门解决项目用地、水电路等问题,加快项目落地进程。

  宝骏总装车间的汽车装调高级技师符周感慨说,上汽通用五菱宝骏基地建成后,他在高标准的工厂里干得更起劲了,企业的发展也上了一个新台阶。"产业链上的配套企业纷纷落地,柳东新区的工作和生活环境也越来越好。"他的言语中透着一种满足感。

③

○ 后 记

在柳东新区服务项目规划建设中,我心无旁骛,每天奔忙。这亲身参与、亲眼见证的经历,在我人生的岁月中镌刻下"拓荒者"的字样。踏遍青山人未老,我矢志坚信,一代代的奋斗者正接过这开拓进取的火种,照亮柳东新区每一次的嬗变。

① 满载新能源汽车的货车从广西柳州汽车城一家商品车物流基地旁经过

② 柳东新区一家汽车企业忙碌的自动化生产线

③ 在蓝天白云的映衬下,广西柳州汽车城美不胜收

006 ▶ 一个展："市场链"释红利

/ 黄慧妮 /

> 要坚持供给侧结构性改革的战略方向，提升供给体系对国内需求的适配性，打通经济循环堵点，提升产业链、供应链的完整性，使国内市场成为最终需求的主要来源，形成需求牵引供给、供给创造需求的更高水平动态平衡。
>
> ——习近平

人物：张江宁，柳州人，柳州市商务局会展和区域合作科副主任科员。记者初见张江宁，是在他的办公室里，只见他黝黑的脸上，一双眼睛炯炯有神。在商务系统工作了近20年的他，已是一把好手。2015年，张江宁开始接手展会的相关工作，这一干就是7年。其间，他见证了我市持续时间最长、规模最大的展会——中国-东盟（柳州）汽车工业博览会的点点滴滴。那些年的故事，他都铭记于心。

"5天累计观展人数近7万人次！展会签约意向及成交额共计32.271亿元！"时至今日，我还记得2021年10月的第十一届汽博会的情景。当时，我站在柳州国际会展中心A馆中央，看着人来人往的展会现场，感慨万千："我与同事们的努力化作了一连串亮眼的数据。"

不积跬步，无以至千里。我深知，多年办展经验的积累才有今天来之不易的成绩。

"首届汽博会在我市顺利举办！"2011年12月8日，是一个令人难忘的日子。当时我还在对外经济合作科工作，看到新闻中传来这一喜讯，倍感欣喜。我深知，举办汽博会，不仅能充分发挥我市的汽车产业优势、临近东盟的地缘优势，还能为中国和东盟汽车产业双向投资、贸易合作提供平台。

自此，汽博会在柳州落地生根。

2015年，因工作调整，我开始接手汽博会相关工作，大考随之而来。

科领导巩广明告诉我，自2013年柳州引进央企承办汽博会后，我市乘用车展销板块的档次、规模和专业性得到很大提升，但与此同时，由于展馆面积限制，零部件板块的影响力和展会成效并不理想。因此，提升零部件板块的规模和影响力成为当务之急。

汽博会的办展宗旨——搭建中国与东盟汽车产业合作平台，服务我市汽车及零部件产业可持续发展，我始终铭记于心。经商讨后，我和同事们想到了引进专业、成熟的汽配展，短期内快速提升零部件展的规模和影响力。

当时，正在无锡举行的全国（无锡）微型汽车配件展览会，进入了我与同事们的视野。到2015年已成功举办了53届的它，在全国微配业界具有广泛的影响力。

我记忆犹新，在同重庆、郑州、济南、青岛、成都、深圳等国内一线城市激烈竞争的情况下，柳州获得了无锡承办方和全国重点汽车配件商会的认可，全国微型汽车配件展览会秋季展正式落户龙城。也是在这一年，柳州汽博会零部件板块首次独立办展。通过整体引进国内成熟展会，汽博会零部件板块取得跨越式发展，成效显著。

经此一役，我不仅得到了锻炼，还增强了信心。

时光转瞬即逝，2020年，会展工作再次迎来新突破。在这之前，柳州国际会展中心室内展览面积仅为1万平方米，展览面积的不足极大制约了汽博会未来发展的空间。为了解决这一问题，在柳州国际会展中心B馆和C馆建成及投入使用后，大家又乘势而上，立即着手将展览面积扩大到6万平方米。

2020年9月，第十届汽博会来临。柳州首次将整车展和零部件展合并举办，参展品牌数量和办展规模都有所提升，汽博会的影响力进一步扩大了。

"柳州汽车工业的含金量已经得到多家汽配企业的肯定，现场达成了很多合作意向。"柳州市汽车配件商会会长于斌告诉我，如今展会越办越好，通过打造汽配电商运营操作体系，促成平台的合作，为参展商打通了更多的销售渠道。展会上，看着柳州企业向与会的近万名客商展示柳州汽车及零部件产业实力，各地汽配企业与我市汽车主机厂的距离越拉越近，我倍感自豪。

我和同事们没有满足于此，也从未停止前进的脚步。"展会内容要增加，持续扩大规模，不断新增业态，结合新科技……"听着领导对未来汽博会的展望，我心潮澎湃，充满干劲。

看着广阔的柳州国际会展中心，我相信在这一舞台上，汽博会将会散发更绚丽的光彩。

○ 后 记

在市商务局工作多年，我见证了汽博会的发展和壮大。为不负期待，接下来，我和同事们将继续勇于创新，让汽博会越来越有活力。通过设计创新，我们在展区、展台的外观和功能设置上下功夫，并应用各种高科技产品，如VR体验设备、3D技术等，从感官方面全面提升用户体验，以赢取更多参展商和消费者的认可。

007 ▸ 一"巨人":新方阵露头角

/ 荣瑶 /

> 要推动互联网、大数据、人工智能同产业深度融合,加快培育一批"专精特新"企业和制造业单项冠军企业。
>
> ——习近平

人物:唐凤君,柳州源创电喷技术有限公司董事长,鱼峰区工商联副主席。记者初见她,是在企业会议室,她温柔内敛如春风。她将企业突围的故事娓娓道来,一股坚韧强大的能量逐渐释放。

我是土生土长的柳州妹。柳州工业的发展史,是我成长的底色;柳州工业的基因,刻录在我的每个细胞里。

我了解到,柳州拥有国家级专精特新"小巨人"企业25家,在广西是最多的。柳州源创电喷技术有限公司是广西首批上榜企业之一。我深感自豪,更深知不易。

每每回忆起过往,我的思绪都会翻滚。16年前,龙城大地风起云涌,我攥着打拼积累的财富,寻找下一个风口。恰巧,一家企业的创始人希望我投资。他对我说,柳州汽车产业势头猛劲,他的企业正在研发汽车喷油器,做出来就是全国第一家。尽管那时的我已到不惑之年,却仍像个热血的创业青年,满怀壮志加入其中。

然而,这家企业的创始人为了投资研发,几近掏空家底,终究黯然退

源创电喷的汽车零部件生产线

出。我不愿就此放弃，2009年创建源创电喷，继续东寻西觅，组建团队、筹措资金、攻关技术……攻破一环又一环，跨过一沟又一坎，只要前路出现一星光亮，我就继续往里投资。那时的我，像极了站在悬崖边的人，刺激和孤独，让我忘了恐惧。

怎么不刺激？为了研发这个小小的零部件，我前前后后投了整整3亿元。

怎能不孤独？放眼全国，只有我一家企业孤军求索。国内经验无可借鉴，国外技术严密垄断，唯有创新才是我的出路。

有志者，事竟成。我破釜沉舟最后一搏，汽车喷油器诞生了！它全身上下散发着自主知识产权的光芒，就连生产和检测设备也是我们自主研发的。

可刚带它走进市场，一盆冷水就浇在我身上。汽车主机厂一一婉拒，因为进口大品牌更稳妥。

转机出现在2012年。两名伊朗人走进我的办公室。他们说，全球生产汽车喷油器的企业不到十家，他们跑遍全球，才找到中国源创电喷。给伊朗供货后，我们的产值从几百万元跃升到几千万元。后来，由于定制化能力强，我们的产品备受美国改装市场青睐，当地三大批发商中的两家都采购我们的产品。

但我念念不忘国内市场。为升级产品，2011年至2014年，我先后从日本采购两台飞秒激光设备。因日本制造商售后服务差，先进设备抵柳后，陆续变成"铁疙瘩"，上千万元打了水漂。我更加坚信"必须把关键核心技术掌握在自己手中"的硬道理。

冬去春来，我持之以恒地在国内寻找突破口。去年，我市首次实施科技项目揭榜制。市科技局局长管伟荣对我说："我们给你做后盾！"随后，飞秒激光技术应用在汽车产业的项目很快被学校和科研企业揭榜挂帅。目前，新设备已开启批量试制。广西科技大学王国富教授告诉我，这意味着我们打破了国外技术的长期垄断，解决了"卡脖子"难题，相关技术赶超国际先进水平。

"小巨人"企业的成长大抵如此，经历漫长孤独的至暗时刻，追逐微弱闪烁的希望之光。为了掌握核心技术，付出巨大的勇气和坚持，我们都是孤勇者。

我很赞同广西柳工农业机械股份有限公司总经理唐永治所言——虽是小型企业，却也依靠技术创新，担起了实业报国的责任。他们自主研发的甘蔗收获机，凭借超高性价比，不仅让国外品牌对国内市场望而却步，如今还广泛出口全球。

广西易德科技有限责任公司是新一批"小巨人"企业之一，董事长王光意为了生产当时没人能做的IT光伏储能热冷散热器，几乎脱掉一层皮，合格率只有7%。最后他卖掉房产和外地工厂，孤注一掷，险中求胜，成为特斯拉光伏储能散热器全球供应商之一。

看到其他"小巨人"企业的路越走越顺，我备受鼓舞。飞秒激光技术赋能后，广西汽车集团也采购了我们的产品。产品从柳产车覆盖到全国汽车产业，成为我漫漫征途上的一道新曙光。

今年年初,市工信局中小企业促进科科长陈时杰告诉我,中小企业发展的春天来了!自治区就"专精特新"企业不断出台扶持政策,还建立"小巨人"企业培育库,入库的柳企数量最多。

听他这么说,我也跟着心花怒放了。

○ 后 记

"小巨人"企业掌门人,玩的是心跳,做的是实事。他们是敢于冒险的商人,也是心怀国家的志士。如今,"小巨人"企业已成为我国中小型制造业领域的"国家队",能解决大部分领域的"卡脖子"问题。国家也不断加大扶持力度,让这个崭露头角的"新方阵"敢于与强国强企竞技抗衡。在我市亦是如此,它们已挺起柳州高质量发展的脊梁,在汽车、机械等产业链上担当重任。

008 ▸ 一根纱：小服装振辉煌

/ 江宏坤 /

> 一个国家一定要有正确的战略选择，我国是个大国，必须发展实体经济，不断推进工业现代化、提高制造业水平，不能脱实向虚。
>
> ——习近平

人物：李球，柳州市纺织服装协会会长。记者见到李球，是在广西柳州现代服装产业园内。当时，他恰好从办公室出来，准备穿过长长的走廊，进入生产车间了解生产进度。从佛山到柳州，李球步步为营，扎硬寨、打硬仗。从小厂到园区，李球苦心孤诣，立大志、担大任，与柳州市纺织服装协会同仁一同扎根龙城工业沃土，让一根纱重振柳州纺织服装产业辉煌，推动小服装发展成为有柳州特色的大产业。

一根纱，一匹布，锻造百年匠心。

纺织服装是实打实的实体经济，这点我未怀疑。我身边的朋友大多是实体经济从业者。多年的奋斗经验告诉我，做产业不能脱实向虚，尤其是在柳州这座有底蕴、讲情怀的工业城市，做实做强做优实体经济是投资兴业的一大实招。

作为纺织服装产业的"老人"，我对柳州并不陌生。我很早就知道，在具有百年工业史的桂中商埠，衣食住行中的一根纱产业不仅很有特色，还基础雄厚。20世纪80年代中期至90年代末，柳州拥有纺织服装全产业链生产能力及一大批优秀国有企业，打造出"时风"牌服装面料、"海燕"牌针织汗衫等国内知名产品。

我熟悉柳州，柳州其实也"心仪"我。

"李董，我们是带着诚意过来的。""李董，欢迎你来柳州看看。""李董，你看这块地是否合适？"从春雨绵绵到夏日炎热，从秋风瑟瑟到凛冬已至，柳州市和柳北区的招商团队多次到广东向我推介柳州纺织服装产业，我被深深感动了："柳州人，是干实事的！"因为这一份感动，洪益清、邓水球、杨文珍等纺织服装产业的知名企业家不仅和我一起扎根柳州，还成为市纺织服装协会的创会发起人。

"扎根柳州，值得干！"市纺织服装协会秘书长杨文珍入驻广西柳州现代服装产业园时就和我分析说，在柳州发展纺织服装产业可实现内外联动。从内因来说，广西柳州现代服装产业园位于柳北区，该区是柳州传统的纺织工业集聚区，原有柳州一棉、二棉和毛巾厂等多家纺织服装企业。当前，现代服装产业也是柳北区重点发展的主导产业之一。从外因来看，随着产业布

招商引资项目落地，361°品牌服装生产线入驻广西柳州现代服装产业园

广西柳州现代服装产业园三期

局调整,近年来我国东部沿海地区纺织服装产业进一步向东南亚国家和我国中西部地区转移,大量纺织服装商品通过广西实现互流互通,形成物流、商品流、资金流和信息流市场。

"杨文珍秘书长的分析有道理。"负责市卓洋纺织有限公司产品生产的罗臣杰常和我交流,说柳州产业工人素质高,柳州纺织服装产业大有可为。

作为市纺织服装协会会员单位,市润澄针织有限公司总经理文俊尝到了在柳州发展的甜头,欣喜地向我建议,柳州有开放的思想和胸怀,可邀请有发展潜力,但在东部发达地区遇到客观制约因素的企业来柳发展,一同"抱团出海"。

众人拾柴火焰高。我与协会会员达成共识,大家纷纷呼朋唤友:华晟、卓洋、新宇、凯丰、鹏泰、诗彤贝儿、伊曲、红裳、代代福等知名纺织服装企业先后入驻广西柳州现代服装产业园。

产业愈发壮大，我看在眼里、喜在心间。2019年12月，市纺织服装协会在工业沃土上成立了。

但令人始料不及的是，我与会员们迎来了疫情大考。协会各会员企业以服装生产为主，与布料、针线打交道，生产口罩相对方便。包括我在内的市纺织服装协会五个发起人及时集体讨论，决定在捐款捐物的同时，号召会员企业转产口罩。我与会员们定决策时，已预料到有困难，却没想到会这么难。不是专业口罩生产厂家，机器和口罩样式难以匹配；生产口罩用的熔喷无纺布、松紧耳带等生产原料异常紧缺，企业资金又告急……

为尽快将口罩板型打出来，参与转产的企业加班加点，连续2天忙到凌晨4时。而我本人，也为了尽快释放口罩产能，连续3个晚上睡在工厂，连续4天吃盒饭。苦心人天不负，我与会员们熬过来了。

前些天，积极帮协会会员们招工的柳北区委常委、副区长聂蓓和我说，广西柳州现代服装产业园三期、四期正在持续推进，再加上361°、浩耀、白莹科技等企业项目竣工投产，柳州纺织服装产业发展集聚效应正加速形成。

我深深感慨：在柳州办实业，这条路走对了！

○ 后记

我是新时代新柳州大地上的民营企业家，我将继续扎根纺织服装产业，胸中装着"全景图"、眼睛盯着"大棋盘"，努力成为柳州经济活动的主要参与者、就业机会的主要提供者、技术进步的主要推动者，在全力谱写建设新时代中国特色社会主义壮美广西柳州篇章的征程上，与龙城遥相呼应、同频共振。

009 ▶ 一个桩："充电宝"蓄动能

/ 张威 /

> 当前随着新一轮科技革命和产业变革孕育兴起，新能源汽车产业正进入加速发展的新阶段，不仅为各国经济增长注入强劲新动能，也有助于减少温室气体排放，应对气候变化挑战，改善全球生态环境。
>
> ——习近平

人物：华勇，柳州市发展和改革委员会资源节约和环境保护科原科长，现为柳州市发展和改革委员会四级调研员。谈起新能源汽车，就要讲到充电桩的建设。一提起充电桩，他便思绪万千，侃侃而谈。

走在上班的路上，城中区清和路上的充电桩似乎在向我招手。它们是2017年最早建设的一批交流慢充充电桩，由柳州供电局投资建设。

那一年，新能源汽车大量上市，可市区里的充电桩却寥寥无几，无法满足用户需求。面对市民对充电桩的迫切需求，我作为充电桩建设工作的主要负责人之一，感到千钧重担在肩。

民之所需，我必应之。

"必须得按国家、自治区及市政府的要求，尽快把全市的充电站点布局好、建设好，为新能源汽车的推广和应用保驾护航。"行动是最好的语言，我马上应民所需，付诸行动。

2017年夏，我市汽车生产企业生产的新能源汽车上市，销量一路飘红。当年，我从企业了解到，企业销售的新能源汽车几个月就有1.3万辆，充电难问题也随之出现。

生产企业急得像热锅上的蚂蚁，提出的方案是以骐骥之速建设充电桩。于是，企业加班赶工建设……当时的场景，始终印在我的脑海里，挥之不去。

随着新能源汽车的井喷式上市，全市一揽子统筹建设充电桩工作进入关键时刻。是部署推广交流慢充充电桩，还是直流快充充电桩？

南方电网柳州供电局城北分局经理袁彦，当时负责给充电桩的建设提供技术等方面的支持。袁彦与我交流时分析，先期建设的充电桩需要以市场为导向，当时上市的车型多为慢充型，可先以交流慢充充电桩为主，待后期再随市场变化而变化。

没想到，仅在2018年，袁彦的预测就变成了现实。直流快充充电桩开始成为市场的香饽饽。我与袁彦商量后，立即在公共区域部署加大直流快充充电桩的建设。我与袁彦无缝对接，交流顺畅。依据车主的不同需求，我们采取不同的安装方案：在公共区域及其他停车场以直流快充充电桩为主，在小区、办公区域以交流慢充充电桩为主，方便车主节省时间或费用。

与此同时，充电桩的建设模式也发生了变化。我迅速行动，与民营企业对接，让这些企业加入充电桩的建设。我们对充电桩的选点、数量等进行统筹，依靠企业进行建设、运营和维护。充电桩的站点和数量迅速增加，大量的充电桩及专属充电服务站开始建设并投入使用。

近期，我看了一下统计数据册上的数据：截至2022年5月，我市公共充电站点已建有1560个，充电"枪"18500多把（一个充电桩一般配置有两把充电"枪"），个人建设充电设施17800多个，各县区人行道上的新能源专用车位建有充电"枪"900多把。

若这些充电桩无法满足市民使用需求，下一步该如何规划发展？我又查找到车辆的统计数据：截至今年5月，我市新能源汽车保有量为12.5万辆。我进行循环充电使用率计算，结果表明，这个数量的充电设施基本可以满足车主的日常需求。

出租车司机刘伟表示，一开始使用慢充，只能在白天接待客人；有了快充，车辆充电2个多小时就差不多能充满。"以前只能在单位或回家充电，如今市区到处都有充电站和充电桩，方便多了，充电已不愁。"新能源汽车车主王磊说。

我在工作中了解到，相关企业今年还建设了3座换电站，通过更换电池，新能源出租车和部分私家车可享受换电服务。车辆一换电池即走，不用等待。便捷的换电模式将加大推广，还有10座换电站正在建设，计划在今年年底建成，并拓展至县域。

如今，我的职位虽然发生了变化，但对全市充电站点的布局和建设仍心存牵挂，十分关注。今年下半年，我将与充电设施建设运营企业一起，把充电设施推广进居民小区。同时，与各相关企业和部门一道，继续为新能源汽车产业的推广应用添砖加瓦，为柳州实现碳达峰、碳中和的目标贡献自己的一份力量。

○ 后 记

千淘万漉虽辛苦，吹尽狂沙始到金。随着我国大力推进新能源汽车产业的发展，配套的充电桩也经历了从无到有、从少到多、从多到精的发展过程。如今，充电桩已顺利进入市场化运营维护阶段。我作为亲历者和参与者，倍感担子之重。回望过去，憧憬未来，我将继续披荆斩棘，做好新能源汽车充电设施的建设工作，助力我市新能源汽车产业高质量发展。

010 ▶ 一根丝：精细化创纪录

/ 朱柳融 /

> 从大国到强国，实体经济发展至关重要，任何时候都不能脱实向虚。制造业是实体经济的一个关键，制造业的核心就是创新，就是掌握关键核心技术，必须靠自力更生奋斗，靠自主创新争取，希望所有企业都朝着这个方向去奋斗。我们要有自主创新的骨气和志气，加快增强自主创新能力和实力。
>
> ——习近平

人物：陈泽光，中共党员，广西柳钢实业有限公司桂龙金属制品厂党支部书记、厂长。在摆着各种型号钢丝的办公室，记者见到了他。穿着深蓝色的工作服，随手拿起一根钢丝，他就能准确地说出钢丝的直径、用途。干了多年的人事、工会等工作，还能成功组织直径0.15毫米的帘线钢丝的拉拔，他说这靠的是团队的力量。

2022年2月23日，我永远难忘。就在厂里，日夜奋斗的我和同事见证了：直径5.5毫米的柳钢帘线钢盘条，经过一道道工序，变成直径0.15毫米的帘线钢丝，创下广西最细帘线钢丝纪录。

这个消息很快被传开了！不少人在祝贺我们时，纷纷问我：0.15毫米是什么概念？那么细的钢丝能做什么？

业内有个生动的解释，0.15毫米大概相当于2根头发丝那么细。目前，国内主流帘线钢丝直径在0.15—0.3毫米，主要用于生产载重子午线轮胎，能让这种轮胎具备使用寿命长、行驶速度快、耐穿刺、弹性好等优点。

这不仅标志着柳钢摘下了线材产品中"皇冠上的明珠"，也说明柳钢精品钢丝生产工艺达到国内先进水平。我深知，这与厂里技术攻关团队的锲而不舍、精益求精密不可分。

细如发丝的钢丝，密码是细。这场破解之旅，要从2020年说起。

那时，刚成为厂长不久的我，对于金属制品生产还在摸索学习阶段，便接到了柳钢集团技术中心的研发任务，要把直径5.5毫米的柳钢帘线钢盘条拉拔成为直径0.3毫米的帘线钢丝。

说真的，我当时心里很没有底！以前，我主要从事人事、工会等工作，很少接触技术工作。面对挑战，我没有退缩，而是组织厂里技术骨干，成立了10个人的技术攻关团队。其中，技术副厂长徐建辉曾在柳钢集团设计院工作多年，专攻精品线材深加工。

在查阅了大量资料、向同行请教、跟设备厂家学习之后，我们终于制定了拉拔方案：先把直径5.5毫米的柳钢帘线钢盘条，通过大拉丝机、中拉丝机两次作业后拉成直径1.4毫米的钢丝，再通过热处理炉、铅淬火、酸洗磷化后进一步拉拔，最终生产出直径0.3毫米的帘线钢丝。

说起来原理好像不复杂，但真正做起来，耗费了我们好几个月的心血。每一道工序，每一次配模，加上不一样的变量因素，就会形成不同的配比结果。在拉拔的过程中，不是钢丝润滑不好引起高温脆断，就是配模不当导致钢丝跳出塔轮被拉断……

看着这些废品，在厂里熬了无数个日夜的我们，虽然深知进展艰难，但没有气馁。一次次讨论、一次次总结，我和团队成员一再优化工艺，终于迎来了新突破——2020年8月，我们成功拉拔出直径0.3毫米的帘线钢丝，为提升柳钢工业线材产品档次迈出了坚实的一步。

攻克直径0.3毫米的帘线钢丝难关后，我和团队成员并没有停下创新的脚步。2021年9月，我们迎来了一个更大的挑战——把直径5.5毫米的柳钢帘线钢盘条拉拔成直径0.15毫米的帘线钢丝。从0.3毫米到0.15毫米，数值上相差不大，但要付出的努力却是巨大的。

当时，徐建辉提出："主要有两个难点，一个是热处理，一个是配模精度。"经过精密的计算，我们确定了方案：先把直径5.5毫米的柳钢帘线钢盘条过炉处理成直径1.6毫米的钢丝，进行第一次过炉处理后拉拔成直径0.77毫米，再进行第二次过炉，拉拔出直径0.15毫米的帘线钢丝。在过炉处理的过程中，最难控制的是炉温。炉温要控制在920℃到940℃之间，还要保证均匀，否则钢丝很容易被拉断。

拉拔出直径0.77毫米的钢丝后，这些钢丝还需要穿过19道拉丝模。这19道拉丝模的孔径一个比一个小，每过一道拉丝模，钢丝就变得更细。一旦钢丝其中一个孔径被拉断，一切就得重新来过。重来一次，穿模就要耗费两三个小时。我已记不清进行了多少次反复拉拔试验，但成功拉拔出直径0.15毫米帘线钢丝的那一刻，我和团队成员激动的情景，至今仍常在脑海浮现。

柳钢集团技术中心钢后工艺副经理李西德得知此消息后十分激动。我们经过一年多的攻关，把钢中非金属夹杂物从直径100多微米降到了直径5微米以下，确保柳钢帘线钢盘条能够顺利拉拔成直径0.15毫米的帘线钢丝。这也证明柳钢生产的帘线钢盘条洁净度高、力学性能稳定、尺寸偏差小、表面质量好。

○ 后 记

从0.3毫米到0.15毫米，虽然是不小的突破，但是我们没有理由躺在成绩单上睡大觉。走精品钢材钢丝路线，是钢铁行业转型升级的必由之路。作为钢铁行业工作者，在难题一个接一个出现的时候，我与团队成员要迎难而上不断创新。

011 ▸ 一名匠:"柳州造"铸技魂

/ 韦斯敏 /

> 我国工人阶级和广大劳动群众要大力弘扬劳模精神、劳动精神、工匠精神,适应当今世界科技革命和产业变革的需要,勤学苦练、深入钻研、勇于创新、敢为人先,不断提高技术技能水平,为推动高质量发展、实施制造强国战略、全面建设社会主义现代化国家贡献智慧和力量。
>
> ——习近平

人物:黎斌,中共党员,柳州市总工会劳动和经济工作部部长。只见他眉毛粗黑,脸型方正,眼睛虽细长,但目光流盼之时,却能从无框眼镜后迸发出光芒。他已扎根工会整整二十年,纵览十数载产业工人队伍建设的风云激荡。谈起"柳州工匠",他饮茶半盏,感慨忆当年。

"洗濯匠心,万匠兴业,方塑一城风貌。"这是我作为一个老工会人的赤子梦。

2016年是柳州正式培育工匠的缘起之年,这一年注定在我的职业生涯中,画下重重一笔。在当年的全国两会上,"工匠精神"首次被写入政府工作报告。柳州紧跟中央脚步,决定实施工匠工程。放眼广西,柳州当时是第一个践行者。

这意味着,一切都要摸着石头过河。

去时不远,记忆犹新。工匠工程实施方案的主笔任务落在我头上,我写了近3个月,才终于成文。"不知道推翻了多少个版本!"

一点点打磨,一点点雕琢,首届发现"柳州工匠"活动终于成功举办。

在首批10名"柳州工匠"中，最让我印象深刻的是杨似玉。

杨似玉识字不多，成百上千的梁、枋、柱等尺寸全凭心算，只凭一把自制木角尺、一个墨斗、一扎竹签，就能指挥工人将程阳风雨桥修葺一新。杨似玉之所以有机会入选，是因为我们的主线清晰——柳州不仅是工业城市，还是多民族聚居城市，要选树工业名匠，也要选树民族技艺传承名匠。

7年过去，这条主线贯穿发现"柳州工匠"活动的始终，并延伸出数个分支——2017年，申报渠道在企业推荐和自荐的基础上，加入专业人士推荐；2018年，"柳州工匠"命名仪式从会议室转至演播厅；2019年，劳模、工匠代表加入专家评审队伍；今年，首次关注县区特色产业，并将入选扩展至20名，奖金增至每人2万元。

我爱柳州，因为它虽是偏居一隅的西南小城，但血液中流淌着一股质朴的韧劲。我爱工匠，因为在这座城里，一批批名匠显山露水。

这些名匠，可以是郑志明、谢评周、谢德阳这样的汽车产业一门三代"名师徒"；这些名匠，可以是杨甜、马贵兵、梁小哲这样的非遗技艺传承人，多年坚守乡村只为传承匠心；这些名匠，可以是庞淇文、周磊、梁洛耕这样的"杰出柳州工匠"，在各行各业大放异彩；这些名匠，是你，是我，是千千万万个柳州产业工人汇聚的万千星辉。

每一份平凡的奋斗，终将汇聚成浩瀚星空。

我欣喜看到，截至目前，我市已连续7年开展发现"柳州工匠"活动，评选出60名"柳州工匠"，其中16人获得"广西工匠"荣誉，1人曾入选"大国工匠年度人物"候选人。

选树出来的"柳州工匠"如同星星之火，如何才能燎原？

沿着勾勒的壮阔蓝图，我们组建了劳模工匠宣讲团，借工匠之口宣扬工匠精神；我们成立了柳州市先模创新工作室联盟，引导工作室与科研机构、大专院校开展技术合作；我们成立了柳州工匠学院，为劳模工匠和普通工人牵线搭桥，推进工匠技艺传承……今年，为了进一步提升产业工人地位，我市把每年4月26日定为"柳州工匠日"。

政策给力，企业加足马力。广西柳工集团有限公司工会常务副主席李泳跟我说，2021年，被誉为柳工"三剑客"的庞淇文、张健、朱飞，由企业花大价钱送往北京进行专升本脱产深造，就是因为企业尊重工匠、爱惜工匠。

"作为技术工人，我深刻感受到市委、市政府对技艺的推崇以及对匠人的看重。"首届"杰出柳州工匠"梁洛耕，在成百上千次现场作业中，练就了一身"隔空把脉"诊断变压器故障的绝技。他对我说，希望能进一步深挖先模创新工作室潜力，发挥更多工匠的带动作用。

"匠心所指，就是腾飞所需。"市总工会党组书记、副主席慕振升告诉我，想要促进更多产业工人实现由工到匠的蜕变，唯有大力弘扬劳模精神、劳动精神、工匠精神，才能在全社会形成崇尚劳模、尊重劳动、尊崇工匠的时代风尚。

○ 后 记

匠心者，择一事，终一生。我将与众多工会工作者一道，以"一砖一瓦徐徐垒"的耐心筑牢匠心之基，以"一凿一砌缓缓雕"的恒心筑准匠心之形，以"一分一毫细细琢"的精心筑活匠心之魂，带动广大产业工人投身于推动柳州工业高质量发展的主战场，铸就属于劳动者的新辉煌。

012 ▶ 一朵"云"：联工业促转型

/ 韦斯敏 /

> 要推动平台经济为高质量发展和高品质生活服务，加速用工业互联网平台改造提升传统产业、发展先进制造业，支持消费领域平台企业挖掘市场潜力，增加优质产品和服务供给。
>
> ——习近平

人物：韩凤明，柳州市工业互联网产业协会会长、广西七识数字科技有限公司总经理。只见他身材高大，丹凤眼，猛虎鼻，下颌方正，典型的北方人长相。他出差回柳，刚下飞机，挤出1小时，畅谈柳州工业互联网产业。纵使风尘仆仆，也掩不住他身上那股意气风发之势。

"工业互联，连通万物。"这是工业互联网技术让我深深着迷的一点。

我留意到，从2012年概念首次被提出，到2018年被写入政府工作报告，近年来国内工业互联网建设正不断加速推进。工业互联网一头连着传统工业制造业，一头连着新一代信息技术。柳州是一个底蕴深厚的工业城市，我深信，工业互联网在柳州必定大有可为。

翻开柳工的历史，60多年积淀形成的创新自强、产业报国的文化基因深深地打动了我。于是我做出选择，2020年8月，我从黄浦江之畔奔赴柳江之滨，同这个从西南一隅走向全球的国际化企业一道，拥抱世界新一轮科技革命和产业变革机遇，共同开拓工程机械行业数字化事业蓝海。

初来之时，我发现柳州工业互联网产业的幼苗还很稚嫩。提起概念，大家都似懂非懂，可再要深究，大多数人就懵了。

我认为，工业互联网是柳州"制造"向柳州"智造"升级的核心催化剂，抓住产业发展的风口势在必行。于是，在这1年多的时间里，伴着柳州工业互联网产业发展的势头，我主要干了三件大事：办公司、搭平台、建协会。

2020年11月，市工信局印发《柳州市加快推动工业互联网发展若干措施》。我与同事们借此东风，乘势而上。1个月后，广西七识数字科技有限公司呱呱坠地，成为柳工旗下的第一家全数字化子公司。

公司成立不久，我们接到了一个大项目——广西机械行业工业互联网平台项目。这个平台可以做什么？从6月16日上线运行的柳工装载机交付管理数字系统或可见微知著。

"客户下单以后，只要轻轻点一点手机，就能随时随地看到制造全过程，包括所下单装载机的零部件来源、组装所需时间、整机检验报告等。"柳工装载机制造公司运营总监梅杰所描述的订单全面可视化场景，正是我们现有技术所能实现的其中一部分。

我们还围绕研发、销售、采购、生产、仓储、物流等业务，为广西机械行业工业互联网平台提供设计云、经营管理云、智能生产云、供应链协同云等11朵"云"。

在平台开发的过程中，公司从最初的50多人，发展到如今的110多人；在2021年成为上规入统企业，被市政府列为上市后备资源库企业……我不禁喜上眉梢，兴奋不已。

孤木不成树林，齐心才能共赢。公司上了正轨后，我开始四处奔走，寻求志同道合的伙伴。

2021年5月，柳州市工业互联网产业协会获批成立。几个月后，柳州工业互联网产业迎来了春天。2021年11月，自治区工信厅印发《广西加快工业互联网发展　推动制造业数字化转型升级行动方案》，支持发挥柳州作为全区首个工业互联网示范城市的引领作用，在新一轮产业变革中紧紧抓住制造业与互联网深度融合发展机遇，深化改革创新，大胆先行先试，全力推动工业转型升级。

有了政策支持，我们干起事来就更有底气了！

我们一步一个脚印，在谋划工业互联网产业园的建设和运营、加强行业工业互联网平台建设和运营、推动中小企业上"云"上平台、参与各类工业互联网项目建设、加强工业互联网人才培养、打造5G+工业互联网应用场景等方面开展了大量工作。

我不是一个人在战斗。截至目前，协会已发展了80多家会员单位，包括上汽通用五菱、柳州工学院等本地龙头企业、高校、科研机构及工业互联网服务企业。

广西螺霸王食品有限公司董事长姚汉霖曾告诉我，当前螺霸王一直在推进智能化建设，通过使用上云券，应用工业互联网标识实现柳州螺蛳粉一袋一码防伪溯源。

"柳州工业正处于转型升级的关键节点。柳州工业互联网产业，面临着巨大挑战，也遇到了前所未有的机遇。"市工信局副局长莫春燕曾对我们提出要求，要我们组织好会员单位，提升自身服务能力和服务质量，用好用活相关政策，为柳州工业高质量发展作贡献。

重任在肩，使命必达。我坚信，工业互联网必将厚积而薄发。

○ 后 记

风物长宜放眼量。在5G网络等新基建提速的大背景下，柳州正以初生牛犊不怕虎之势闯入工业互联网行业，卷起阵阵浪潮。工业互联网的深刻变革正不断为柳州企业带来创新发展的能量与优势，为柳州经济高质量发展再添制胜砝码。我参与其中，倾心发力，幸哉！

013 ▶ 一"果实"：控制器强链条

/ 闫友明　荣瑶 /

> 自主创新是企业的生命，是企业爬坡过坎、发展壮大的根本。关键核心技术必须牢牢掌握在自己手里。要坚定不移把制造业和实体经济做强做优做大。我们强调构建新发展格局，不是关起门来搞建设，而是要继续扩大开放。
>
> ——习近平

人物：刘昌业，12年前博士毕业回到柳州，入职上汽通用五菱汽车股份有限公司，现任技术中心控制与软件首席技术官。透过敞开的办公室门，只见他沉浸在工作中，手指敲击键盘行云流水，思绪穿越屏幕天马行空。当谈及那些牵动产业发展命脉的核心零部件，这位技术工匠用手扶一扶眼镜，话匣子一下就打开了。

2022年5月14日这一天，像一束光，从时光的罅隙里投来，沉淀在我的记忆深处，历久弥新。那一天，清风徐来，带来了一缕果实的芬芳，我与美好就这样相遇了。在上汽通用五菱位于柳东新区的无尘装配车间里，一个振奋人心的奇迹应运而生。两年前，在这个车间，我们吹响了"人民需要什么，五菱就造什么"的冲锋号，用76小时实现口罩机自主生产；两年后，还是在这个车间，我们用6天实现了首个自主产权EPS控制器下线。

在万家灯火熄灭时，我躺在床上，默默反刍与团队成员那些睡不着的夜晚，细细咀嚼与团队成员那些忙碌攻关的碎片，深深领悟到了"上下同欲者胜，左右齐一者强"的真谛。

一个长期"卡脖子"的黑匣子零部件，是如何从无到有被生产出来的？

无数惊奇的目光投向我们。

工作经历告诉我，一辆车拥有上万个零部件，涉及几百家柳州供应商，以及众多外地甚至海外企业。庞大的产业链环环相扣，牵一发而动全身。尤其是EPS等各类控制器，组成了汽车的大脑，是发展的命门，尤为重要。

2019年的一天，我与坐在会议室的同事一样，脸上激荡着希望的春光。上汽通用五菱开启了核心零部件国产化布局，期待春暖花开、万物齐吟。而这种期待的达成需要经历一个不断解决痛点的过程。

直到疫情暴发，我们才真正感受到"卡脖子"之痛：一些核心零部件溢价高，翻几倍是常有的；多个车型曾因核心零部件紧缺而停产，虽然拉开了条条保供路线，但也只是头痛医头，脚痛医脚。

"不掌握核心技术，就没有话语权。必须直击痛点，从根源扭转局面！"总经理沈阳的声声号令，在我心中掀起了朵朵奋进的浪花。

"我命由我不由天！"我的父母都是老一辈柳州产业工人。在柳州工业的历史长河里，每一次大浪翻涌、每一次奇迹创造，我都铭记于心。

这一次，我的工业热血沸腾了。

我们凭借成熟完备的零部件验证能力、技术产业化能力，小心翼翼揭开控制器的神秘面纱，逐一掌握各核心技术点。其中的芯片，是最后也是最难攻克的一关。

"'芯荒'痛点，也许正是打通汽车全产业链任督二脉的关键所在。"2022年2月，技术中心总经理吕俊成若有所思，带领我们20人的团队，从柳州前往上海，会同当地合作高校，踏上一片"无人区"，潜心攻关。

为捕获偶发性故障，技术中心底盘工程经理赵靖展现出柳州妹的果敢坚毅。"大海捞针也要捞！"她带领团队开启生死时速，开发程序，凌晨"撒网"，黎明前成功捕获故障，修补漏洞。

这种生死时速，我感同身受。为打破疫情设置的空间屏障，上海、柳州、武汉、南京等多地联动。当时,采购中心供应商质量工程师刘万鹏独自一人被隔离在常州一工厂里,靠着供应商的百家饭和一台自助售卖机度过6天。工人无法满岗,供应商一把手就带着团队上一线批量试制。关键时刻,大家拧成了一股绳。

这种拧成一股绳的状态,至今还常在我脑海里浮现。关山万千重,山高人为峰。14天后,国产化控制器历经重重关卡,从实验室走进工厂。这一刻,眉间的愁云散去,我高兴得像个小孩:"成了!终于成了!"

① "人民需要什么 五菱就造什么"——上汽通用五菱口罩生产车间

② 上汽通用五菱汽车生产线

十指同心的魅力，谁也无法阻挡。5月初，自治区工信厅、市政府和上汽通用五菱三方合力，用6天完成场地改造、设备调试，实现自主产权EPS控制器在柳下线，为我市打赢一场强链补链、控制器国产化的突围战。

后来，我回望那段匆匆岁月时感到，正是那些切肤之痛缩短了期待，增强了我的耐力。持续的耐力打开了"春花园"之门，我走进园内，喜上眉梢。如今，团队已在纯电整车控制器、电动助力转向、充配电系统等关键零部件上成功突破，完成30余种控制器的国产化开发，实现了300余种芯片的国产化替代和验证，国产化控制器累积贡献产能60余万辆。

一石激起千层浪。我深切感受到了柳州汽车产业强链补链的强劲足音。

东风柳汽商用车采购部部长李仕谷告诉我，他们正组织供应商结成联盟，推动芯片等核心零部件国产化，与市工信局、市投促局等部门梳理产业链薄弱环节，开展精准招商。

柳州大地，更加郁郁葱葱，满眼翠色：柳东新区，签约仅105天的赛克瑞浦20GWh动力电池系统项目生产线启动生产；鱼峰区，源创电喷打破国外长期垄断，将飞秒激光技术应用到喷油器上；跨越柳北与柳东，柳钢和东风柳汽强强联合研发汽车用钢……

"我市正全力推动汽车、钢铁、机械和家电等产业间的协同发展，探索建立联合发展体系，形成协同发展的柳州样本。"市工信局副局长肖家勇的一席话，在我心里荡起了冲锋向前的涟漪。

面对自主创新的新高地，我们将再一次振臂而起，踏歌前行！

○ 后 记

核心技术是中国制造发展的最大命门，必须抓在自己手里，才不会受制于人。我们将拿出"苟日新，日日新，又日新"的创新劲头，孜孜不息，从"能仿造"到"能制造"，再到"能创造"，用核心技术的新突破，撑起制造业和实体经济发展的一片艳阳天。

014 ▸ 一碗粉：品牌化闯天下

/ 吴祉婧　黄慧妮 /

> 发展产业一定要有特色。螺蛳粉就是特色，抓住了大家的胃，做成了舌尖上的产业。要继续走品牌化道路，同时坚持高质量、把住高标准。我相信，将来螺蛳粉产业会有更大的发展前景。
>
> ——习近平

人物：唐机文，中共党员，贺州人，毕业于广西大学，柳州市螺蛳粉协会会长。他一头利落短发，着一身红衣，意气风发，精神矍铄。他参与了柳州螺蛳粉标准的制定，见证和亲历了柳州螺蛳粉从路边摊到连锁店，再到产业化发展。谈话间，他温文尔雅，将柳州螺蛳粉的故事娓娓道来。

"大米小珍馐，小吃大灵魂。粉好度日月，螺小赛乾坤。"

2021年4月26日，习近平总书记来到柳州螺蛳粉生产集聚区考察时称赞道："真是令人惊奇！小米粉搞出这么大规模的产业来，不容易，值得好好研究总结。"

看着新闻里这一幕，我内心澎湃，迫不及待把新闻发至微信朋友圈，分享我这个柳州螺蛳粉产业人的喜悦与骄傲，让更多人知道柳州人创造"小米粉，大产业"背后的故事……

1983年那个普通的秋天，柳州的空气中暑气还未散去，我通过人才引进，携家人来到这个广西工业重镇，在此扎根。彼时的柳州街头有一种鲜香热辣的美食，价格亲民，又能饱腹，十分受百姓欢迎，柳州人管它叫螺蛳粉。

① 在柳州市鱼峰区白沙镇王眉村的柳州螺蛳粉原料产业示范区，农民抢抓农时种植辣椒，地头连车间串起了产业链

② 在鱼峰区的柳州螺蛳粉产业园里，工人在生产线上包装螺蛳粉

人民需要什么，我们就造什么

在朋友的推荐下，我坐在一个路边摊，品尝了人生第一碗螺蛳粉。谁知道这一尝就爱了38年。

2009年，56岁的我原以为就这样等待退休。但就在这一年，柳州市出台了发展电子商务和现代物流的规划，其中提到要规范并促进柳州螺蛳粉产业发展。当时我所在的部门是这项政策的执行者之一。将我爱吃的螺蛳粉发展成产业，真是件有意思的事情。

一开始，我与同事们从本地实体店着手，开展了螺蛳粉线下评比，从经营环境、卫生、口味等方面进行考核，提升实体店对螺蛳粉品质的重视。

见本地的市场逐渐红火，我和市美食联盟协会成员吴汉梅等人思索：接下来该去何方？故步自封不如向外突围。"走出去！要去就去风口浪尖上！"成为我们心底的最强音。

2011年，我们心底的最强音奏响了——市政府提出螺蛳粉进京项目，推动柳州螺蛳粉连锁餐饮品牌向外扩张发展。一众餐饮企业家带头响应，带领团队进军北京，迈开了柳州螺蛳粉走向全国的第一步……这一幕，至今历历在目。

这项政策让柳州本土的第一批螺蛳粉从业者吃上了第一轮螺蛳粉红利。黄氏真味螺蛳粉的负责人黄祥端当时就激动地对我说："黄氏真味螺蛳粉直营店、加盟店在全国各地超过100家！"

一家店、两家店、三家店……从北京到全国各地，越来越多的柳州螺蛳粉店在各地开花。看着柳州螺蛳粉的知名度不断提高，我倍感欣喜。

接着，新机遇来了！吴汉梅激动地告诉我，通过螺蛳粉进京项目，纪录片《舌尖上的中国》导演陈晓卿发现了柳州螺蛳粉的独特滋味，并把它收录于纪录片中。柳州螺蛳粉成功破圈，走进大众视野。

借助这一东风，柳州用工业化理念谋划螺蛳粉产业发展。当时，我在市民营企业协会做顾问，在会长陈真的支持下，我们在协会中成立了螺蛳粉产业促进委员会，协助市委、市政府推动柳州螺蛳粉走上工业生产线，开启了柳州螺蛳粉产业化发展的探索。劲爽鲜香的螺蛳粉与飞速的机器碰撞出新的发展火花，市场规模迅速扩大。

我与团队没有停下前进的脚步，而是乘势而上。2015年，柳州出台了一系列扶持政策，描绘了一幅更大的柳州螺蛳粉产业发展版图，柳州螺蛳粉从工业生产线走到了田间地头，我们也顺势转变工作方向。

站在柳南区太阳村镇百乐村的山顶，放眼望去，4500亩竹海在风中轻舞，唱着乡村振兴的欢歌。在山脚的竹林里，村民黄继华忙着采挖竹笋。村里建成了竹笋加工厂，竹笋经过加工，腌制成酸笋，直接送到附近柳州螺蛳粉生产集聚区的螺蛳粉生产企业，根本不愁销路。

柳州螺蛳粉成为广西首个年寄递量过亿的单类产品，2020年袋装柳州螺蛳粉销售收入超过150亿元……柳州人用柳州螺蛳粉再次书写"柳州惊奇"，让我看到了这个产业的无限可能——推进冲泡型柳州螺蛳粉标准出台、加快跨境电商发展……

○ 后 记

与柳州螺蛳粉结缘多年，看着产业逐渐发展壮大，我倍感自豪。柳州螺蛳粉于我而言，已不仅仅是一份事业，更是一份牵挂。我将与柳州螺蛳粉全产业链的人们，用一颗颗炽热的心，继续讲好柳州螺蛳粉的故事，让更多人了解这碗粉背后柳州人敢闯、敢拼的精神。新目标催促着我们一起向未来——推进品牌化，促进柳州螺蛳粉高质量发展。

015 一片药：拾瑰宝传精华

/ 荀诗媛 /

> 中医药学凝聚着深邃的哲学智慧和中华民族几千年的健康养生理念及其实践经验，是中国古代科学的瑰宝，也是打开中华文明宝库的钥匙。深入研究和科学总结中医药学对丰富世界医学事业、推进生命科学研究具有积极意义。
>
> ——习近平

人物：韦飞燕，柳州人，毕业于中国药科大学药学专业，广西花红药业集团股份有限公司党总支书记、董事长。从容自信的她，正带领花红药业脚踏实地，仰望星空，续写一片药的新辉煌。

虎年新春，2021年度公司财务报表新鲜出炉：收入同比增长近20%，创历史新高；主打产品花红片销量有新增。看着花红片从一个民间验方成长为妇科著名品牌，出深山，闯市场，成为中国驰名商标，我的思绪飞向远方。

1972年，全国推进妇女疾病普查与治疗工作。在桂中山区，柳州市中药厂（广西花红药业前身）主抓研发工作的林元真作为普查组成员，与专家组发现了一个能治疗妇科疾病的民间验方。

经过医药专家论证，林元真等成员认为，处方中的一点红、白花蛇舌草都是广西特有的中草药，具有清热解毒、治疗妇科炎症等功效。后来，柳州市妇幼保健院和柳州市中药厂承担起研究这个民间验方的重任。

1985年，在柳州市中药厂担任车间技术员的我，有幸见证并参与中药厂的发展。

1985年，这个治疗妇科炎症的民间验方获得药品生产批准文件。研发人员根据处方中包含的中草药名称，将其命名为花红冲剂。自此，花红冲剂从实验室走向市场。经过药理、临床验证等流程，昔日需要煎煮服用、入口苦涩的民间验方，变为温水冲服的含糖颗粒，并获得认可。1988年，研发人员不断对产品进行迭代更新，推出即食版花红片和花红胶囊，形成系列产品。

1998年6月，我挑起中药厂厂长的担子。带着大家的期待，我一边谋划企业发展，一边与管理人员梳理企业产品，分析每个产品的特点和价值。

"市中药厂的产品同质化严重，怎么破解？"讨论过程中，管理人员发出焦虑的声音。"小时候，父辈们常采摘一点红、白花蛇舌草等药草，用于清热解毒、祛湿消炎。花红片处方中也含有这些药草。这个药方价值很大，大家不能抱着金饭碗讨饭呀。"中国药科大学药学专业毕业的我，一语点醒梦中人，为企业发展找到新的发力点——企业制定出打造以花红片和葛根芩连丸为主导的妇儿用药生产企业等发展战略，提出"不求大而全，但求精而专"的经营理念和打造百年老店的愿景目标。

1999年，我根据企业定位，把柳州市中药厂更名为广西花红药业厂，寓意女性和儿童如鲜花般健康美丽。

2004年，我根据市场需求，带头进行制药工艺的提升：花红片由糖衣片改为薄膜衣片，包裹药芯的滑石粉和糖浆包衣减少了，产品防潮性能更好了，药片变小了，吞服更容易；花红胶囊由含生药材粉制剂变更为纯浸膏制剂，采用新工艺，服用量降低三分之一，药效更佳。

2008年，我见证了花红药业围绕人民需要提供优质的产品：为方便糖尿病患者服用，花红药业研发出无糖花红颗粒。

石以砥焉，化钝为利。经过千锤百炼，小小药片渐成"利器"。我跟这小小药片一道，见证了制药工艺的变化，见证了其带动一个产业的发展，见证了其给千家万户传递健康……我眼里的无数个"见证"，积蓄了前行的力量。但对花红药业来说，这远远不够。

如何生产出质量更稳定、标准更高的花红片？我苦苦思索着这个问题。

2008年，我与时任研发部部长张艳华等人，相继奔赴北京，与中国医学科学院药用植物研究所开展合作，对白花蛇舌草等药材进行植物化学成分研究，为花红片申请载入《中国药典（2010年版）》做准备。已晋升为集团副总裁的张艳华回忆道，2008年冬天，北京气温达-20℃，而实验却需要开窗工作。为找到新的指标性成分，实现花红片质量指标的良好控制，研发人员待在实验室达2个多月，反复测试，反复记录。除了上厕所、睡觉，研发人员的视线几乎粘在玻璃柱上。

实验过程中换了3人，时间不觉过了3年。2010年，花红片被顺利载入《中国药典（2010年版）》。系列剂型花红颗粒、花红胶囊、消肿止痛酊等被相继载入《中国药典》，入选《国家基本药物目录》和《国家基本医疗保险、工伤保险和生育保险药品目录》。小药片焕发大风采，我喜上眉梢。

"不求大而全，但求精而专"……我在践行经营理念的过程中，闯出了一条以女性健康产业为品牌定位的发展之道。

○ 后 记

一片药，能造福一方；一片药，凝结一代代研发人员的智慧与心血。我与团队要坚定传承发展中医药的文化自觉与自信，挖掘古代科学的瑰宝，在擦亮中医药金字招牌的道路上继续前行，为健康柳州建设尽一份力量。

016 ▸ 一配方：小牙膏立潮头

/ 朱柳融 /

> 自主创新是企业的生命，是企业爬坡过坎、发展壮大的根本。关键核心技术必须牢牢掌握在自己手里。
>
> ——习近平

人物：李江平，中共党员，柳州两面针股份有限公司技术中心副主任，高级工程师，武汉大学应用化学专业毕业。他眼神淡定而平静，头发理成短寸，说话语气轻缓柔和。他和牙膏打交道20多年，有成功，亦有失败。他说："科技创新之路不可能都是坦途，但公司一代又一代研发人员坚定做最好的中药牙膏的初心从未改变。大家相信，只有坚定创新发展之路，才能将两面针这一民族品牌擦得更亮。"

"一口好牙，两面针。"和很多人一样，我与两面针的初识，是从这句家喻户晓的广告词开始的。

和很多人不一样，我与两面针的缘分这一结，或许就是一生。

1998年我大学毕业，面对众多企业抛出的橄榄枝，我选择了两面针。当时，两面针是业内的第一，牢牢占据着国内牙膏销量的领头位置，也是老百姓心中的民族品牌。那年7月，我坐着摇摇晃晃的绿皮火车，历经18个小时才到柳州。烈日炎炎似火烧的天气，点燃了我要大干一番事业的热情。

在洗化产品研发岗位历经几年的积累和沉淀后，2002年8月，我担任技术发展部工程师,立即加入了当时的重点项目——以玉米淀粉为原料生产牙膏基体原料山梨醇的应用。

当时,全行业都在进行技术攻关。如果研发成功,不仅可为公司节约大笔生产成本,也可为老百姓节约生活开支。我在前辈的带领下,一头扎进了研发里。不管遇到什么问题,我凭着闯劲,在实验室里熬了不知道多少个通宵,提取、试验、测试……经过反反复复验证,把问题弄清楚,我心里才踏实。

2004年,我们完成了"小试"和"中试",眼看就要成功了,结果却失败了!使用我与研究团队研发的山梨醇配方生产的牙膏,出现膏体不稳定情况,中试产品没能达到实验效果,一切又得从头再来,给公司造成了较大损失。

两年的努力付之东流?我不甘心!我拿着此前记录的数据、结果,不停地研究,终于找到了失败的原因和解决的办法。老前辈退休后,由我继续主导推进这项研发。2005年,在我与研究团队的共同努力下,我们终于拿下了全山梨醇牙膏配方。这个关键技术不仅很快在公司里得到应用,每年可节约数百万元,还被推广到全国,让整个行业受益。这些亮丽的成绩单,让我喜上眉梢。

这一战让我明白:研发创新不是一蹴而就的,而是一个长期积累的过程,需要研发者的耐心、决心和恒心。

当了多年"老大"的两面针,在跨国日化公司的夹攻中,在2006年后的很长一段时间里面临着很大压力。加上老百姓对牙膏产品的要求越来越高,我的研发也曾经历迷茫期。

老百姓真正需要的牙膏产品是什么?如何把两面针这一民族品牌打造得更加闪亮?我与研究团队陷入思考:两面针是以中药牙膏起家的,也许只有不断研究中药技术,不断优化升级专属于公司的中药牙膏,才能真正满足老百姓对口腔健康的需要,也才能真正提升公司的核心竞争力。

我和研究团队找到方向后,立即开启了新的研发之路。在实验室里经历了无数个日夜，我们终于成功研发出两面针清热护龈、早晚护龈等中药护龈系列牙膏，两面针御方姜盐、御方粒子等御方系列牙膏。2013年，我和研究团队研发出了两面针消痛系列中药牙膏，填补了行业的空白。

50岁的市民肖苏是两面针的忠实粉丝，一直坚持使用两面针牙膏。她说："童年时，两面针还是锡皮包装，现在生产了我们需要的、功效全面的产品，发展真快！"

2018年，我迎来了职业生涯的一个新挑战。当时公司进出口部业务经理陈国武找到我说："要想接到美国的牙膏订单，就必须要先通过美国FDA（食品药品监督管理局）的检验，能做吗？"

"能！"我对陈国武说。我知道美国FDA的要求严苛，但这是公司产品走向国际市场的一个好机会，研发不能掉链子。

于是，我和研究团队又"泡进"了实验室里。既要按照对方的要求，不断地调整配方，又要保证牙膏的功效和有效成分，这不是一件简单的事，我与研究团队前后忙了近一年。当看到美国FDA寄来的信件上显示两面针牙龈医生牙膏通过检验时，我激动地和实验室的每一个研发人员分享了这个喜讯。

一直在两面针奋斗的我，欣喜地看着两面针牙膏畅销国内市场，还走出国门，远销美国和东盟……主打年轻人市场的新品——两面针紫荆花多效护龈牙膏、青蒿牙膏等，还成为"网红"产品。

○ 后记

我想，在研发者的精神星空里，创新是不可或缺的一颗恒星，而人民的需求是创新的第一动力。在未来的研发路上，我与研究团队还要研发出更多能满足人民对美好生活向往的产品。

017 一班列：新通道拓市场

/ 粟桂利 /

> 聚焦互联互通，畅通联动发展的合作动脉。我们要不断完善融通格局，为未来更高水平的联动发展打好基础。要携手高质量共建"一带一路"，加快推进匈塞铁路等大项目建设，继续支持中欧班列发展，充分挖掘合作潜力。
>
> ——习近平

人物：凌毅，广西柳工机械股份有限公司物流总监。他2000年从广西大学物理系应用电子专业毕业后进入柳工集团就职。柳工产品沿着"一带一路"销往全球，迫切需要打造和优化供应链。2018年，他到新岗位，带领23名工作人员挑起柳工产品物流保障的担子，见证了中欧班列在柳州的从无到有。

柳州，以工业立，因工业兴。

1月25日晚间，2022年的第一趟"柳州—莫斯科"中欧班列发车了。它拉着装满50个集装箱的柳工产品，在亚欧大陆上奔驰约20天、1万多公里。

这趟中欧班列将会加密到每月2趟。

我所知道的中欧班列，是指按照固定车次、线路等条件开行，往来于中国与欧洲及"一带一路"沿线各国的集装箱国际铁路联运班列。2011年3月，首列中欧班列从重庆发出，开往德国杜伊斯堡。2016年6月，中国铁路正式启用"中欧班列"统一品牌标识。

普通人可能想不到这一趟列车对于柳工意味着什么。

这对于柳工来说，意义非同一般。

2021年5月18日,"柳州—莫斯科"中欧班列首发,"柳州制造"直抵莫斯科

2002年,柳工集团开启"走出去"发展战略。20年后的今天,柳工产品已远销170多个国家和地区,覆盖"一带一路"沿线50多个国家。而且,柳工装载机的销量位居全球第一。

我真正接触中欧班列,是在担任物流总监后。中欧班列被称为连贯欧亚大陆经贸的"大动脉"。往小了说,柳工产品通过中欧班列,抵达俄罗斯后,可以快速转销到周边国家,可以覆盖柳工在欧洲和中亚销售市场的三分之一以上;往大了说,柳州是一座外向型城市,中欧班列连接了欧洲市场,打通了我市出口新通道,对于柳州积极融入"一带一路",持续扩大对外开放都是实实在在的利好。

"呜——"2021年5月18日,"柳州—莫斯科"中欧班列发车的那一声鸣笛,真令我难忘。

那趟75082次列车,被纳入国铁集团中欧班列开行数据统计,货物全部在柳州报关,是广西真正意义上开行的首列中欧直达班列。最重要的是,它搭载了我们柳工生产的57台装载机、4台平地机。

"柳州—莫斯科"中欧班列已经常态化开行,已发车9趟。因为中欧班列,我和同事们跟柳州海关、柳州南物流中心等单位的同志保持着实时联络,解决了很多实际困难。

柳州海关关员顾朋和陈晓蒙还记得,2021年9月初,在"柳州—莫斯科"中欧班列上，48个集装箱的工程机械出口商品因信息异常，滞留在满洲里，滞留费按天递增。海关"一对一"关企联络员机制运行后，企业的求助得到快速响应，该批商品最终顺利通关，挽回损失。

与我一样，广西柳工机械股份有限公司国际业务中心物流专员王睿也感受很深。王睿说，因为海关方面帮助协调解决了"一票可多柜"这个舱单规定问题，我们的欧洲订单在报关、通关上更便捷了。

我们的产品装入集装箱后，就交由柳州南物流中心集结。柳州货运中心副所长吴培勤对业务很熟悉，我们的合作很顺畅。

"首要是安全、按期运抵，也要整整齐齐、妥妥当当。"吴培勤和同事们对中欧班列的吊装、集结工作，非常认真。每一个集装箱都精心挑选过，每一趟班列上都会安排有数个印刷着"中欧班列"标志的集装箱，因为中欧班列是国际运输班列，代表着国家形象。

我与广大柳工人都知晓，中欧班列的常态化开行来得很及时。2021年以来，进出口贸易普遍遇到口岸拥堵问题。而集装箱班列优先通行，对比海运，它不仅运费低，在物流时长上还缩短了50%。此外，中欧班列实施分段运输，不涉及人员检疫。从多方面来看，它的优势很明显。

我手头上有一份海关统计数据——2021年"柳州—莫斯科"中欧班列累计运送我市企业出口产品货值1.58亿元，运货量5527.25吨，出口的产品主要为装载机、平地机以及配件。新通道拓展了新市场，带动了新发展。

○ 后 记

制造业是国家经济命脉所系，我国对外开放的大门只会越开越大。柳州大力实施"实业兴市，开放强柳"，积极融入"一带一路"建设，柳州出产的汽车、工程机械、茶叶、螺蛳粉等产品，纷纷打开国际市场。柳工沿着"一带一路"卖产品，搭乘中欧班列拓市场，能参与其中，我倍感荣耀。踏上新征途，我与广大柳工人责无旁贷，一起向未来。

018 ▸ 一案例:"朋友圈"扩四方

/ 韦斯敏 /

> 中国和欧盟是两大独立自主力量,也是全面战略伙伴,双方有必要加强战略沟通,共同推动中欧关系健康稳定发展,这符合中欧共同利益。
>
> ——习近平

人物:伍文能,柳州市发展和改革委员会经济体制改革和政策研究科科长,是柳州参与中欧区域政策合作的推动者。他浓眉宽额,双目深邃,说话间自有一番轻松惬意的气度。

小河有水大河满,大河无水小河干。

这是我在推动柳州参与中欧区域政策合作的过程中,感触最深的一句话。国际形势瞬息万变,柳企"走出去"的需求十分迫切。"走出去"是为了抢抓机遇,不能等待命运的垂青。我常问自己:"我能为柳州的发展做什么?"

如果说帆船在逆风时需要借助三角帆航行,那么柳州的"三角帆"是什么?有一句话给我提供了思路——拿着世界地图闯市场。面对百年未有之大变局,中欧关系不断发展深化,对柳州而言,这是一个"走出去"的契机。于是,我盯上了IUC(国际城镇合作项目)。

我与IUC的正式结缘,要从2016年说起。

那一年,第二轮中欧区域政策合作案例地区评选进入关键期,柳州也申请了。当时全国有50多个城市参与竞争，以"学霸"城市居多。但柳州有一点独具特色：工业之城蕴藏宜居魅力。

我代表柳州去北京答辩参选时，"宜居"便是关键词。展示柳州全景图的那一刻，我看到评委眼睛一亮。果然，柳州作为三线城市，战胜了一众"强敌"，成功入选第二轮中欧区域政策合作案例地区，是当年中方入选的5个城市之一。

刚加入时，中欧"朋友圈"不爱带柳州玩。我们曾邀请欧洲案例城市代表来柳州考察，都被对方以"交通不便"为由婉拒了。

之后转机来了——在国家发展改革委的组织下，柳州于2018年9月、2019年4月和11月分别派出代表团访问欧洲。2019年4月，在比利时布鲁塞尔欧盟总部，柳州用一次主题演讲惊艳全场，赢得欧洲"朋友圈"的认可。

第一次邀请来柳被拒，第二次邀请却是水到渠成。2019年6月和9月，柳州分别举办中欧城市对接会、中欧项目对接会，欧盟有5个国家7个城市共60多名代表齐聚柳州。这两次对接会中欧共签订了17个合作备忘录，涉及新技术、生态环保、职业教育等方面的项目合作。

经此一役，柳州在欧洲打响了知名度。很多到访过柳州的欧洲城市代表，对柳州表现出浓厚兴趣。国际城镇合作项目主任巴勃罗·甘达拉在中国工作了19年，到过中国很多地方，却被柳州的城市魅力所折服。当年7月，他专程带着家人来柳州度假。

2019年是柳州与IUC联系最紧密的一年，我也迎来了人生中的"高光时刻"。那年11月，我跟随国家发展改革委组织的赴欧代表团前往比利时布鲁塞尔，参加第三届IUC全球大会，与来自全球各地的近300名IUC城市代表共同交流。柳州作为国际城镇合作项目（亚洲区域）唯一城市代表，作主旨发言。

发言时间很短，只有5分钟。当我坐上主席台，说不紧张是不可能的。好在IUC在柳州的项目我都了然于胸，我一边发言，一边用余光瞄表。我清楚地记得，发言时间控制得正好：4分58秒。

在柳州南编组站,装着集装箱的货车排成长队,等待编组后进行外运

这下柳州"出圈"了！许多城市代表在会场给我递小纸条，要去场外聊合作。这一头，罗马看中了柳州的新能源汽车；那一头，巴塞罗那对柳州工业转型很感兴趣，想碰撞出合作的新火花。

我原以为合作会按部就班进行，没想到新冠肺炎疫情打乱了节奏。

"人民需要什么，五菱就造什么！"疫情期间，上汽通用五菱第一时间开辟口罩生产线，从提出想法到第一批口罩下线，仅用了3天。我将相关信息转发到微信朋友圈，时任IUC高级专家王倩看到后很感兴趣，决定向欧洲朋友分享柳州抗疫经验。

机会总是眷顾有准备的人。2020年4月9日，IUC组织了第二场"城市与城市对话"线上视频研讨会——抗疫合作柳州专场。市卫生健康委主任林卫详述了柳州的各类抗疫措施和防控规范，欧洲各城市代表纷纷点赞柳州经验。

前期工作为惊喜做了铺垫。2021年11月，国家发展改革委办公厅公布第三轮中欧区域政策合作中方案例地区名单，柳州再次入选。"借助这一发展契机，柳工产品有了出口新通道。"广西柳工机械股份有限公司物流总监凌毅说。

借助中欧区域政策合作的机制和平台，柳州经验不断被推送到国际舞台上。我始终相信，未来还会有更多柳州惊奇惊艳世界。

○ 后 记

我希望柳州不断汇入世界的大潮之中，开放强柳的大门越开越大。未来，我们将以互利共赢为主题，以欧洲的先进产业、技术和模式推动我市产业转型发展，向世界发出高频次、高声量的柳州声音。

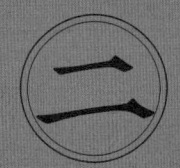

二

乡村 | 振兴

历史照亮未来，征程未有穷期。我们在新的起点上接续奋斗，让产业兴、百姓富、乡村美的画卷在龙城大地徐徐铺开。立足资源优势、深耕特色产业，那些尚未实现的梦想、那些乡间淳朴的笑脸，是我们在新征程上的双向奔赴。

━━━━━━━━━━━━━━━━━━━━━━━━━━━━━━

019 ▸ 一颗螺：特色路兴产业

/ 文鑫豪 /

> 产业振兴是乡村振兴的重中之重，要坚持精准发力，立足特色资源，关注市场需求，发展优势产业，促进一二三产业融合发展，更多更好惠及农村农民。
> ——习近平

人物：蓝健勇，柳江区里高镇螺蛳养殖基地负责人。一身迷彩服泥点斑驳，一双勤劳的手满是茧子，一张粗犷的脸晒得黝黑……这是记者见到他的第一印象。与他聊天，才深深感知，他平凡长相背后的不平凡——他带领里高镇400多户农户参与螺蛳养殖，振翅高飞在乡村振兴那宏阔的天空。

其势已至，其势已成。

"号角吹响，乡村大有可为！"2018年，我离开了熟悉的汽修行业，毅然决然地返乡创业，在田里摸爬滚打，养殖螺蛳。因为我看见了柳州螺蛳粉的发展前景，深信土地上遍布着黄金，只要脚踏实地干，田野里就充满希望。我与年产量200万斤螺蛳的故事就这样开始了。

从50亩到300亩，再到1000多亩……4年，一个养殖螺蛳的"小田地"发展成了全镇的致富基地。其间不断有人加入我的养螺行列，如今直接受益农户超过400户，养螺的致富经在大山里不停传唱，久久回荡。

与大多数返乡创业青年一样，我的创业路上也荆棘丛生。

2018年春季，我首次引种养殖就碰了壁。因养殖技术不成熟，夏天没有做好避暑措施，田里的螺蛳损失过半。埋下头一铲一铲地打捞螺蛳时，我的脸上早已分不清是泪水还是汗水。

放弃的念头不止一次动摇着我，支撑我的是有着朴实笑脸的他们。

韦浩烈就是他们中的一员，他是一名曾经因残致贫的普通农民。2018年7月的一天，我看着田地发呆。他从我身后走来，拍了拍我的肩膀，面带笑容说："今年田地租金就暂时不给先，等你养好了螺后再补上。"

只言片语，打动我心。我的心像夏天一样，热了起来。我与同样对螺蛳养殖充满信心的合伙人曾华，一头扎进了图书馆，查阅养殖技术书籍，求教于农业农村局技术人员。

"用秸秆、菌种、有机肥等搅拌而成的饲料，比3000元一吨的鱼饲料更适合螺蛳。"我还记得，每次找到突破口，曾华都无比兴奋。

我和曾华积累知识后，更换了螺蛳种，优化了饲料，在技术人员指导下，开始了"稻+螺"养殖。这样，夏天螺蛳就有了遮阴处，田地的产值也提升了。

经过反复尝试，2019年，养殖场里成功出产了符合柳州螺蛳粉生产厂家要求的螺蛳，亩产达3000斤。挣到第一桶金后，我立即补交了韦浩烈的田地租金。拿到租金的韦浩烈，依旧用满脸的笑容回应我："加油，以后用这些螺蛳去改变村里的贫穷。"

一语惊醒梦中人。如何改写村里的贫困历史？答案或许就藏在这小小的螺蛳里。

我将打造养螺基地的想法与村委会交流，通过村民大会，得到了大多数村民的支持。土地流转、土地入股、技术入股……很快，300亩的螺蛳养殖示范基地搭建完成。我掰着手指给村民们算了一笔账：每亩地放300斤母螺，3天喂一次，一年可以采捞两次，亩产最高可达3000斤。按照市场价每斤9元算，除去成本，每亩地一年净赚10000元没问题。

随着柳州螺蛳粉红遍大江南北，螺蛳消耗量巨大，市场上螺蛳供不应求。我与村民们的示范基地产生了"裂变效应"，隔壁村屯也纷纷前来取经。原本全镇只有300亩的螺蛳养殖示范基地，很快"裂变"成了1000亩。2019年收成螺蛳量超过了200万斤，辐射村民超过400户。

"克服等靠要，发扬帮拉扶。"2019年年底，在村民韦春最的建议下，我在基地显眼的位置立起了这块牌子。

韦春最告诉我，独乐乐不如众乐乐。必须时刻提醒自己和其他农户，要互相帮助、努力奋斗，把自己的致富经传到更远处。

基地作为原材料提供方，必须把控好品质。于是，我与三江侗族自治县、融安县、融水苗族自治县和柳州市柳南区等螺蛳养殖示范基地，以及柳州螺蛳粉生产厂家进行了多次讨论。大家认为，用1.2至1.4厘米口径的螺蛳做汤螺最合适。之后，基地就严格按照规格供应。

一天，我从新闻上看到这样一组数字：柳州围绕螺蛳粉产业，建设了"生产+加工+科技"的现代农业产业集群，促进一二三产业融合发展，带动原料基地农户20多万人人均年增收9000元以上。

这些数字里面，有我与村民们的点滴贡献。我与村民们商议，还要用自己的力量，把这些数字做得更大些！

○后 记

我和基地里的每一个人都是"草根"，是最普通的人。只有立足市场需求，顺势而为，发展才有新希望。在柳州螺蛳粉全产业链条中，我与村民们是链条中的一环。我们将咬定青山不放松，用辛勤的双手书写螺蛳养殖的传奇，把这个特色产业变为优势产业，变为乡村振兴的产业。

020　一根笋：产业林富口袋

/ 文鑫豪 /

> 产业是发展的根基，产业兴旺，乡亲们收入才能稳定增长。要坚持因地制宜、因村施策，宜种则种、宜养则养、宜林则林，把产业发展落到促进农民增收上来。
> ——习近平

人物：黄继达，柳南区太阳村镇百乐村村民，有着27年竹笋种植经验，目前种植近50亩竹林。黝黑的皮肤与厚厚的手茧，是他与竹笋打了27年交道留下的印记。每次看向一望无际的竹海，他的眼神总是流露出一股热切与渴望。

40岁那年，我被厂里辞退，一个人灰溜溜地从广州回家。扛着大包小包，独自走在满是泥巴的回家路上，我心有不甘，却又无能为力。我见过大城市的喧嚣，不甘于农村的萧瑟；我想再出去闯荡，奈何不再年轻力壮，更无一技之长。

我回来后，看到家乡的第一印象是荒与穷。

1995年，村委会引进麻竹种植，发展竹笋产业，村里一下便热闹了起来。村民们都说种竹产笋算得上是"懒人产业"，基本上是"人种天养"，粗放管理。

开荒山种竹笋的热潮迅速在村里蔓延，我也加入其中。

看着村里接二连三有人上山开荒种竹，我想起了"愚公移山"的故事。我们如愚公般直面大山，不同的是愚公移走的是山，而我们移走的是荒；相同的是我们和愚公都是靠着双手一点点干，一刀一斧、一铲一耙，坚持着人定胜天的信念，为自己和后代凿出一条生路。来年，部分竹子开始发笋，虽长势一般，但也卖到了差不多5角一斤，乐坏了大伙，更多的人上山种竹。与我一同开荒的黄继华也不甘落后，抢着上山开荒，扩大种植。

1996年夏季的一个夜晚，黄继华提着半只鸡和一瓶米酒敲开我家的门，笑盈盈地把酒斟满，与我碰杯道："早上把锄头弄断了，这几天借你家锄头用用，等我表姑从城里回来带新锄头再还你。"

我纳闷道："怎么还能把锄头弄断？那么多荒山，用得着这么着急去挖吗？"他仰头将酒一饮而尽，夹起一块鸡肉边吃边说："多种一亩是一亩，今年种多一点，明年房子就能建大一点。你也加紧种，晚了就要去隔壁村找山头种咯。"

正是带着这股劲，村里竹子种植面积从最初的100亩，发展到如今的4500多亩，我们村也成为远近闻名的"竹笋村"。

要守住"竹笋村"的金字招牌，可不是只比谁种得多，还要比谁种得好。20多年来，我与村民们种植了籁竹、大头竹、甜笋竹等，导致竹笋品种繁杂、良莠不齐。我与村民们每年垒一次土，竹蔸年年增高，有的竹丛根部形成小土丘，高出地面一尺多，导致竹林老化、竹笋减产。

2017年，农业部门的技术人员唐丹萍带着广西林科院竹类研究团队来看村里的竹笋，给村民们提建议、做方案。根据研究团队的指导，我与村民们改变传统种植方式，通过科学化管理，实现竹笋持续高产，提高了竹笋质量。

在指导中，唐丹萍的一句话让我记忆很深刻。她说："竹笋虽是'懒人产业'，但不是'笨人产业'，要用科学武装头脑，种出产量高、质量好的竹笋，才能守住'竹笋村'的招牌。"

此后，柳州螺蛳粉不断走红，竹笋迎来了新机遇，竹笋售价达到了1.5元一斤。我经营的50亩竹林每年收入超过11万元。每次我与儿子收割竹笋，他都会感叹："种竹收笋，既守住了青山，还挖出了金山。爸，真感谢你们开辟荒山，种出竹海。"

柳江区新兴工业园区内一家螺蛳粉工厂，"闻臭师"李永国在酸笋腌制车间里用鼻子闻酸笋的发酵情况

新机遇蕴藏新挑战——厂家对竹笋数量和质量的要求不断提高。在与绿宝蔬菜种植专业合作社对接时，合作社负责人粟保光多次告诉我："全市不断加强对原材料质量的把关，你们一定要想办法种出更好的笋子，让我们能腌出更好的酸笋，为生产更好的螺蛳粉打下基础。"

为此，我与种植竹笋的村民们不断尝试新办法，比如在林下养鸡，打造种养结合的立体模式。2021年11月，唐丹萍提出在林下种植赤松茸的建议，不仅每亩竹林可增加2000元收入，还能提高土壤肥力。松软的土地能促使竹笋更好地生长，我与村民们都尝到了甜头。

以我们村为核心区，柳南区打造了螺蛳粉特色小镇竹笋种植基地。在我们村的辐射带动下，太阳村镇全镇已发展种植竹林1万亩，年产鲜笋1万吨，不断兴旺的竹笋产业让我们步入乡村振兴的轨道。接下来，我还要种出更多更好的竹笋，带动更多人参与进来。

○ 后 记

我和村民们是时代发展的"愚公"，没有精湛的手艺，也没有过人的本领，我们只能靠双手一点点凿出生路，种下一个个希望。但我们深信，只要同心协力，因地制宜地朝着一个方向前进，怀揣着同一个梦想去努力，就能众人拾柴火焰高，做到产业兴旺，实现收入增长。

021 ▶ 一粒种：试验田育"芯片"

/ 范桢　李俊 /

> 解决吃饭问题，根本出路在科技。种源安全关系到国家安全，必须下决心把我国种业搞上去，实现种业科技自立自强、种源自主可控。要发挥我国制度优势，科学调配优势资源，推进种业领域国家重大创新平台建设，加强基础性前沿性研究，加强种质资源收集、保护和开发利用，加快生物育种产业化步伐。
>
> ——习近平

人物：韦荣维，毕业于广西大学农学院农学专业，柳州市农业科学研究中心技术人员。从试验田走上来的他，戴着一副黑框眼镜，皮肤黝黑，雨鞋上沾满泥土。他小心翼翼地拿起一袋育种材料，再次回到田里，种子一粒粒从手中撒落到泥土中，意味着种下了一个个新的科研期待。他说："种子是农业的芯片，中国粮要用中国种，保护种质资源才能促进种业发展。"

2022年3月16日，气温升至20℃以上，这是最适合水稻播种的时节。我所在的国家级农作物品种区域试验站当即组织工人，播下今年的试验育种材料。一个上午的时间，1.3亩的秧田共播下了500多份育种材料，其中包括市农业科学研究中心自行研究的两个稻种——柳农丝苗和柳丰莉占。

我站在田埂边，望着这片小小的但承载着我们育种期待的试验田，脑海里想起了今年中央一号文件里的一句话：中国人的饭碗任何时候都要牢牢端在自己手中，饭碗主要装中国粮。这是多么有骨气的话，给我和广大育种人打赢育种翻身仗提振信心、注入力量。

在庞大的农业行业里，能为种子培育作贡献，我感到很荣幸。在市农业科学研究中心，虽然我只是一名普通的技术人员，但深感责任重大。

"为什么要培育种子？"小时候，跟着父母在田里干活，我心里就有这样的疑问。直到2010年来到市农业科学研究中心，我才真正找到答案。

我的老师覃瑞德，是市农业科学研究中心高级农艺师，他把我带进了育种的新世界。覃瑞德老师说，种子最重要的就是它的遗传密码，杂交育种就是选择优良的父本、母本进行杂交，培育出更强的下一代。以水稻为例，经过一次又一次的试验，不断改良，才能提高新品种的抗性和品质，满足生产和市场需求。

"新品种的培育并不是一件容易事。常规的水稻品种培育从杂交开始至少需要3至5年，杂交出来的新品系在确保稳定性后，还要接受2至3年的区域测试和生产试验。种子培育就像闯关，过了一关还有一关，关关难过。"我常听到覃瑞德老师面朝秧田感叹，有时候花七八年培育出的新品系，到了自治区级或国家级的试验，也不一定能成功。而没有得到最终审定，种子就没有"身份证"，意味着不能进行推广。

前路漫漫亦灿灿。10多年来，我沉下心，只为培育出更优质的水稻品种。在今年市农业科学研究中心申报的广西水稻品种审定名单中，柳农丝苗正是我前后花了7年时间的心血之作。从2015年的早稻配组，到2019年参加试验，直至完成所有试验程序，过程虽磨人却充满无限希望。我相信，每一天的辛劳付出总会有收获。

播下好种子，丰收有底气。在鹿寨县中渡镇，我们中心有3500亩的水稻示范田。水田里机器轰鸣声阵阵，犁地机有序作业，荒地被平整后，插秧队驾驶着插秧机将秧苗植入田里，一派繁忙景象。

"村民们种植了中心推荐的优质稻和香稻，这些水稻抗病虫害能力强，产量提高了，种出来的米好卖，村民也增收了。"中渡镇村民覃华种了十几年的水稻，每年都有稳定收入，尝到了种粮的甜头。在惠农补贴政策下，村民们种粮积极性得到了提高。

播完种，我和覃瑞德老师去拜访市农业科学研究中心研究员黄振曼，跟他汇报今年申报新品种审定的事,希望能得到他的指导。黄振曼老前辈今年86岁,曾培育出国内第一个红米杂交稻。他退而不休,组建了夕阳红科研组,至今仍奔忙在水稻育种科研的路上。

"中国农业大有可为,种业发展关键是创新,要持续不断地加强技术攻关。我们老一辈给你们打下基础,中国稻种的未来要看你们了。"黄振曼对水稻育种科研的不懈追求,是我辈学习的楷模。黄振曼语重心长的托付,让我更加坚定要接好这根接力棒。

喜看稻菽千重浪,遍地英雄下夕烟。一粒种子可以改变一个世界。从一粒种子变成一口粮食,背后有科研人员的辛劳培育,有农民辛苦的种植过程……我将立足岗位,努力在水稻育种上获得更大的科研成果,为人民吃饱、吃好作出新的贡献。

○ 后 记

目前,我市正大力发展柳州螺蛳粉产业。作为种子培育技术人员,多年前我特地研究了米粉加工型常规稻新品系,命名为柳丰莉占。2021年,该品系已完成全部试验程序,2022年将接受自治区的品种审定。我相信,在科研中,我们将培育出更多优质的水稻品种。

022 ▶ 一食材：长豆角搭快车

/ 黄蕊 韦苏玲 /

> 发展扶贫产业，重在群众受益，难在持续稳定。要延伸产业链条，提高抗风险能力，建立更加稳定的利益联结机制，确保贫困群众持续稳定增收。脱贫摘帽不是终点，而是新生活、新奋斗的起点。接下来要做好乡村振兴这篇大文章，推动乡村产业、人才、文化、生态、组织等全面振兴。

——习近平

人物：覃保林，柳州覃保林蔬菜专业合作社负责人。他体型瘦高，皮肤黝黑。天刚蒙蒙亮，他就戴着草帽在豆角基地里忙碌起来。发芽、抽蔓、开花、结荚……豆角的生长周期，他了然于心。这些年，他付出的汗水和心血，埋藏在他走过的每一寸土地中。多年后，这片土地回馈他丰厚的收成和欣欣向荣的生活。

眺望柳州螺蛳粉原材料农业现代化示范区，我心潮澎湃。

这个示范区位于鱼峰区白沙镇王眉村。随着智慧农业的发展，我享受到了现代智能的便捷——每天，我通过手机就能远程查看豆角的生长情况。

"豆角亩产量从1500公斤到4000公斤！"看着这一新突破，那段一天18个小时都扎在地里，踏遍千亩基地每一寸土地的记忆，瞬间在我脑海里浮现。那段与豆角日夜相伴的岁月，我记得，田埂上的泥土也记得。我的微信朋友圈，时至今日仍记载着我种豆角一路走来的酸甜苦辣。

"用家里的荒地种豆角吧！"2015年，村干部的话传到我耳里。在村干部的引导下，我把发展的眼光投向柳州螺蛳粉不可或缺的原材料——豆角。

种豆角这条路长满荆棘，缺资金、少技术、没经验，我一度寸步难行。后来，在有关部门的帮助下，资金扶持和技术保障一步到位，我心存感激。但种豆角的经验得靠实践一步一步积攒。

病虫害是豆角的天敌，也是让豆农焦心的难题。为找到预防和治理病虫害的突破口，记不清有多少个夜晚，我拿着手电筒和放大镜在基地里徘徊，希望摸清害虫的行动时间。依靠人工检查防治虫害的状态维持了两年之久。

无意间，我发现一个低成本的土方法：先通过色彩鲜艳的蓝色塑料袋吸引害虫，然后对准塑料袋喷药。

"这种土方法既能消灭害虫，又能大大减少农药的使用量，为打造绿色产品赋能。"2016年8月，我的土方法效果得到证实，豆角基地的虫害受损程度得到控制。同年，种植的豆角鼓起了我的钱袋子，实现了我有车有房的梦想。

2018年，在鹿寨县导江乡黄坭村第一书记李泳驰的指导下，我成立了柳州覃保林蔬菜专业合作社。成立合作社并非易事，招募合作社成员、流转土地和各种繁杂的申办流程让我犯了难，好在有李泳驰倾力相助。墙上挂的合作社营业执照是李泳驰帮我办回来的。我清楚地记得，在合作社的推动下，豆角种植产业发展起来了，拉豆角去市场的二手两轮摩托车，升级为全新四轮小货车。

美好的前景就在前方。2019年，我遇到现在的得力伙伴——鱼峰区白沙镇王眉村豆角种植户梁亮。

"要不要来王眉村一起种豆角？王眉村位于柳州螺蛳粉原材料农业现代化示范区核心区，具备规模化种植的条件。"梁亮随口说的两句话，我放在了心上。

行动是最好的语言。我先在王眉村租下20亩土地做试验。可观的收成，坚定了我在王眉村发展柳州螺蛳粉原材料产业的决心。经鱼峰区农业农村局牵线搭桥，我在王眉村租下600多亩土地，豆角、辣椒、稻田套养螺蛳等产业一并投产。

鱼峰区推进数字化服务新型科技业态后，我在基地安装了智慧农业系统。运用智能化捕捉害虫、无人机飞防作业、节水微喷滴灌系统等智能化技术，降低了生产成本，提高了作业效率。

"在覃保林的带动下，王眉村的豆角种植技术日益成熟，"梁亮说，"虽然种植技术提高了、人工减少了，但我与覃保林还是想让更多的村民实现在家门口就业。"

"家门口就能就业，顾家、赚钱两不误，每个月还能有3000多元的收入。"村民梁日华捧着两把新鲜豆角，脸上展开心满意足的笑容。

每当看到像梁日华一样笑容满面的村民，我都感到很满足。现在，我以每亩每月1000元的租金向王眉村周边农户租地，以每天120元的工钱向附近村屯招工，优先招脱贫户。

星光不问赶路人，时光不负有心人。我的合作社从最初的几户发展到168户，队伍逐渐壮大。"入股合作社每年能有5%的分红，豆角也不愁没人收。"农户朴实的话语，激励着我奋力前行。

如今，我有一个愿望，就是引导更多的农户参与合作社的发展，与我一同坐上柳州螺蛳粉发展的快车。

○ 后 记

晨兴理荒秽，带月荷锄归。最难熬的起步期已成为过去式，我的种植养殖产业迎来了发展的春天。我将继续做好推动乡村振兴的带头人，带领广大农民，乘着柳州螺蛳粉发展的东风，把豆角种植产业做大做强做优，让一根长长的豆角含金量更高。

023 ▶ 一顿餐：免费里藏大爱

/ 覃珩 /

> 有针对性地实施贫困地区学生营养餐或营养包行动，保障生长发育。
>
> ——习近平

人物：凌云，柳州市教育局学生资助管理中心副主任，2011年开始参与和推动柳州市营养午餐的改革工作。她个头瘦高，说话轻声细语，满眼是爱。她与营养午餐改革工作打了10多年的交道。回首过去，其中的酸甜苦辣，恰如陶行知先生所说："捧着一颗心来，不带半根草去。"

"为让孩子吃一口饱饭，父母轮流坐船给孩子送饭。"2008年，这则报道三江侗族自治县富禄苗族乡中心小学学生吃饭难的新闻，在我心中激起层层波澜。

看在眼里，思在心里，落在行上。那一年，东风吹尽去年愁，初秋的三江开始焕发生机。柳州领先全区，在三江侗族自治县、融水苗族自治县、融安县义务教育阶段农村学校实施免费午餐制度，这个民之所望、政之所向的喜讯也像长了翅膀，传遍龙城，飞入我的心中。

刹那间，一团熊熊烈火在我心中燃烧，我决心要到最需要我的地方，去改变贫困地区孩子们的吃饭难题。

2011年，我拥抱大山，从此脚下的路变成蜿蜒的山路，头顶的"灯"是稀疏的星光，眼里是孩子们白色冰冷的午餐。

三江侗族自治县富禄苗族乡岑旁村小学原校长陈海林，他与我的感受相似。陈海林说："岑庞村过去有个外号叫'送饭村'，村里的小孩小学毕业考上初中后，就要到距村7公里外的富禄乡中学读书。为节省开支，很多学生家长会轮流给村里的孩子送饭。盒饭里装的都是不易变质的酸菜和米饭，新鲜的肉很少。"

一碗米饭，几根青菜，是大多数贫困地区孩子的午餐标配。这让我切实感受到了肩上担子的重量，誓要千磨万击还坚劲，任尔东西南北风。

在有限条件下，我们利用校舍改造成简易的厨房，老师身兼多职，既要完成繁重的教学任务，又要肩负采买食材与厨房后勤工作。

一根筷子易折断，一把筷子折不断。随着改革的深入，越来越多心系孩子健康的人加入营养午餐改革的队伍，大家齐心协力推着滚石奋力爬坡。现任三江侗族自治县古宜镇黄排小学语文教师的蒙跃春就是其中之一。

"当时的改革没有可借鉴的经验，大家都是摸着石头过河。"蒙跃春说，那时学校每天最重的任务就是采买食材，因为没有固定交易市场，没有统一配送，没有团队运作，但又必须保证食材安全、新鲜并准时送到学校。

能吃苦的蒙跃春，于是每天7时30分准时到达市场，完成采买后一个人又将50多公斤重的蔬菜、米和肉拉回学校。学校没有专业厨具，她就与其他老师闻着呛鼻的黑烟，用写板书的双手洗菜、切菜和做饭。

有一次，受天气影响，市场商贩8时30分才将蔬菜挑至市场。此时的蒙跃春已急成热锅上的蚂蚁，担心采购延迟影响后勤工作，学生无法准时开餐。于是心急如焚的她迅速动员全家来市场帮忙，一点点地把采购好的蔬菜搬运到车站。回到学校后，来不及休息的她又主动帮助负责后勤工作的老师洗菜、做饭。

蒙跃春说："如果孩子吃不饱，老师心里就会很难受。没有免费午餐时，学校每周都有学生因为没有吃饱饭和吃好饭而闹肚子。所以我辛苦点也没什么，只希望孩子们的脸上挂的不再是泪水，而是幸福的笑容。"

爱与奉献让这束光愈发闪亮。我犹记得，2020年，全市营养午餐实现了从"0"到"1"的质变，817所学校推行免费午餐制度，学校有了专业食堂、厨具和后勤人员，以及专业的配送和安全检测等服务。贫困地区孩子们的开学愿望也从吃得饱饭变成吃上好饭。

过一山，再登一峰。为让孩子吃得更好，我会经常去条件相对较差的学校走访调研，制定更为详细、高效和规范的管理办法，指导各学校。

用汗水凝结的硕果在融水苗族自治县丹江初级中学很快成为看得见、摸得着的幸福。我一脸喜悦，这种喜悦久久不散。

该校创新推行自助餐模式，成立了一个由学校领导、教师代表、后勤人员、家长代表组成的"护胃队"，定时到县城各大市场比对物价，确保学校采购的食物新鲜又足量，每分钱都能"吃"到学生嘴里。学校校长钟柳艳说："学生现在都夸营养午餐顶呱呱，有肉有菜，顿顿吃不腻。"

○ 后 记

时光荏苒，农村学生餐桌上有了变化，但不变的始终是我对孩子们的爱。青少年的健康成长，是国家和民族的未来所系。未来，我将牢记嘱托，接续奋斗，用有限的生命点亮孩子们幸福健康的生活，让孩子们由吃上好饭变成吃上更好的饭，逐渐成长为对社会有贡献的人。

024 ▶ 一颗桔：金灿灿向振兴

/ 覃珩 /

全面推进乡村振兴，要立足特色资源，坚持科技兴农，因地制宜发展乡村旅游、休闲农业等新产业新业态，贯通产加销，融合农文旅，推动乡村产业发展壮大，让农民更多分享产业增值收益。

——习近平

人物：秦强，融安县水果技术指导站站长，长期扎根一线，是名副其实的水果"土专家"。他于2010年获广西"十佳农产品产销对接工作模范"称号。他常年奔跑在田间地头，把果园当讲堂，为果农们补充技术营养。他与果农们正走在乡村振兴的大道上，一起向未来。

希望的田野在人们的劳动中变了样：漫山金灿灿，幸福增了光，振兴新希望。

每年金桔丰收之时，我流连于桔园，总能闻到一股清新的金桔香味。看着一个个宛若金元宝的金桔，自豪之情，涌上我心头。

我是农民的儿子，拥抱土地，成为一名农业技术人员，无怨无悔。当别人问我图什么时，我的回答总是："山清，水秀，人活，家富。"我没有上过一天农学院，却用整天围着农田转的热情，敲开了金桔规模化种植的大门。

2014年，我的微信弹出一条令人欣喜的新闻：融安县出台"以奖代补"政策，扶持滑皮金桔和脆蜜金桔等优良新品种的种植发展。

融安县万亩金桔扶贫产业示范带

  好雨知时节。这一利好政策如及时雨,我急在心上,立马吃透政策,在田间打转,进村入户,将一个个惠农政策和种植技术送到农民手中。

  转变农民观念,光靠开大会、读文件行不通,我就搞了10个实验点,怎么种、怎么管,一目了然。很快,融安金桔产业快速发展,2019年种植面积达16.7万亩,面积、产量和品种品质均居全国金桔生产区域前列。

  先打井,才有水。引来的活水就是留学归来的大学生赖园园。她热爱故乡,吃着大地滋养的金桔,有了一个香甜的梦:通过电商平台把金桔卖出大山,带动更多的村民致富。

追梦之路不会一帆风顺。20多万元的创业资金所剩无几,还屋漏偏逢连夜雨。2013年,她开设网店销售的金桔,在运输过程中出现损坏,金桔销售受到影响。

有人劝她放弃。她说:"农民的孩子不怕苦!"沉淀半年后,她组建团队,从市场、用户、产品、企业价值等环节入手,对金桔采摘、包装提出了更严格的要求。把准了脉搏,融安金桔成功飞出大山。果农通过种植和销售金桔年增收2万元以上。

2019年,青山脚下涌起阵阵"兴业春潮",我深切感受到了金桔产业"奔跑"的速度。融安县高泽工业园内一片欣欣向荣的景象。一栋栋崭新的厂房拔地而起,金桔果脯、金桔膏、金桔酱、金桔果汁等产品应接不暇。金桔产业进入从种植到深加工的良性发展轨道。

园区的柳州融安金园食品有限公司营销总监孙新是一名新融安人。他兴

在融安县电子商务产业园,工人把分拣好的金桔打包

奋地说："太意外了！"原来，那一年，他的公司5个多月就投产，节约了600多万元的土地成本。

随着像孙新一样的新融安人在园区"安营扎寨"，越来越多的农民成为工人，收入稳定又增长。截至2020年，参与金桔育苗、种植、销售人数超过10万人。金桔产业还要高质量发展，聚焦产业的数字化，鼓励企业发展智慧农业，用"互联网+"赋予产业发展的新活力。

最先"尝鲜"的，是返乡创业青年韦小东。

在他开设的公司云仓里，金桔分选、打包、装箱不到一分钟就可以完成。公司可以在云仓内任意选择单果覆膜、精品包装等"私人定制服务"。

在他建立的100多亩蚂蚁农业电商数字示范基地里，系统可利用气象监测、土壤墒情等数据，自动调控设备，实现数字化远程操控农业种植。

从大水漫灌到精准滴灌，金桔成了"黄金果"。我统计了一下，2020年，融安县金桔实现品牌价值19.42亿元，帮助2.8万多贫困人口实现脱贫摘帽。融安县被中国果品流通协会授予"中国金桔之乡"。

种果跟待人一样，用了心，它就给你长——这是我从奋斗中收获的最香甜的"果实"。

○ 后 记

我披的棉衣，是土地织的；我穿的布鞋，是田野纳的。我的身上自始至终流淌着农民的血液。因此，我拥抱土地，我用心栽培，让树木结出累累硕果，富裕一方民。幸福是奋斗出来的，我将与广大深耕在金桔产业链上的人一道，同向发力，推动产业像滚雪球一样越滚越大，以金桔产业带动其他产业振兴，让金桔成为乡村振兴征途中一颗璀璨的明珠。

025 一把葱：绿成"金"富一方

/ 朱柳融 /

> 要全面推进乡村振兴，加快农业产业化，盘活农村资产，增加农民财产性收入，使更多农村居民勤劳致富。
>
> ——习近平

人物：韦文景，柳江区三都镇里贡村人，资深香葱经纪人。他面庞清瘦，头发乌黑浓密，显得精神抖擞。在香葱收购点，他穿着深灰色的棉衣，拿着手机，忙碌着。

"一都米，二都女，三都大财主。"我是听着这句顺口溜长大的，它说的是三都镇自古靠近官道，做生意的人多，富裕的人也多。因此，我相信：只要勤劳肯干，肯定没有穷人。

时间倒回到1998年，20多岁的我，因为没有一番事业，穷过、苦过，所以一门心思想找个门路，大干一番。那时，我们里贡村已经有人在种香葱，形成了1000多亩的种植规模。香葱七八角一斤，村民拿到街上零售，收入还可以。

一个朋友和我说："长沙、上海、杭州这些大城市，香葱销量不错，你去跑跑市场、找找销路啊！"一语点醒梦中人。我和同村一个伙伴商量后，两人说干就干，拿着几百元路费，坐了十几个小时的绿皮火车，一路北上。

我们先后到长沙、上海最大的批发市场走访，调查市场的香葱销量。因为当地米粉、面等小吃用葱多,这两个城市的大批发市场一天都能卖上万斤香葱。如果里贡村的香葱能卖到大城市,农民就不用拿去市场上零售了。在长沙、上海找到代卖人以后,我俩决定:就做香葱生意。

东拼西凑了1万多元,我们就天天跑田里,号召农户把香葱卖给我们。没多久,一车1万多斤的香葱就发往了长沙。

那时的我们有点慌,第一次交易,怕香葱卖完了,钱收不回来,也怕卖不出去,本钱都打了水漂。幸好,一车香葱很快卖完,对方也诚实守信地把货款打过来了。这坚定了我们继续做下去的信心,我们也成了三都镇香葱经纪人"元老"。

我们一点一滴积累经验和财富,农民也增加了收入。香葱种植从里贡村往外扩散,不仅三都镇的觉山村、龙兴村、白见村,连百朋镇、成团镇等地的农民也都开始种香葱。

觉山村60岁的韦定解种香葱快20年了。"我们的田不能闲,春夏种瓜豆,秋冬种香葱,一年四季都有收获。"韦定解说。靠着香葱经纪人,他的葱不怕卖不出去。

一栋栋"香葱楼"、一辆辆"香葱车"……出现在三都镇肥沃的土地上。我们的生意也越做越大。2010年到2020年,每天经过我们卖出的香葱有60吨,占三都镇日销售量的40%,主要发往上海、广州、重庆等地。

镇上另一个收购香葱的大户,是大家好蔬菜专业合作社。他们销量大,也有想法,2013年引进了洗葱机洗葱,让很多村民告别了人工洗葱。

"4个人洗1000斤葱,要2小时。"该合作社负责人韦小华说,机器一个小时能洗三四千斤葱,他还准备引进新一代机器,可直接完成清洗、打包工作。

一根香葱,点"绿"成"金"。镇里也积极和农业科研院所、大专院校合作,研究制定香葱高产栽培技术标准。新技术、新品种,让三都镇香葱产业更加壮大。

按照特色农业现代化示范区标准建设的柳江区"葱满幸福"香葱产业

（核心）示范区，2017年被评为广西现代特色农业（核心）示范区（三星级），2021年成为四星级示范区。在示范区一个不起眼的大棚里，种植了100多个品种的香葱，都是能够带动农民致富、乡村振兴的宝贝。

如今，三都镇香葱的复种面积已突破4.3万亩，1.2万户农民种香葱，成就了一个10亿元的产业。

在多年的香葱经纪人生涯里，我经历了香葱价格大起大落。最贵的是2020年，一度飙升到9元一斤。也是那一年，觉山村的农民人均可支配收入达24036元，高出全国农民人均可支配收入40.3%。因此，2021年，觉山村同时上榜全国"一村一品"示范村和全国乡村特色产业亿元村。

不是我们里贡村上榜，也值得我们高兴啊！这一番闯荡，不仅富了我们，也富了大家。

现在，香葱产业还要朝着深加工的方向继续延伸。三都镇党委书记余文波说，镇里正在谋划引进香葱深加工项目，将香葱做成脱水葱、葱油、葱汁等产品，提升香葱产业的附加值和竞争力。

听到这个消息，我激动了很久。一直想在香葱事业再上一个台阶的我，又有了新方向。

○ 后 记

24年前，我没有想过我的家乡会因为香葱发生如此大的变化。我没有什么文化，不过我记得一句话：人不负青山，青山定不负人。在乡村振兴的路上，我还要再大干一场！

026. 一群"雁":铆干劲促振兴

/ 范桢　付华周 /

> 就业是巩固脱贫攻坚成果的基本措施。要积极发展乡村产业,方便群众在家门口就业,让群众既有收入,又能兼顾家庭,把孩子教育培养好。
>
> ——习近平

人物:荣双全,中共党员,毕业于玉林师范学院历史学专业,鹿寨县拉沟乡拉沟村第一书记。记者初见荣双全,是在村委会。他笑起来时,脸颊上露出两个深酒窝,朝气十足。在村委会的会议室里,他拿着村里的特色农产品,与驻村工作队队员商量如何直播带货。他推动创建的电商平台,带动拉沟村特色产业发展像芝麻开花节节高。他被村民称为"领头雁"。

农村是一个广阔的天地,在那里是可以大有作为的。

我从农村中来,又到农村中去。三江侗族自治县古宜镇是养育我的家乡,鹿寨县拉沟乡拉沟村现在是我的第二个家。我本以为驻村的日子很漫长,但一晃眼已经快一年了。

我见证这里的点滴变化,这里又伴我成长。

刚毕业,我在鹿寨县实验高级中学教书时,就听说拉沟村自然资源丰富,土特产很多。没想到4年后,我成了拉沟村土特产的"形象代言人"。我这名"形象代言人"可忙啦。我不仅"代言",还负责收货、包装、写文案、直播、送货、做售后……在我身后,是一个强大的乡村产业。

说到"形象代言人",不得不讲到我驻村第二个月时的一段插曲。

2021年5月的一天,我与驻村工作队队员来到脱贫户陆海玉家拉家常。

陆海玉,53岁,平时做一些木工活,帮村民制作木门窗。闲聊时,陆海玉拿出了一罐自家的蜂蜜。"闲着的时候就做点蜂蜜,亲朋好友帮忙卖,一年大约卖40斤,赚点小钱。"陆海玉边说边让我们品尝蜂蜜。虽然不是专家,但我和驻村工作队队员品尝蜂蜜后都觉得不错,便要了些样品带回村委会,拿给大伙品鉴。

"这蜂蜜好呀,可以推广!""黏稠度适中,味道清香,透明度高,值得买。"……养过蜜蜂的村干部和有经验的养蜂人都对陆海玉的蜂蜜给予了好评。

于是,一个大胆的想法从我脑子里冒了出来。"我们帮他卖,要让他赚大钱。不只让他一个人赚,还要让全村人都赚!"当说出"电商"二字时,我顿时感觉浑身充满干劲。

一石激起千层浪。我和驻村工作队队员沉下去,发掘乡里有特色、有品质的土货。蜂蜜、罗汉果、木耳、竹笋、草珊瑚、灵芝、香菇、牛大力、八角……这是一个宝藏地啊。

2021年9月22日,经过团队的努力,广西鹿寨县绿野山珍土特产有限责任公司在拉沟村成立。一台电脑、一根网线,一头连着拉沟村,一头连着市场。看,仅3个月时间,村里的电商平台已经帮陆海玉销售了40斤蜂蜜,是他此前1年的销量。

拉沟村纳盘屯的村民韦振飞去年种植了7亩罗汉果,总产量约6万个果,总产值约4万元。"罗汉果畅销,供不应求,公司要收购干果4000个。"我把这个好消息告诉村民,大伙拍手叫好,村里种植罗汉果的积极性越来越高。

农村电商的发展让这里发生了改变,村民就业路子拓宽了,村集体经济增收了,一切都朝着新的方向迈进。

今年年初,驻村工作队员给我发来一串数字:广西鹿寨县绿野山珍土特产有限责任公司营业额达4万元，帮助30余户村民实现土特产变现。

看到这串金闪闪的数字，我脑中浮现出村民们的一张张笑脸，干活的劲头更足了。

"荣书记，咱们村的特产专卖店啥时候开啊？""装修好了，年后就开业。"春节前，村民们路过村委会附近新建的特产专卖店，总是抱着期盼的心情询问，我也把好消息带给村民。几个月来，通过一场场直播卖货，拉沟村土特产的名号打得更响了。

拉沟村还有不少特色产业，比如砂糖橘。刚来驻村时，不少群众向我反映，拉沟村的水渠年久失修。拉沟村党总支副书记戴福新种植了15亩砂糖橘，因没有水渠，他只能抽水灌田，耗费大量人力、物力。得知大伙的难处，我四处寻求帮助，无奈资金还是不足。

"第一书记，经费到账了！"2021年11月，收到这个令人激动的消息后，我高兴得跳了起来。二话不说，我当即组织村委会开会筹建三面光水渠。

如今，该项目已建成，不少村民来村委会表达谢意。戴福新特地邀请我去果园摘果，说砂糖橘长势喜人。

拉沟村的变化得到了市工作队管理办副主任刘国栋的认可。刘国栋说，我市1124名驻村工作队队员，像一群群大雁，振翅飞翔在乡村振兴的广阔天空。他们用青春和智慧推动驻点村强基础、兴产业、美村庄、抓治理、育人才、优服务，绘就乡村振兴壮美画卷。

○ 后 记

拉沟村2018年脱贫后，我从脱贫攻坚的前辈们手中接过接力棒，肩负乡村振兴使命，开启新征程。我的心与村民们连在一起，我愿意做一只展翅高飞的大雁，带领村民飞向振兴，拥抱拉沟村一个个新变化。

027 ▸ 一根蔗：高产量酿甜蜜

/ 江宏坤　文鑫豪 /

> 中国是农业大国，有着悠久农耕历史和灿烂农耕文化。农业现代化关键在科技进步和创新。要立足我国国情，遵循农业科技规律，加快创新步伐，努力抢占世界农业科技竞争制高点，牢牢掌握我国农业科技发展主动权，为我国由农业大国走向农业强国提供坚实科技支撑。
>
> ——习近平

人物：卢文祥，柳城县甘蔗研究中心高级农艺师，国家糖料产业技术体系柳城综合试验站站长，农业农村部糖料专家指导组成员，柳州市乡村振兴战略"三农"工作队伍杰出代表，曾被授予"全国农业先进工作者"称号。数十年间，卢文祥从风华正茂到眉毛染霜，从朝气蓬勃到老骥奋蹄，变了容貌，始终不变的是扎根"三农"、投身蔗林的赤子初心。他带领团队培育的糖料蔗杂交品种桂柳05136，在广西推广应用面积超过1600万亩，书写了中国"甜蜜事业"的新传奇。

与土地打交道，和甘蔗在一起，我一生无悔。

我出生于农村，从刚毕业研究水稻，到倾心培育甘蔗，始终没离开土地。甘蔗科研，就是要搞透甘蔗的"命"。甘蔗是"穷命"，也是"瘦命"，更是"粗命"，穷人种、瘦地长、粗管理。身为甘蔗科研人员，我的目标是为甘蔗"改命"：让穷人即使用粗放的方式在瘦地上种植甘蔗也能获得高产，实现勤劳致富。

为了实现这个目标，我不知不觉奋斗了几十年。

① 2019年10月30日清晨，卢文祥在柳城县大埔镇木垌村保大屯甘蔗林里观察甘蔗的长势

② 卢文祥在甘蔗地里使用仪器测量甘蔗的含糖量

甘蔗是柳城县的优势产业，也是当地农民增收的主要产业。过去广西引进的甘蔗耐寒性和蔗茎耐贮性较差，特别是在气候较为寒冷的柳州，种着种着就会出现产量和糖分均下降的退化现象。

培育一个新的甘蔗品种，少则需八年，多则要十几年，还不能保证一次成功。经过调研和论证，我与研究团队将甘蔗育种目标定位为适应本地生产需要的抗霜、抗旱区位育种。

柳城县甘蔗研究中心人员少，每名工作人员一年要照顾4万多株甘蔗种苗，观察10万多株育种材料。只有优中选优的品种，才能进入下一环节——接受大自然的考验。

2009年年初，寒潮来袭，检验新品种的重要时刻到了。那年天气寒冷，霜水流入土里冻伤了蔗根。我与研究团队很着急，但这是"柳州籍"甘蔗良种必经的坎，它唯有"自救"。

霜冻过后，桂柳05136等几个抗霜性较强的品种脱颖而出。从2005年选育株系，到2014年通过广西甘蔗品种审定和国家甘蔗品种鉴定，桂柳05136的培育历时九年，其间遭遇了135次失败。

桂柳05136培育成功后，我与研究团队兴奋不已。与优良品种新台糖22号相较，桂柳05136平均每亩增产0.7吨，糖分提高0.7%，农民每亩可增收515元。据初步测算，原料蔗每提高1%的糖分，全广西可增加30亿元的产值。

大埔镇木桐村蔗农梁志新种植了近30亩桂柳05136，不需要精细化管理，一年收入就超过8万元。梁志新每次看到我都竖起大拇指："有了你们培育的桂柳05136，才有我现在的甜蜜日子。"

科研永无止境。在成果面前，我和研究团队仍不断精益求精，寻求新突破，不断消除甘蔗的"负面清单"。甘蔗品种好坏的选择权在于农民，不在科研人员。只有品种好，农民爱种，能卖出好价钱，才是优秀的甘蔗品种。为此，我与研究团队把农民带到试验田，让农民挑选看上眼的品种免费试种。

柳城县蔗农刘荣总"批评"我们："老卢，你们总说这个不易脱叶，那个抗压不行，这些问题可以在种植时解决啊。"

每个种苗的培育都不容易，有一点瑕疵就放弃的确令我们很心痛。但"偏科生"种苗少量种植可以，大范围推广存在较大隐患，那是不负责任。

这些年来，我与研究团队培育了桂柳05136、桂柳一号、桂柳二号、桂柳07500等多个通过广西审定或国家鉴定的甘蔗新品种，并跨界研发了甘蔗收割系统，获得国家实用新型专利。

柳城县甘蔗研究中心副主任卢李威和我一起培育甘蔗种苗，长达十年，决心扎根土地。看着年轻人成长，乡村振兴后继有人，我心甚慰。

"不会停下脚步！"我与研究团队将全力培育亩产量期望值达8吨至10吨的"懒人蔗"新品种，为"甜蜜事业"踔厉奋发，为乡村振兴笃行不怠。

○ 后 记

甘蔗地绿了又黄，黄了又绿。

我愿扎根柳州热土，聆听蔗林田野诗篇，释放"三农"人的泥土芬芳；我愿以心血为墨，以甘蔗为笔，为大地母亲绘就最美画卷；我愿在同心共筑中国梦的路上，好马不停蹄，好牛不停犁，将一生时光栽种成甜蜜甘蔗。

因为，土地上、蔗林里，有我荣辱与共的研发战友，有我乡村振兴的挚爱亲朋，有我为之奋斗一生的"甜蜜事业"，有我生命的根。

028 ▸ 一节藕：产业链连幸福

/ 朱柳融 /

> 我们还要咬定青山不放松，脚踏实地加油干，努力绘就乡村振兴的壮美画卷，朝着共同富裕的目标稳步前行。
>
> ——习近平

人物：覃秀翻，中共党员，柳江区百朋镇怀洪村原党支部书记。记者见到她时，是在怀洪村村委会办公室。她身着墨绿色的呢子大衣，围着红色的丝巾，头发经过精心的烫染，脚上的短靴干净发亮。"退休后才穿得这么干净，以前当村支书时不是走村串户，就是在藕田忙活，身上总是带着点泥。"她说。

我是土生土长的怀洪村人，对这里的一草一木有很深的感情。"中国美丽田园"、广西"十大魅力乡村"、"广西十佳休闲农业名村"、自治区级"乡约·藕遇"田园综合体……我们村获得了不少荣誉。

20多年前，我做梦都不会想到家乡会有这样的发展。实事求是地说，这份成绩单里，有我的点滴心血和汗水。

1994年，我当上了村支书。那时，村里大多是泥巴房，路也是泥巴路。村里人均年收入才800元。当了村支书，我就有责任带领老百姓一起致富奔小康。

眼前数千亩成片的稻田里零星出现的藕田吸引了我的目光。那是几名村民去湖北打工，看到人家种莲藕赚钱，引种回来种的。

"种莲藕赚钱，一亩收入一两千元，就是辛苦！"一个藕农跟我说，挖很辛苦，还要拉去柳州卖。

我想，农民哪有不辛苦的，只要荷包能鼓起来怕什么辛苦！1996年，我开始发动村民种莲藕，每家每户甚至每条田坎，都有我的脚印。

"要是莲藕销不出去，只能摆在田头怎么办？""你怎么保证就比种谷子赚钱？"……面对村民的质疑，我意识到：钱没有进到农民的口袋，光凭一张嘴做工作是很难的。

那我就自己先种！家里的4亩田，全被我改种莲藕。爱人是老师，几乎没有时间务农，除草、施肥、打药都是我一个人包了。我家挖莲藕时，家家户户都来看。我种的莲藕又白又大，一亩能产750公斤左右，收购价2.4元一公斤，大家看着我把钱装进荷包。

在一次莲藕擂台赛中，我凭着一根1米多长、7节的莲藕，赢得了"莲藕大王"称号。

村里的韦善用、覃顺周等年轻人在外面做生意时认识了一些收购莲藕的老板。我和他们商量，希望能把老板带来百朋镇，把收购点设在田间地头。

这些年轻人说做就做，把收购的老板引了进来。他们还干起了莲藕代办业务。"那时帮人家代收莲藕，1斤可以赚5分到1角的代收费，好的时候一天有1000元收入，比去外面打工强多了。"韦善用说。

慢慢地，村民种植莲藕的积极性高了。我看着村里的水田在变化，莲藕逐步取代了水稻。2000年，百朋镇双季莲藕种植面积突破3万亩。越来越多的老板涌进村里，每年5月到7月，国道旁运输莲藕的大货车不断，忙的时候交警都来疏导交通。

莲藕代办人积累财富后，升级成莲藕经纪人——自己收，自己销。白、脆、甜、香的玉藕还被覃顺周兄弟等人卖到了新加坡、美国等国家。"2002年我在家里建起了冷库，高峰时候，每天经我手出口的莲藕有五六十吨，价格比国内贵不少。"覃顺周说。

"接天莲叶无穷碧，映日荷花别样红。"我心想：村里已经有了前半句诗的景色，后半句可以实现吗？

柳江区百朋镇村民收获九品香水莲

游客在百朋镇万亩荷塘里游玩

一名游客和我说:"村里很漂亮,要是种点观赏荷花,肯定能吸引更多人。"被这句话点醒,我四处找人从湖北引进了太空莲、睡莲等品种,在下伦屯租了四五亩地种荷花。同时,我向上级部门争取资金,把路等基础设施修好。

如今,观赏荷花的种植面积已有数百亩。2012年,首届柳江荷花文化旅游节让更多人知道了怀洪村。数以万计的游人涌入村里,赏花游玩。同时,农家乐也建起来了,"乡约·藕遇"骑行绿道、荷花栈道、荷花亭、游客服务中心、夜景灯光秀、民宿、酒店等设施进入村里。2020年,百朋荷苑景区被评为国家AAAA级旅游景区。

2014年,我不再担任村支书,但村里的发展我都记在心上——百朋镇每年旅游收入达2亿元,双季莲藕产业实现农民人均纯收入达7500元。

我退休了,年轻人还在乡村振兴的路上奋斗!韦善用在百朋镇、成团镇

在百朋镇万亩荷塘，农民挑着新鲜莲藕走出

和广东汕尾市等地，与他人合伙承包了数百亩地，搞莲藕标准化、规模化种植。韦善用说："现在亩产2500斤至3000斤，价格稳定在四五元一斤，大有可为！"

让我开心的是，这根莲藕还"连"出了新的致富路：九品香莲花茶、荷叶茶、莲藕糖、藕粉等荷莲深加工产业正不断发展……

○ 后 记

民族要复兴，乡村必振兴。作为一名老党员，我最大的感触就是："乡村振兴是为了人民，也要依靠人民，让人民共享这份成果。"如果还有需要我的地方，我一定会为这份事业再努力一次，为乡村振兴新画卷添上精美的一笔。

029 ▸ 一包糖：甜产业润心田

/ 周枳伽 /

要立足广西林果蔬畜糖等特色资源，打造一批特色农业产业集群。

——习近平

人物：周文兴，柳州人，毕业于广西大学食品科学与工程专业（制糖工程方向），广西凤糖生化股份有限公司凤山糖厂生产科科长。从小在甜蜜中长大，如今在"甜蜜事业"里奋斗，长期沉淀在甜蜜岁月里，浓眉大眼的周文兴总是露出"含糖量"超高的灿烂笑容。

"阿爸，为什么我们家要种甘蔗？"

"因为在凤山种甘蔗能榨糖卖钱。"这是小时候父亲经常跟我说的话。从我记事起，每逢春节前后，镇上都被浓浓的甜味笼罩。糖厂附近人来人往，甘蔗地里满是砍甘蔗的身影，我的父母也加入其中。如果用一种味道形容我的家乡，那就是甜蜜。

1958年凤山糖厂建成，甘蔗种植和制糖带动了凤山的发展。从镇上到田间地头，大家都为糖业发展而忙碌，这也在我心中埋下甜蜜的种子。高考时，我毫不犹豫地选择了制糖相关专业。2008年大学毕业后，我选择回到家乡，进入凤山糖厂工作，打拼"甜蜜事业"。

那一年，正好是凤山糖厂建厂50周年，生产规模从日榨量7000吨扩大至

10000吨。强劲的生产目标带动强劲的生产力，厂区内货车进进出出，车间里全力开工。在师傅陈钢华的指导下，我学习煮糖工艺，一天能熬制3大罐糖。每天下班后，我的衣服都沾满了奋斗的甜味。"让全国各地都能吃到优质的'网山糖'！"2008年，151万吨的总榨量让全厂上下人心振奋，经过质检、压榨、澄清、煮糖、分蜜、成糖等严格工序后，雪白晶莹的糖流出生产线，被运往全国各地。此情此景，如今还历历在目。

但在2015年至2016年榨季，糖业发展却碰到前所未有的"苦涩"。那时，我已在生产科做制糖工艺及设备管理工作，担子也重起来。那年农历二月初八之前，厂里就把甘蔗榨完了，总榨量只有57万吨。与往年的忙碌相比，厂里竟有些冷清。我溯源得知，甘蔗效益低，不少农户开始改种水果，甘蔗种植面积因此减少。

2015年，柳州进一步加强"双高"（高产、高糖）基地建设，按照经营规模化、生产机械化、水利现代化、种植良种化标准建设，糖业发展迎来了新转机，我的心又重新被点燃。

甘蔗是糖厂的命根子，没有甘蔗就没有糖厂。从那时起，我经常下乡开展甘蔗种植发展工作。"你把地给我们种甘蔗，每年还有补贴拿，多好的事。"有一次我和同事梁路、汪平下了夜班，来到太平镇江头屯开展宣传工作，一户农户被我们说动，把家中荒废的30亩地用来种甘蔗。

2020年春季，我和厂里的入户宣传队再次走进蔗区，放眼望去，甘蔗种植机、管护机等设备轮番登场，犁地、碎土、下种、培土等工序一气呵成。

"以前没想到可以这样种甘蔗。"马山镇的种蔗专业户韦水秀通过租地管理起1000亩甘蔗地，机械化种植让她尝到了甜头。通过"结对子""打老同""以地找人""以人找地""以租带扩""以种带扩"等工作方式，越来越多的蔗户加入种植队伍中，现在糖厂的蔗区面积达到21万亩。看着一幢幢"甘蔗楼"拔地而起，一辆辆"甘蔗车"来来往往，一个想法涌上我心头。

机械化作业带动源头产量大幅度提升，那么甘蔗被送到糖厂后，在制糖环节中，如何让生产效率提升？这一直是我们凤糖集团探索的问题。

针对糖料蔗生产成本高，2018年，集团在凤山糖厂投入1000多万元用于蔗场进行甘蔗液压翻板建设。我和同事对甘蔗吊卸系统进行技术改造：卡车开到甘蔗投放处后，司机就可下车，二三十吨的车辆被机械抬起，甘蔗瞬间被倾倒入蔗槽，自动卸蔗系统快速完成卸蔗。

2021年，一个改变始终在我的记忆里挥之不去。厂里总投资500多万元的白砂糖自动装包设备正式投入使用，套袋、缝合等全部工作由机器完成。糖品经过输送带被运送至糖仓，自动叠包机械臂、叉车的投入使用，让曾经最耗体力的叠包岗位变得轻松。

现在糖厂的糖经济综合发展已较为成熟：制糖产生的蔗渣可以用于锅炉燃烧、发电和生产纸浆，糖蜜可以用来生产酒精、酵母、酱油，滤泥可以变成肥料。

未来，我和广大凤糖人将进一步做好延伸产业链的文章，在拓展循环经济与综合利用新领域中，通过加大对甘蔗副产品的综合利用，推进糖业高质量发展，扶摇直上九万里。

○ 后 记

糖业是广西的传统优势产业，全国每3勺白糖，就有2勺来自广西。在造福于民这条"甜蜜道路"上，我和广大凤糖人将坚守初心，不忘来时路，铺展梦的蓝图，助力凤糖集团成为百年企业，让"甜蜜事业"更甜蜜。

030 ▸ 一颗籽：油茶树发"新芽"

/ 文鑫豪 /

> 种油茶绿色环保，一亩百斤油，这是促进经济发展、农民增收、生态良好的一条好路子。路子找到了，就要大胆去做。要通过"公司加农户"的方式，朝着市场化、规模化的方向发展，使公司和农民彼此受益。
>
> ——习近平

人物：张国富，三江侗族自治县梅林乡人，三江侗族自治县茶叶协会副会长，柳州市2020年"十佳农村经纪人"。"国富，国强民富。"他说，他的名字不仅是家人的期盼与寄托，还是他把小茶籽做成大产业、带动群众致富的动力与方向。

我自打出生，便与茶油结下了缘：受了皮外伤涂抹茶油，日常烹饪使用茶油，随长辈上山管理油茶树，与伙伴爬山采摘油茶果……我的生活与茶油密不可分。

小时候，我常常跟在大人身后看他们制作茶油。经过自然晒干、起火烘焙、碾压打粉、蒸熟制饼等工序，一张张茶饼成型。大人们将茶饼放入"龙头榨"中，用飞锤砸压出油。

用飞锤榨油时，大人们会站成马步，目视前方，全神贯注，然后飞锤高高扬起，随即收步，再迈步，砸向榨槽，晶莹剔透的茶油就在挤压之中汩汩流出，顿时房间内飘出油香。每每见我在旁边看得出神，长辈张原德就说："人就像榨茶油，要经得住千锤百炼才能过上香喷喷的日子。"

长辈的话我铭记在心。上大学时，我选择了与粮油相关的专业。1991年，我如愿回到乡里，从事油茶收购以及茶油销售工作。1997年，有了一些本钱后，我从事茶楼、油茶经营，希望能把茶油的销路打开。

历经12年的努力，铁杵磨成针。我与许多茶油经营户、茶油爱好者、传统手艺人，打开了茶油的销路，当时最远的订单来自香港。2009年，我顺势而为，成立了合作社，流转土地，建设厂房，购买机械。那一年，我虽已39岁，但意气风发。

与我有一样感受的，还有我的同学吴连和。他来自三江侗族自治县富禄苗族乡，是富禄苗族乡茶油加工厂厂长。我第一次与他交流制油时，他一边将过筛后的茶粉倒进特制锅内烘炒，一边说："制油就这烘焙最讲究，火太猛，茶粉容易烧焦，影响茶油的色泽和清香度。火太'嫩'，水分不能完全蒸发，同样会影响茶油的纯度和品质。"

我将吴连和的"精益求精"立为合作社制油之本，要求员工对每道工序都必须精雕细琢。因此，我的茶油无论在哪都广受好评，许多头回客变成了回头客。2011年，我开设公司，以"公司+合作社+农户"的模式，发展茶油产业，带动更多农户参与其中。

良口乡茶油加工厂厂长吴根荣，就是2011年与我建立起深厚友谊的。吴根荣从"草根"成为厂长，全凭智慧。当时，大家都盯着茶油出油率，他却想着利用茶油做副产品，提高茶油价值。"茶油含有维生素E和抗氧化成分，能保护皮肤，一定程度上能防止皮肤损伤和衰老，是村里有名的'月子油'，我们何不做出一款茶油护肤品？"

吴根荣的话让我拨开迷雾见月明。我充分挖掘茶油价值，打造食用茶油、茶油护肤品、茶籽粉洗涤用品等一系列茶油产品，开辟了三江茶油销售的新路径，并在澳大利亚发展了总经销商，把茶油推广至海外。

这些年，我从未忘记带领群众致富的初心。我响应"百企扶百村"的号召，结对帮扶洋溪乡勇伟村、良口乡南寨村、林溪镇冠洞村、丹洲镇合桐村等，带动6个乡镇19个行政村1万多亩茶园打造绿色防控基地，建设富硒油茶林5000多亩。

如今，油茶树已成为许多百姓致富的摇钱树。三江侗族自治县八江镇岩脚村村民吴众养植了20亩油茶树，每年有2万元收入。而在斗江镇一个茶油基地，能提供100多个就业岗位，每个村民每月有4000多元收入。"在这里做工8小时，每天工钱150元，还有专车接送，哪个能想到在家门口也能找到这么好的工作！"斗江镇思欧村村民邓碧云说。

我从农业部门得知，全市油茶种植面积已达到89万亩，年总产值达到8.9亿元，形成了一批规模大、质量优、带动强的示范基地。

三江茶油迎来了好消息：用工业化理念谋划发展茶油产业，将其打造成新的"爆款"产品。听到这个消息，我与广大茶油人振奋不已，种植油茶的群众也欣喜不已。

我相信：希望在望，未来一定会来！

○ 后 记

我从大山里走出来，又回到大山里，因为我深信"人不负青山，青山定不负人"。良弓在手，贵在速发。如今，我正以"公司+基地+农户"的方式，不断完善茶油全产业链，做出更好的产品，把茶油产业做大、做强、做好、做精，带领更多的乡亲父老过上如茶油般香喷喷的好日子。

031 ▸ 一个村:"小缩影"映振兴

/ 文鑫豪 /

> 经过全党全国各族人民共同努力,在迎来中国共产党成立一百周年的重要时刻,我国脱贫攻坚战取得了全面胜利,现行标准下9899万农村贫困人口全部脱贫,832个贫困县全部摘帽,12.8万个贫困村全部出列,区域性整体贫困得到解决,完成了消除绝对贫困的艰巨任务,创造了又一个彪炳史册的人间奇迹!
>
> ——习近平

人物:杨征,三江侗族自治县良口乡燕茶村脱贫户。还未靠近,记者就能闻到他身上淡淡的茶味。"自从脱贫后,我身上便留下了茶叶的'体香',"他说,"这是我与村民一同靠着种茶脱贫致富的最好印记。"

2020年10月17日,是全国第七个扶贫日。挥之不去的记忆,萦绕在我的脑海里。这一天,村里最后18户建档立卡贫困户83人达到脱贫标准,标志着村里279户1220人全部告别绝对贫困。

我出生时,燕茶村是深度贫困村。自我有记忆起,父亲杨明修就一直和贫困作斗争。1997年秋季的一天,父亲和村里的叔叔阿姨一起出门,临行前他摸着我的头说:"征儿,在家等着,爸爸外出回来后家里会有大变化。"第二天傍晚,从远处传来的阵阵歌声高亢嘹亮,让昏昏欲睡的我顿时清醒。不久,10多个影子由远及近,正是父亲一行。他们如出征战士凯旋,个个意气风发,气势如虹。次日,村里开了大会,父亲站在高高的台子上说了很久。我虽听不懂,但村里人听后都喜笑颜开,我估摸着一定与前一天的"出征"有关,且是好消息。

杨征和母亲在茶园里采摘茶叶

1998年春天，村里掀起轰轰烈烈的种茶热潮。这时，我才知道这个好消息是什么。正是这次掀起的种茶热潮，让燕茶村在24年后成了三江侗族自治县大规模种植茶叶的村庄之一。

原来，父亲他们到大山那边的布央茶园学习了茶叶种植，回到村里决定带领村民发展茶产业，以实现脱贫致富。

一晃18年过去，身体每况愈下的父亲终是顶不住病魔缠身而故去。随着父亲一同被埋入土里的还有当年种茶脱贫的激情。因交通不便、技术不精、销路不广，村里的茶产业终究还是没能发展起来。

家里仅剩我与母亲、妹妹，我家被识别为贫困户。为了减轻母亲的负担，我把读书的机会留给妹妹，前往广东务工，谋求新出路，直至那一通电话打来。村党支部书记吴明益在电话里说："小征，村里来了驻村第一书记，过去茶叶和油茶树品种落后，现在争取到产业奖补，扩大了村里茶叶种植规模，改种优良品种，你父亲的愿望要实现了，你回来一起干吗？"

那一刻，我似乎又看见了父亲的身影。父亲的双臂不停地挥舞着锄头，把梦想深埋进土里，等待来年花开。或许这一次，村里真的要变样了。

我当即辞职回家，看着家里略显荒凉的老茶园，对父亲的思念涌上心头。我将这股思念化作动力，撸起袖子就干，将老茶树全部换成了新品种。

从广东辞职返乡的吴本清也加入了种新茶的行列。吴本清的茶园就在我家茶园旁边。我俩每天结伴而行，还时常围坐在火塘边，畅谈燕茶村的未来。吴本清总是信心满满地说："现在国家很重视扶贫工作，县里也很支持，给补贴、教技术、拓销路，我相信只要不偷懒，脱贫致富是迟早的事！"

正如吴本清所说，经过努力，2019年村里148户贫困户摘帽，我家也是其中一户。那一年，我白天上山采茶，晚上炒茶，第二天一大早送到三江茶城交易，每个月有近5000元的收入，不比我在外打工少。

当我与吴本清等村民正为茶产业奋战时，村里传来一个又一个好消息：村里实施危旧房改造，让约占全村四分之一的116户村民搬进了新居；村里来了15名支教大学生，丰富村里孩子的学习与生活；村里安装了太阳能路灯，修了饮水工程，建了健身广场，通了产业路……

我犹记得村民吴明万在搬进新居后，请我到他家里吃饭的那个晚上。我与吴明万等人举杯畅饮，高唱侗歌。情到深处时，吴明万举杯高喊："敬党和政府，敬亲朋好友，敬贫穷的过去，敬美好的未来。"

如今，得益于各项政策，村里大力培育发展茶叶和茶油等特色产业，3500亩茶园、5000亩油茶树……看着村里的发展之势，我激情迸发，对乡村振兴更加充满信心。

父亲，我虽已脱贫，但仍将继承您的抱负，做大做强茶产业，做好村里的茶文章，"出征"乡村振兴并凯旋！

○ 后 记

我所在的村只是全市348个脱贫村中的一个。贫困已成为过去式，振兴正当时。我深信只要脚踏实地，在不久的未来，我们村一定能续写更多的传奇。

032 ▸ 一叶茶：绿产业释潜力

/ 覃珩 /

> 要很好总结科技特派员制度经验，继续加以完善、巩固、坚持。要把茶文化、茶产业、茶科技统筹起来，过去茶产业是你们这里脱贫攻坚的支柱产业，今后要成为乡村振兴的支柱产业。
>
> ——习近平

人物：葛智文，云南省弥勒市人，柳州市农业技术推广中心经济作物科副科长。2010年7月，他走出湖南农业大学校门，与"素未谋面"的柳州来了一场"绿色之约"。在与茶叶相伴的日子里，他流连茶园、埋头制茶、专心研茶，将真情融进茶里，为茶农们铺就了一条前景广阔的乡村振兴之路。

记得大学时茶学系的教授常讲，茶学的学生要练就"三个本事"：墨水、汗水、口水。如今，我细品其中滋味，便觉得这就是茶叶人的信仰与追求。我与茶叶的故事就围绕"三个本事"展开。

柳州原产茶树主要有九万山古茶树、元宝山野生茶、牙己茶、高露茶等，这丰富的茶种质资源，犹如一块磁铁深深吸引着我。

2010年3月，大学还未毕业，我就从湖南长沙来到融水苗族自治县安太乡实习。到达安太乡当天，已是皓月当空，为不影响茶叶品质，我与茶叶企业的老板、员工连夜收青制茶。

工厂里，整齐排列的制茶机器轰鸣运转，我们井井有条地给茶叶杀青、揉捻和提香……待新茶的清冽香气四溢之时，天空已微亮，我的双腿进入了

三江侗族自治县同乐苗族乡归亚村，村民在茶园里采茶

麻木状态。那时，熬夜制茶是我实习的常态。

毕业后，我选择留下来，希望将这山沟沟里的片片茶叶，变成群众脱贫致富的"金叶子"。

过去，当地居民只会采摘藤茶打油茶，但因野生藤茶未经白化苦涩难咽，品质与售价都不高。为挖掘本地资源，拓宽茶农增收途径，我每天往返于融安和融水县城，收青、制茶、实验，有时忙到凌晨，但藤茶"起霜"还是失败了。

我相信人生如茶，总得先苦后甜，于是我咬牙坚持，一边改进制茶工艺，一边联系母校老师重新梳理制茶流程。艰难困苦，玉汝于成，当一片片如雪花般洁白的晶体出现在眼前时，我开心得像个孩子。此后，藤茶的价格从每公斤20元涨到每公斤720元，白茶、石崖茶、融水古树红茶等新品种相继被开发出来。

茶，本是一片树叶，但正是这片小小的树叶，在历史长河中延伸出了一串"衣食万户"的产业链。

在绵延起伏、绿浪如波的三江茶园里，我总能看到年轻的茶产业农科员杨哲蹲在茶园里，给茶农讲解病虫害防控技术和标准化种植技术。

2019年，杨哲加入茶产业农科员队伍。从此，他如脚下厚实的土地般，不断"滋养"茶农，为茶农送去最新的技术和理论，带头进行示范种植，引导茶农进行生态种植，并指导茶企引进使用智能虫情测报系统。但万事开头难，无论杨哲如何推广与传授技术，茶农依旧兴致不高。为充分调动他们的种植热情，杨哲带头在自家茶园进行生态种植，出钱给茶农买有机化肥，三天两头跑茶园给茶农解决种植难题，建立微信群线上教授茶农种茶知识……

杨哲一步一个脚印坚定前行，茶农种植的茶叶产量慢慢增加，收益不断提高，杨哲也受到了茶农们的欢迎。茶农姚建雄说："在他的带领下，茶叶每亩增产约100公斤，每年可增收约5000元。"

一片云推着另一片云。三江侗族自治县越来越多的茶农，开始像爱护自己的眼睛一般守护茶园，让茶园焕发出新的生机与光彩。全市通过绿色食品、有机认证茶园面积超过14万亩，认证面积占全市茶园总面积的59%。

对于这样的变化，茶农梁领松看在眼里，喜在心上。他说："尽管生态种植让茶农短期内增加生产成本，但大家都不会计较得失，一心为打造自家茶叶品牌而努力奋斗。"

我也欣喜地看到，伴随着茶产业一二三产融合的脚步，"金叶子"释放出更大的潜能：2020年，我市率先在全区探索出农村股权量化模式；国家茶产业工程技术研究中心柳州分中心成立；茶叶加工企业由200余家发展至500余家；茶旅融合转型升级，资源优势转化为产业优势；茶文化获得挖掘，别具特色的茶文化形成……

奋斗有"回甘"。2021年,全市茶叶种植面积增至24万亩,年产值22亿元,人均茶业收入约5000元。得知这些情况后,我信心满满,撸起袖子加油干,定不负"绿色之约"。

○ 后 记

我在与茶打交道的10多年,可以说是一路风尘一路歌。如果将"茶"字折开,就是"人在草木间"。发展茶产业,推动乡村振兴,就要"俯身"接地气,"抬头"谋长远,不但要指导茶农种好茶、企业做好茶,还要协助企业想办法卖好茶,创建品牌,带动更多茶农获得收益,用澎湃的热情给绿色产业蓄力。

033 ▸ 一仓粮：米袋子更充实

/ 文鑫豪 /

> 实施乡村振兴战略，必须把确保重要农产品特别是粮食供给作为首要任务，把提高农业综合生产能力放在更加突出的位置，把"藏粮于地、藏粮于技"真正落实到位。要在推动社会保障事业高质量发展上持续用力，织密社会保障安全网，为人民生活安康托底。
>
> ——习近平

人物：骆桂忠，鹿寨县中渡镇人，2009、2012年度"全国种粮大户"。"我就是个庄稼汉。"这是他给自己的评价。他说："种水稻是一个能在平凡中成就伟大的事业。每次听到粮满仓的消息，我心里都倍感自豪，因为这代表国家有了繁荣昌盛的基本，人民有了幸福安康的保证。"

曾经的我，并不是个"安分"的庄稼汉。

年轻时，我不想被家里的几亩田地困住。家里的地都种水稻，但我觉得种粮没搞头，种一亩水稻，加上种子钱、肥料钱等，再算上劳力，钱赚得太少。好男儿志在四方。我在20岁出头时，就离开了家乡，做过"北漂"，进过工厂，摆过地摊。在别人看来这是阅历丰富，但我自知这是漂泊不定。2006年，在外漂泊了12年后，我终究还是回到了家乡。带着一些存款，我想在家乡做些生意。

回来不久，我便看到了机会。村民仍旧按老办法种水稻，机械化覆盖率并不高，稻谷收成很一般，耕田费时费力又费钱。我立即用存款购置了插秧机、收割机等一批农机，开始在稻田里干了起来。

2007年,我成立了镇里的第一个农机专业合作社,为村民提供有偿的农机服务。干了两年后,合作社的利润微乎其微,与我的心理预期有较大的落差。

我百思不得其解,便找到了当时还在农业部门上班的好友李树刚。李树刚仔细地给我分析:"外出务工村民增加,土地撂荒现象变多,原本大片的稻田逐渐变成了'巴掌田',直接导致了农机作业效率变低,所以农机服务的收益不好。"

望着平坦的田地,我听取了李树刚的建议,做了一个大胆的决定:流转土地。

鹿寨县中渡镇,农民在收割水稻

人民需要什么,我们就造什么

鹿寨县中渡镇，农民在稻田里开展管护作业

2009年，我从外出务工的村民手中流转了一批土地。这些土地中有的已撂荒多年，地里的杂草已有近40厘米高，人在里面走，脚都沾不上泥。刚拿到土地的那段时间，我是县里农技服务中心的常客，时常去学习种稻技术。

在农技人员的帮助下，我采用了地膜旱育秧的方式，尽量减少对秧苗根部的损害，以提高水稻产量。配合着农机耕作，我的第一批水稻亩产就超过了400公斤。收来的稻谷全堆在租来的仓库里，像金山一样，我笑得合不拢嘴。

但好景不长，2010年，在我继续扩大土地流转面积，想放手大干一场时，老天爷跟我开了个玩笑，镇里发生了旱灾。当年，我并没有做好防旱准备，地里的晚稻基本"全军覆没"。那场灾害并没有打击我的信心，而是为我敲响了警钟：想要种好水稻并不能仅靠一腔热血，还需要掌握技术。

2011年，我招聘了一批技术人员，结识了很有种植经验的技术人员邓芳敏。邓芳敏的加入，让我如虎添翼。邓芳敏不仅提出了引水、抽水两种抵御旱灾的方案，还与其他技术人员一同在合作社内开展了选育优质稻种工作。

邓芳敏常说："未来普通稻的市场需求会不断缩减，群众对优质稻的需求会不断增多，我们必须种出抗风险性强、产量高、口感好的优质稻才有发展前景，并且要把选种育种的技术握在自己手中。"

在邓芳敏与其他技术人员的努力下，我们种植的水稻越来越好，亩产可达500公斤。此后，我又不断采购新型农机，扩大土地流转面积。时至今日，合作社已流转土地1200多亩用于种植有机水稻及优质常规水稻，带领300多户农户生产优质杂交水稻种子3000余亩，为区内外种业公司进行杂交水稻制种。

覃羽正是这300多户农户中的一员。

生产优质杂交水稻种子的年收入比单一种植水稻每亩多了1500元，覃羽家中的4亩地实现了增收6000多元。"没想到这个年代种水稻还能赚钱，这几年我要把家里原本撂荒的田地都用起来，这比去外面打零工好多了。"在尝到了种水稻的甜头后，覃羽专门跑到合作社里和我说了这些话。

镇里和覃羽一样重新用上撂荒地的村民还有很多，这让我很感动，也信心倍增。未来，我将专注于水稻全程机械化生产，开发合作社自己的大米品牌，把水稻产业链往前后延伸，提升附加值，把"柳产品牌"粮食做大做强，走出柳州，面向全国。

○ 后 记

粮食安全是"国之大者"。悠悠万事，吃饭为大。先人付出莫大的努力，才让我辈能把饭碗牢牢端在手中，我辈这些庄稼汉不能将这沉甸甸的饭碗砸在手中。我会尽最大努力，带动更多的村民，依靠科技支撑，种出更多更好的粮食，充实"米袋子"。

034 ▸ 一池水:"幸福泉"甜在心

/ 宋美玲 /

> 各地区各部门务必咬定目标、一鼓作气,坚决攻克深度贫困堡垒,着力补齐贫困人口义务教育、基本医疗、住房和饮水安全短板,确保农村贫困人口全部脱贫,同全国人民一道迈入小康社会。
>
> ——习近平

人物:杜晓雷,柳州市水利局农村水利水电科科长。她个头不高,鹅蛋脸上架着一副眼镜,说话音量不大,谈吐斯文。对于柳州市农村饮水安全工作,她了然于胸,一边掰手指,一边说:"如今,我市已建成4117个农村供水工程,约200万农村群众喝上了安全水、放心水。"朴实之语,透出她的为民真情。

民以食为天,食以水为先。

"老乡们拧开水龙头,自来水'哗哗哗'流出来,干净清澈!"3月的阳光温暖和煦,从窗户照进屋内,印在老乡们幸福的笑脸上。每当进村入户,眼前的情景就会把我的思绪拉到农村供水工程这项民心工程上。

"水"这个字,深深烙印在我的记忆里。

记得20世纪90年代初,柳州农村地区集中供水率低,乡镇居民家中几乎都有一件"传家宝"——巨大的存水缸。老乡们要用水,需要去寻找山泉、浅层地下水等水源,并肩挑手扛把水运回家中存放。

在我的印象中,因为不通自来水,洗衣机、热水器等家电在农村地区难觅踪迹。

行到水穷处，坐看云起时。转机在2005年出现。2005年至2015年，国家先后批准实施3个规划文件，启动农村饮水安全工程建设。我市的农村饮水安全工作在政策春风的吹拂下拉开帷幕。

我与同事们进村入户，问水于民。

在寻水为民的过程中，我与同事们碰到了拦路虎：我市南北部自然、经济条件差异较大，部分偏远山区自然条件差，人口居住分散，规模化供水难，寻找水源难，不少水源地都藏在深山密林之中，工程建设成本高……

为满足农村群众"有水喝，喝干净水"的热切期盼，我与同事们铁下一条心："即使问题再多、困难再大，我们也要发扬愚公移山精神，搬走这些拦路虎！"挂图作战、倒排工期、分片负责、集中攻坚……我市成立饮水安全战役指挥部，一场统筹推进农村饮水安全工作的战役打响了。我与同事们闻令而动，奔赴一线。

在推进过程中，我与同事们又遇到了新问题：传统混凝土蓄水池建设费时费力，还容易渗漏。正在困扰之时，时任融水苗族自治县农田水利管理站站长党亮融提出："'水坦克'是由高质量的波纹镀锌钢板配合防老化的饮用水级PE膜及PVC防渗膜组成的装配式蓄水池。它具有易安装、可移动拆除、使用期限长等诸多优点。要不试试'水坦克'？"

"水坦克"帮了大忙。我统计了一下，有了"水坦克"，我市农村饮水安全巩固提升工程建设如虎添翼，仅2020年，就建设完成441个项目。

2020年3月，总投资39.61万元的农村饮水工程，建起了50立方米的高位水池，建好了机房，安装了消毒设备。柳江区土博镇中村村下村屯村民蓝小奎一家靠存水缸生活的日子成为过去式。蓝小奎一家跟我一样，一辈子都忘不了那种内心迸发出来的喜悦，这种感觉挥之不去，回味无穷。

蓝小奎和村民们拧开水龙头就能用上干净卫生的自来水，洗衣机、热水器等电器走进了乡村百姓家。蓝小奎拧开水龙头时说："滴水之恩，我们一辈子都要记在心里！"

这种感恩也印在融安县浮石镇东江村积溪屯饮水工程水池上。我来到池边，默念着刻在池上的"百姓心感党恩情，吃水不忘挖井人"对联，感动的泪珠在眼里打转。

"多亏党和国家的帮助，我们的饮水难题才得以解决！"东江村村民王呼华对我说。用上了放心水的乡亲们，不仅把这副对联写在池上，还永远刻在了心上。

这样感人的故事，在我的脑海里轮番"放映"，历久弥新。

2021年年底，寒潮天气给三江侗族自治县的高寒山区带去了低温雨雪冰冻灾害，导致水源结冰、供水管道冻损，农村群众的用水受到影响。

"这么冷的天，不能让群众没有水用！"三江侗族自治县水利局局长覃玉璧和副局长王愿通前往检修饮水工程，更换损坏的管网。天寒地冻，他们硬是干到了次日凌晨4点多，看到群众重新用上了自来水后才离开。

"2021年年底，我市农村自来水普及率达到88.96%，集中供水率达91.07%。"每个感人的故事中都隐藏着幸福的成绩单。而定格在群众笑容里的成绩单是温暖的，如阳春一般。

○ 后 记

民生为上，治水为要。我得知，"十四五"期间，全市将投资26.68亿元规划实施规模化供水工程40个。我与同事们将继续前行，推进城乡供水一体化和农村供水规模化建设，让更多群众不仅有水喝，更有好水喝。

035 一桑蚕：好日子破茧出

/ 陈粤 /

> 要推动乡村产业振兴，紧紧围绕发展现代农业，围绕农村一二三产业融合发展，构建乡村产业体系，实现产业兴旺，把产业发展落到促进农民增收上来，全力以赴消除农村贫困，推动乡村生活富裕。
>
> ——习近平

人物：黄守洋，鹿寨县农业技术推广中心农业技术推广研究员、柳州市第一批享受特殊津贴农业专家。春日暖阳下，他穿行在鹿寨县黄冕镇石门村碧绿的田间地头，时而弯腰察看桑叶长势情况，时而抬头眺望远处成片的绿色，汗珠顺着脸颊落下来。

我是崇左市天等县人，1983年就读广西农学院蚕桑专业，1987年毕业分配工作，来到人生地不熟的鹿寨县城关乡政府工作，当了一名包村干部。在包村工作中，我得知农民经济来源少，有的生活相当贫困。种桑养蚕是一项短平快的脱贫致富好产业，然而，农民却因缺技术不敢种桑养蚕。随着对农村工作的深入了解，我下决心一定要把种桑养蚕的技术普及推广，让农民脱贫致富。

只因这一朴素的想法，一晃眼，我在种桑养蚕这条道路上忙了35年，也与鹿寨桑蚕产业一起成长。

我清楚地记得，当时我和同事白天骑自行车到农村调研，晚上在宿舍编资料、刻蜡纸、油印桑蚕技术资料，为筹备第一期桑蚕技术培训班做准备。

通知发出后,有100多人报名参加培训。培训班办了3天,我也授课了3天,讲得咽喉肿痛。出乎预料的是,培训效果出奇地好,农民的养蚕信心总算建立起来了。

黄冕镇石门村是我经常去的一个点。这个村气候温和,田地肥沃,水资源丰富,适合种桑养蚕,起初并非所有村民都敢养蚕,怕白费工夫。

为了让群众吃下定心丸,1998年至2007年,我和同事白天到田间地头教村民种桑树,晚上集中蚕农传授养殖技术。石门村的村民潘玉萍就是其中一个,她当年将家里3亩多的畲地种上桑树,在我和同事的指导下,养蚕获得成功。

我和同事还不遗余力地推广养蚕技术。到2007年,种桑养蚕已遍及全县10个乡镇,蚕农总数达到5.2万户,占全县农户总数的54%。

受居住条件所限,当时蚕农大多与蚕同住。陈旧粗放的养殖方式,使蚕茧的质量和产量不尽如人意,有些蚕农养蚕连续失败后,积极性严重受挫,曾出现挖桑树改种其他作物的现象。不能让好不容易培育起来的产业再走下坡路,更新养蚕技术成了我和同事的当务之急。然而,这是一个脱胎换骨的过程。我置身其中,个中滋味,体会至深。

常与蚕农打交道,我非常熟悉蚕农养蚕的瓶颈在哪里。2013年,我主持研发的取茧装置终于诞生了,次年还获得国家实用新型专利,比手工采茧效率提高15倍以上,应用率达50%以上。地面滑轮移动式养蚕上蔟装置、悬挂移动式养蚕上蔟装置、省力化高效抽屉式养蚕装置3项技术获国家实用新型专利,目前正在生产中推广应用。

潘玉萍很快建起了一间面积600平方米的标准蚕房,配套安装有轨道喂叶装置、水帘空调降温补湿装置、自动上蔟装置以及器械采茧机等新型养蚕设备,不仅减少了人力成本,每批养蚕量也由以前的5张增加到现在的10张,蚕茧产量从原来的两三百斤提高到现在的五六百斤。

2018年,潘玉萍将自家桑园扩种至18亩,之后桑蚕产量逐年提升。她告诉我,仅去年,共养蚕10批100多张,收入23万多元,这是以前想都不敢想的。如今，她建起了家庭农场，成为市、县现代蚕业科技成果应用示范点和人才培养实践活动基地，常有县内外蚕农慕名前来参观学习。

榜样的力量是无穷的。前两年，潘玉萍带领本村贫困户潘芝坤种桑养蚕，建起了一间面积300多平方米的标准化大蚕房，将自家田地全部种上桑树，还租了村民闲置土地，共有桑园18亩。如今，潘芝坤仅靠种桑养蚕一年纯收入就有2万多元，成功脱贫，盖起了新房。

一路走来，我见证了鹿寨桑蚕产业的发展和壮大。目前，全县桑园总面积已达18.28万亩，2021年产鲜茧2.12万吨，鲜茧平均收购价格为53元/千克，产值达11.2亿元。

往事越千年。古诗《蚕妇》有云："遍身罗绮者，不是养蚕人。"如今，石门村家家户户都用上了蚕丝被、蚕沙枕等蚕丝制品，"遍身罗绮"已不再是奢望。

○ 后 记

想起1998年的某天，我在蚕房的座位上打盹，醒来后忽然发现茧丝竟然悄悄地结在了自己身上。我与蚕这刹那间的交集难道是偶然吗？不，我与它是相通的！这一生，我希望只做一件事，只为一条蚕，结出让大家脱贫致富奔小康的"致富茧"，谱写大地丰收之歌。

036 ▸ 一株草："救命药"能致富

/ 朱柳融 /

> 青蒿素是中国首先发现并成功提取的特效抗疟药，问世50年来，帮助中国完全消除了疟疾，同时中国通过提供药物、技术援助、援建抗疟中心、人员培训等多种方式，向全球积极推广应用青蒿素，挽救了全球特别是发展中国家数百万人的生命，为全球疟疾防治、佑护人类健康作出了重要贡献。
>
> ——习近平

人物：孔雪萍，中共党员，广西仙草堂制药有限责任公司常务副总经理、党支部书记。她扎着半高的马尾辫，穿着干练的职业装，说话带着微笑。"今年是青蒿素问世50周年，也是我和青蒿素打交道第16年。"她说，她见证了青蒿从少人识的杂草，变成了一株能治病救人、富农增收的"救命草""致富草"。

春尽杂英歇，夏初芳草深。

我欣喜地看到，融安县2000亩青蒿进入了新的生长期。100天后，它们将被收割晒干，送到仙草堂提炼成青蒿素，制成抗疟疾药物，挽救那些被疟疾折磨的生命。

青蒿牛羊不吃，老一辈人还称它是"臭蒿子"，但我很喜欢它这股特殊的味道。在诺贝尔奖得主、科学家屠呦呦提炼出青蒿素之前，我不知道，青蒿弱不禁风的模样下，竟储存着如此珍贵的宝藏。1972年，屠呦呦课题组从青蒿抗疟有效部位中分离提纯得到抗疟有效单体——青蒿素。如今，青蒿素已挽救了数百万疟疾患者的生命。

文秘专业毕业的我，1999年进入融安县宝华制药厂（仙草堂前身），从没想过这个曾面临发展困境的国有企业，能成为全球重要的青蒿素提取生产厂家之一，为人类抗疟作出不可忽视的贡献。

2005年，刚成立几年的仙草堂在苦寻未来的发展方向时，得知在融安县遍地可见的野生青蒿中，青蒿素含量较高，当时青蒿素价格一度达到每吨530万元。于是，公司锚定方向：利用本地优势，一心一意做青蒿素生产。

为了保证青蒿原料充足，公司每个人都跑到融安县各乡镇的田间地头，号召村民帮我们收集野生青蒿。受限于当时的提取技术，一吨干青蒿仅能提取三四斤青蒿素。

2006年，我们把生产线建好，好不容易收购了上千吨干青蒿，生产了2吨青蒿素。但青蒿素市场价跌至每吨150万元，刨去各种开销，几乎没有利润。后来青蒿素价格曾一度低到每吨95万元，公司陷入亏损的境地。许多青蒿素提取生产厂家纷纷退局。

是继续前进，还是及时止损？公司领导层也曾犹豫，最后决定坚持走下去。因为青蒿素是能治病救人的良药，即使不赚钱也要生产，这是企业应该承担的责任。

2009年，我们开始发展大规模种植青蒿，与广州中医药大学等院所在青蒿种质研究等方面进行合作，致力于提升青蒿产量、青蒿素含量等。

当时，为了发动农户种植青蒿，我们的嘴巴不知道磨破了几层皮，鞋子不知道走破了多少双，公司物料部部长刘开靖深有体会。

"野草种来有用吗？""产量真有三四百斤？""种了后你们不来收怎么办？""价格能保障吗？"……刘开靖说，每次去村里，一大堆疑问就朝他涌来，甚至有人觉得他们是骗子。他们只能调转方向，让村里熟悉的人先种，并和他们签订包含免费发放种子、全程提供技术指导、保底收购等内容的合同，一步步打消农户的疑虑。

10多年来，我看着融安县瑞诚中药材种植专业合作社负责人黄启德坚持在青蒿种植、收购一线。今年65岁的他，还在青蒿地里忙活。

"我以前种了10多亩青蒿，一个人就管得过来。"黄启德笑着和我说，种子免费，有专人指导种植，不愁销路，一亩青蒿有1400元左右的收入，比种玉米、黄豆强多了。

2017年，我一生难忘。那时，在北京与中国中医科学院中药研究所（屠呦呦所在团队）交流的领导传来好消息：双方将在种质资源库建设、青蒿新品种培育等方面开展合作。这对于我们来说，犹如添上了一双发展的翅膀！

在不断朝前发展中，我们形成了"公司+基地+科研单位+合作社+农户"的发展模式，辐射带动周边15000多户农户种植青蒿实现增收。我看着青蒿种植基地从零发展到3万多亩，看着公司每年投入技改资金超千万元，青蒿素提取率从85%提升到了95%以上，也看着公司青蒿素年产量从2吨提高到90吨……

历史的车轮滚滚向前，公司不断朝前发展。

2022年5月，公司的青蒿素全产业链规模化深加工基地将进行试产，达产后公司青蒿素年产量将超200吨。

坐落在仙草堂内的青蒿国家种质资源库中，保存有1000多份青蒿种质资源样品，未来它们将拥有无数的可能性。

○ 后 记

"但愿世间人无病，何惜架上药生尘。"仙草堂将继续坚守阵地，积极推进青蒿素产业化向前发展，把广大人民群众健康安全摆在首要位置，为护佑人类健康贡献"柳州力量"。

037 一根木：深加工正起势

/ 朱柳融 /

> 我们追求人与自然的和谐，经济与社会的和谐，通俗地讲，就是既要绿水青山，又要金山银山。
>
> ——习近平

人物：罗启亮，中共党员，高级工程师，融安县西山林场场长、国家级杉木良种基地负责人。瘦高个子，不到50岁的他，乌发中夹杂着不少白发。杉木的一圈圈年轮，记录着他在林场坚守的时光，他则见证了杉木在守护绿水青山的同时，变成了老百姓的致富树。

"滔滔孟夏兮，草木莽莽。"在我的家乡融安县，种有139万亩杉木，因为气味香醇，我们又称它为香杉。每每走进融安县西山林场，看着郁郁葱葱的香杉，我都感觉好似步入了一座绿色宝库。我已经在这座宝库工作了24年。

1998年，我从广西大学林学专业毕业，带着一腔热情来到这座始建于1954年的国有林场，成为一名林业技术员，立志要在林木育种事业上大干一番。在杉木年轮不断增加的时光里，我深刻体会到：林木育种是一个系统工程，周期长、见效慢，完成一代育种需要10年、20年甚至更久。

杉木是我国南方有上千年栽培记载的重要造林树种，一头连着为民生财，一头连着为国储材。因此，研发推出生长快、材性优、抗病害、产量高、营林成本低的良种杉木至关重要，一代又一代林业技术员为之接续努力。

1978年，西山林场开始建立杉木良种基地。我毕业进入西山林场时，杉木种子园发展到1.5代。当时，我跟着老一辈林业技术员，从香杉种植资源基因库的800多个香杉品种里，进行良种的采集选育，再育苗造试验林、示范林。

按照相关规定，我国的杉木标准采伐年龄是26年，广西的标准采伐年龄是16年。我明白，判断选育的杉木是否属于良种，不是一朝一夕的事。

前期，要进行成活率调查、抚育锄草、灌溉施肥、病虫害防治及矮化树体管理等工作，后期还要对杉木进行多次测定，记录下它们的高度、胸径、开花结果、木材材性等情况。

我与同事一次又一次穿行于杉木林，见证了西山林场杉木种子园先后被列为全国特色种苗基地、第一批国家重点林木良种基地。

坚持不懈，久久为功，我自己也收获了一些成绩。我参加的"广西杉木良种选育及大中径材高效培育技术研究与示范"项目研究，获2015年度广西科学技术奖科学技术进步类一等奖（第三完成人），主持"杉木轻基质容器苗木产业化培育技术研究与应用"获中国林业产业联合会2013—2014年度中国林业产业创新奖（苗木类），"利用木薯杆制备的杉木栽培基质"获国家发明专利1项……

如今，林场杉木种子园已经建到第三代，拥有通过审定的优良品种18个，比普通的杉木品种可早成材5年至10年，出材率提高30%以上。基地每年可培育出圃优质良种香杉苗600万株，供3万亩香杉示范林建设。

融安县板榄镇木吉村横桐屯杨天生是该屯的种植大户之一，他种有100多亩香杉，是我们西山林场良种杉木的"粉丝"。他告诉我，西山林场良种杉木生长快，16年就能成材，每亩至少能带来1万元的收入。去年他砍伐了20多亩香杉，一口气进账了20多万元。

我欣喜地看到，不仅有大批林农像杨天生一样靠种植香杉增收致富，融安县的香杉生态产业链也在不断延长。

从良种苗木组培、香杉生态示范、香杉种植开始，这条产业链发展为集木材加工、生态板材、产品升级、转移就业、休闲旅游为一体的现代生态产

①

②

① 西山林场里,满山的香杉
② 西山脚下的融安香杉科技中心实验室里,科研人员检查香杉培育情况

业体系，走上了一二三产业高度融合发展的道路。融安县年产香杉实木生态板超100万立方米，年产值超55亿元。

涵盖西山林场杉木良种基地、红卫工业园区、融安·广西香杉生态工业产业园、大袍苗寨风情文化旅游和红茶沟综合旅游项目的融安县"林海杉源"香杉生态产业现代化示范区，2022年3月被认定为"五星级广西现代特色农业示范区"。

"国家首批绿色能源示范县""中国香杉板材之乡"……拥有180多家香杉加工企业的融安县，获得一个又一个荣誉。壮象、乡雅、千年杉等知名品牌不断涌现，让我骄傲。

从融安成长起来的广西壮象木业有限公司，不仅专注于香杉实木生态板产业，如今还致力于提升香杉生态产业的档次和附加值，为消费者提供健康环保、智能高质、设计新颖的香杉家居产品。该公司董事长叶新忠不止一次对我说："香杉不仅是生态树，还是致富树、就业树、健康树。"

○ 后 记

山再高，往上攀，总能登顶；路再长，走下去，定能到达。杉木育种科研工作没有尽头，与优异基因相遇的背后，需要一代又一代人坚持不懈、奋力前行。作为一名林业科技工作者，我愿继续坚守大山深处，为杉木育种作出更多贡献。

038 一篮菜："柳产牌"保供给

/ 文鑫豪 /

> 保障好初级产品供给是一个重大战略性问题，中国人的饭碗任何时候都要牢牢端在自己手中，饭碗主要装中国粮。保证粮食安全，大家都有责任，党政同责要真正见效。要有合理布局，主产区、主销区、产销平衡区都要保面积、保产量。耕地保护要求要非常明确，18亿亩耕地必须实至名归，农田就是农田，而且必须是良田。要实打实地调整结构，扩种大豆和油料，见到可考核的成效。要真正落实"菜篮子"市长负责制，确保猪肉、蔬菜等农副产品供给安全。
>
> ——习近平

人物：张翔，柳城县社冲乡社冲村西盘龙屯蔬菜基地负责人。他黝黑的脸上，一双眼睛绽放着光芒。他从一名蔬菜配送员到基地的菜老板，与蔬菜打了十余年交道。他生在城市，却向往农村。他想和村民们一起种出更多、更好的柳产有机蔬菜。

在蔬菜棚里穿行，到田间地头踱步，看着长势正旺的蔬菜……走在与村民一同打造的"蔬菜王国"里，无论是刮风下雨，还是火辣辣的阳光，我都乐此不疲。

2018年之前，我从事着蔬菜配送行业，为企业、学校的食堂采购新鲜有机蔬菜。在日复一日的采购过程中，我发现市场上很多蔬菜都是外地产的，柳产有机蔬菜并不多见，柳州市区周边大型的蔬菜基地也很少。

作为土生土长的柳州人，我希望市场上能有更多的柳产有机蔬菜。从2017年起，我便开始关注柳州市区周边的乡村，寻找一片适合打造蔬菜基地的土地。通过多方寻找，我发现柳城县社冲乡社冲村西盘龙屯土地连片、土壤肥沃、沟渠成网，并且交通便利，是非常好的蔬菜基地选址。在村委会的帮助下，我一户一户找村民沟通交流，最终流转了面积400亩的土地，开展第一期有机蔬菜种植。

创业必定要吃苦，吃得苦中苦，方为人上人。2018年春，我孑然一身扎根西盘龙屯深耕。没有住处，我就住进竹子搭建的简易棚里，粗茶淡饭，整日起早摸黑，与当地农民一起挖沟渠、整土地、播种子、施肥料……那段时间虽然累，但我很快乐。

要种好蔬菜，防治病虫害必不可少。为此，我找到了有着多年防虫经验的基地技术人员陈发。"筛选优良幼苗从源头上提升蔬菜的成活率，基地要安装有色板、杀虫灯和色纸等物理防虫设施，控制土壤的pH值不要偏向于酸性……"陈发对基地提出了一系列行之有效的建议，大大增加了蔬菜的成活率。

艰难困苦，玉汝于成。2019年，蔬菜基地种植的优质白菜薹、芥蓝等多个特色品种有机蔬菜喜获丰收，我也明白了"要做就做最好，付出总有回报"的深义。

有机蔬菜除了供应给柳州海吉星农产品批发市场，还销往南宁、广州、佛山、深圳等地，打响了柳产有机蔬菜的品牌，当年蔬菜基地的产值就达到了2000万元。基地的发展，驱散了我的疲惫，让我有了向更高目标前进的信心。

与我达成长期合作的柳州海吉星农产品批发市场菜商胡州林经常夸赞："基地的有机蔬菜新鲜又好吃，广受老百姓喜欢，每天都是一抢而空。要继续加大生产，争取提高供应量，让更多市民吃到本地种的有机蔬菜。"

蔬菜基地的发展不仅打响了柳产有机蔬菜的品牌，也让当地村民实现家门口就业，村民覃玉才就是其中之一。2021年，覃玉才到蔬菜基地工作，主要负责喷灌设备的日常维护，他不仅是基地的员工，还是基地的"房东"。

"每个月工资有4000元，流转的4亩土地每年还有4000元，离家近，工资高，这样的工作打着灯笼都找不到。"当覃玉才想扩大基地面积，继续动员村民流转土地时，他就把自己的真实情况向村民介绍。

看到村民们的钱袋子鼓起来了，我也跟着高兴。

我见证着基地的"长大"：如今，基地已经从400亩扩大到了2000亩，根据季节变化和市场需求，采用轮种的模式，除了种植叶菜类蔬菜，还种植豆角等柳州螺蛳粉原材料，一天能生产1000多箱有机蔬菜，一箱15公斤，每天都会有两辆冷藏车来把蔬菜运走。

○ 后 记

一个"菜篮子"，一头是百姓餐桌，一头是田间地头。我和广大村民大力发展有机蔬菜种植，不仅走出了一条可持续发展的蔬菜之路，还不断打响柳产有机蔬菜的品牌，这是一件很有意义的事。不积跬步，无以至千里；不积小流，无以成江海。我和基地的同事们将一步一个脚印，尽最大的努力生产出品种丰富、安全可口的有机蔬菜，保证全市"菜篮子"得到充实；同时，在耕地资源匮乏的"狭小空间"里"以小博大"，实现产业发展的优势转化，助力乡村振兴。

039 ▶ 一新貌：村面容提"颜值"

/ 李书厚 /

> 乡村振兴了，环境变好了，乡村生活也越来越好了。要继续完善农村公共基础设施，改善农村人居环境，重点做好垃圾污水治理、厕所革命、村容村貌提升，把乡村建设得更加美丽。
>
> ——习近平

人物：尹龙，中共党员，柳州市住房和城乡建设局村镇建设科科长。他虽然是城里人，但对农村工作非常熟悉。他说，他的熟悉源于在三江侗族自治县八江镇任脱贫攻坚（乡村振兴）工作队分队长、挂任副镇长的经历。谈起农村的事，他头头是道，尤其对村容村貌提升工作了如指掌。

我没有出生在农村，但我深知，中国要美，农村必须美。村庄干净整洁是小康社会的基本要求，是乡愁得以安放的基础。

在三江侗族自治县八江镇挂职期间，我就开始留意这方面的工作。尤其是在担任市住建局村镇建设科科长后，我更加注重推进乡村的风貌引导和提升工作。在我心里，有着这样一个梦：白墙灰瓦、宽敞整洁的道路、通透的院墙、掩映的绿植、一户一庭院、一步一美景……这个梦，目前已在一个个乡村实现。

鱼峰区白沙镇王眉村大旺屯，是我经常去的一个屯。在村容村貌提升后，大旺屯面貌焕然一新，不仅修建了文化广场，还修建了生态停车场、公厕，村道路面铺上了沥青，又平又宽，走起来非常舒适。村里家家户户都建

鱼峰区白沙镇王眉村，一群白鹭在稻螺养殖基地上飞舞

了小庭院，种上了鲜花、蔬菜。仿古砖墙裙搭配白墙灰瓦仿木装饰的外形，让房屋看起来特别气派、漂亮。

"村村有不同，户户有差异。"村容村貌提升，最怕的就是千篇一律。因此在提升过程中，我们要求设计先行，并根据群众的意见进行设计。

"结合每个乡村的特色进行设计，注重整体性。"在建设前期，我们设计人员深入村屯，通过走村入户的方式，精准开展摸底调查工作，并根据各村屯的环境特色，将坡屋顶、屋脊、封檐板、墙裙等要素与农房主体有机融合，在房村景相协调的基础上，做到形色韵内外兼修，展现文化特点、区域特色，做到一村一特色，避免了千村一面。

"小平房增加坡顶，看起来就像是座小楼房。"鹿寨县鹿寨镇新胜村山脚屯毗邻泉南高速，是我市村容村貌提升的示范村屯。在村容村貌提升工作中，我们根据山脚屯的现状特色，设计采用一种慢生活的理念打造整个村的环境，通过环境节点打造、庭院打造，营造出一户一庭院、一步一美景的特色风貌。

尽管取得了一些成绩，但是在推进村容村貌提升工作中，并不是一帆风顺的，也遇到一些困难，比如有的村民不理解、不支持。后来，经过村干部做思想工作，看到该项工作确实能够改善村屯环境、提升居住品质，村民由不支持转为支持。

村民的观念，慢慢由一开始的"要我改"变成了"我要改"，因为他们看到，村容村貌提升工作确实给村屯带来实实在在的变化，这些都是看得见、摸得着的幸福。

我很清楚地记得，在柳城县马山镇村容村貌提升项目进行验收时，附近龙田村田村屯的村民主动找到我们，希望能将他们村列为改造对象，他们可以投工投劳。还有柳江区进德镇白山村山中屯的村民主动将自家老屋让出来，改造成村史馆。

正是有了村民的支持，村容村貌提升工作才能顺利推进。我统计了一下，2021年自治区下达我市任务共有两批，包含农房特色风貌塑造14223栋、全域整治型村庄2726个，到去年年底已基本全部完工。

我进村入户时看到，经过村容村貌提升，一个个乡村的人居环境、生态环境改善后，村民的精神风貌、社会风气也跟着焕然一新。如今，乡亲们过上了令人羡慕的田园生活。

我欣喜地看到，乡村人居环境提升后，村民的生活习惯也在潜移默化中改变：垃圾不乱丢，道路常清洁，邻里更和谐，乡风、民风更文明，村民的获得感、幸福感不断增强。

三江侗族自治县程村乡大树屯，在村容村貌提升工作实施后，村容村貌焕然一新。我们在进村检查工作时，经常有村民拉我们进家里吃饭。他们觉得这项工作，改变了整个乡村的风貌，这让他们很有面子。

"村里建起了篮球场，铺好了道路，让我们生活的地方越来越美好。"谈到如今的生活环境，我看到鱼峰区白沙镇王眉村大旺屯村民黄世际一个劲点赞。

鱼峰区白沙镇镇长韦畯腾告诉我，白沙镇在开展乡村风貌提升工作中，调动广大干部、群众的积极性、主动性、创造性，凝聚乡村振兴"硬核"力量。"老百姓参与设计和建设，乡村的每一次'蝶变'都凝聚了众人的汗水和智慧，生活在亲手建设的美丽乡村中，幸福感油然而生。"

○ 后 记

随着村容村貌提升工作的不断推进，一批批望得见山、看得见水、记得住乡愁的美丽乡村正在我市陆续涌现，绘就了一幅幅新时代美丽乡村新画卷，进一步增强了群众的获得感、幸福感。为了千山万水更加美丽动人、千村万户更加美丽富裕，我将一如既往地把工作做好。

三

改革 | 创新

创新敢为人先，发展只争朝夕。"开明开放、敢为人先、创新创业、自强不息"是刻在柳州人骨子里的精神。我们啃最硬的骨头、挑最重的担子，冲破思想观念的束缚、突破利益固化的藩篱，推动多领域实现历史性变革、系统性重塑、整体性重构。

040 ▶ 一个码:"健康云"通民情

/ 宋美玲 /

> 要坚持以人民为中心的发展思想,推进"互联网＋教育""互联网＋医疗""互联网＋文化"等,让百姓少跑腿、数据多跑路,不断提升公共服务均等化、普惠化、便捷化水平。
>
> ——习近平

人物:杨帆,中共党员,柳州市卫生健康委员会规信科副科长,柳州电子健康卡"就诊一码通"服务主要开发人员。他从事计算机工作多年,不多的发量见证着他为各项便民就医信息技术开发运用付出的心血。在一间不大的办公室里,他正为"一码就医"计划开通的新功能忙碌着。他专注的眼神中,流露出"吾今判著浮生去,不见神奇不罢休"的坚毅执着,令人印象深刻。

掌心方寸之间,感知民生温度。

拿出手机,打开电子健康码,轻轻一扫就能看病就医。如今,这是400多万柳州人就诊时的便捷体验。

每当看到有人使用电子健康卡"就诊一码通"看病时,我就有成就感。因为这轻轻一扫的背后,凝聚着我和同事们为改善群众就医体验、攻坚克难近两年的奋斗时光。

回想从前,百姓看病时都遇到过"一院一卡、重复办卡、互不通用"的困扰。我也一样,医保本里夹着一堆就诊卡,每次看病前,光找卡就得找半天,当时多希望看病能更加便捷呀!

民之所盼，政之所向。2018年下半年，我市启动了电子健康卡项目的建设工作。"这是一件大好事！"接到启动电子健康卡项目建设的通知时，我内心雀跃着。

这样的高兴没能持续多久，项目建设的难题接踵而至。全市大小医院的数量多，且每家医院的就诊电子化水平不同，信息系统不兼容。要让所有医院都用同一张电子健康卡，难于上青天。

再难，也得干！因为这是便民利民的好事。千难万难，干起来就不难。我和当时的规信科科长胡国威几乎踏遍了柳州所有医院。我们发现，市工人医院的电子信息化水平在柳州乃至全区排名前列。

"借鉴其成熟的技术模板和诊疗流程搭建市级电子健康卡管理平台。"我们有了共同的决定。搭建管理平台的过程就像摸着石头过河，不过最辛苦的还是各家医院的信息科工作人员。为了保障市民就医，医院的信息系统必须24小时正常运转。我尤记得，市工人医院的信息科主任李星霖牺牲休息时间，在中午休息或午夜病人较少的时段，对原有的信息系统进行测试和调整。

技术问题正在一点点解决，可当时我们更愁的是"巧妇难为无米之炊"——项目无专项资金。巧的是，当时科室还在同步推进柳州市人口健康信息平台建设项目。"不如我们和这个项目的电信运营商谈谈？'一码通'这样利民的好事他们应该会支持吧？"胡国威和我合计一番后，怀着忐忑的心情和运营商协商能否增加服务内容。最终，我们说服了运营商参与到这项惠民工程中来，花一份钱为百姓办了两样好事！

经过大半年的调研，电子健康卡项目在2019年进入推广实施阶段，规信科新到任的科长谭笼文可帮了大忙。当时市里安排了283万元专项资金补助医院开展用码环境建设，谭笼文忙着给全市1200多家公立医疗机构采购配备二维码扫描器、不干胶打印机及相关耗材，为电子健康卡在全市推广应用提供硬件保障。

万事俱备，只欠东风——"一码通"落地。

"将信息化和电子健康卡应用等内容列入了2019年度市属公立医院院长绩效考核中。"市卫生健康委的这一催化剂，让"一码通"跑了起来。随后，我们与市政府公共服务APP龙城市民云合作，助力"一码通"再提速。

2019年9月26日，千呼万唤始出来——柳州市电子健康卡启用仪式举行，市属8家医院全面启用电子健康卡。

在接下来的3个月里，我与同事逐一解决电子健康卡在实际应用中遇到的问题。经过一番耕耘，我们收获满满：电子健康卡2019年年底覆盖至全市各级公立医疗机构，实现了"就诊一码通"。

电子健康卡，就像打开信息世界之门的钥匙。如何提高数据质量？

我奋斗的眼神开始注视着、聚焦着。众智之所为，则无不成也。我如愿以偿——2021年，市级电子健康卡管理平台已与自治区管理平台对接。手持一个二维码，还能在区内不少医疗机构便捷就医。

"要继续用我的工作时间压缩就医等待时间，让数据更好地为百姓服务。"我在奔跑的路上，开始了新的里程。

○ 后 记

信息化便民之路只有"逗号"，没有"句号"。目前我们正在努力开发电子健康卡附带的电子健康档案查询、处方外延和影像云等新功能，让数据跑起来，让百姓笑起来。届时，百姓不仅能凭二维码挂号就诊，还能享受在线问诊等便捷服务。

041 ▶ 一张票：消失中见情怀

/ 李劼 /

> 我们的人民热爱生活，期盼有更好的教育、更稳定的工作、更满意的收入、更可靠的社会保障、更高水平的医疗卫生服务、更舒适的居住条件、更优美的环境，期盼着孩子们能成长得更好、工作得更好、生活得更好。人民对美好生活的向往，就是我们的奋斗目标。
>
> ——习近平

人物：温世民，毕业于南京建筑工程学院工民建专业，高级工程师，柳侯公园管理处基建科原科长。他戴保暖帽、大框眼镜，浑身充满儒雅气息，因从小与柳侯公园结缘，对于公园有着别样的情愫。说起公园史，他如数家珍。

冬日暖阳下，绿草如茵，柳侯公园内游人如织。看着市民携家带口其乐融融的画面，耳边传来"逛公园不要钱，我每天都来锻炼"的夸赞声，有一种自豪感与骄傲感涌上我的心头，记忆亦随之展开……

记得小时候，每逢节假日，我和小朋友们总喜欢去柳侯公园游玩。那时候入园需要购买门票，是小小一张方形的，纸张单薄、色彩单一。那时候，我最喜欢逛公园里的动物园（现搬迁至帽合公园），与猴子逗趣，看老虎睡觉，不过进动物园得二次购票，有点小心疼。

高中时期，我在老柳高（现龙城中学地址）度过。每天上学、放学都会途经柳侯公园，透过高大古朴的公园大门，隐约可见明清年代的恢宏建筑、百年参天的古树、姹紫嫣红的花儿，我内心暗暗期许：公园的环境太美了，要是长大了能在公园里工作该有多好。

柳侯公园里洋紫荆盛开

1988年大学毕业后，我回柳工作，加入园林系统成为一名园林人。2005年，我被调到柳侯公园管理处任基建科科长。儿时梦想成真，或许是冥冥中注定的缘分吧。

更巧的是，2006年恰逢柳侯公园建园百年，彼时全园筹备百年建园纪念庆典活动。其后，我又有幸参与编著《柳侯公园志》，借此得以更全面深入地了解公园百年来的光辉发展历程。

我翻阅史料得知，其实在公园建园初始及之后的数十年，并未收取门票。1962年，公园为适应专业化生产经营管理和秩序管理要求，开始公开发售门票。听单位里的老前辈说，最开始的门票是一块小小的竹牌，可回收重复利用。20世纪70年代起，门票改为纸质单薄的小型票，而后发展为大张方形的彩印票。90年代中期，门票上曾一度印制了广告和花灯展、郁金香花展等大型活动信息。

2006年1月1日，是我人生中印象最深的一天。那天，柳侯公园成为全市首个免费开放的试点公园。尔后，这项由市政府买单的惠民举措逐步延伸至柳州所有市属公园，儿时印象中的公园不再设限，市民尽享"花园城市"的硕果，幸福程度不言而喻。

"门票从竹牌到纸张，从单一色到彩色，从简陋到精美，从诞生到消失……"在我的眼里，一张门票见证了社会经济、文明的良性发展，门票的变迁史亦是社会发展进步的缩影。

于园林人而言，我与广大园林人收获的每一次不经意的赞叹，都是继续前进的动力。于市民而言，一张门票承载了阖家欢聚、共同出游的美好记忆。随着公园免费开放，公园门票淡出了人们的视野，取而代之的是市民不断攀升的获得感与幸福感，对此我感同身受。

2015年，我的大学同学，江西科技师范大学建筑工程学院院长张敏访柳。我热情邀请他到柳侯公园游玩。他对公园的底蕴和美景大为赞赏，更惊叹于柳州市政府为民众买单，将公园免费开放的魄力和决策。他说："你们柳州市民，真有福气。"这句话，我记忆犹新。

公园免费开放，游客量大增，对我与广大园林人来说，却是极大的挑战。柳侯公园管理处主任王英莲提出了"既要保留历史原貌，又要丰富文化底蕴，还要做好游客游园服务"的建园理念。我把这些要求落实在日常工作中，特别是在园区基建方面下了一定的功夫。

此前，公园北区多以绿化植物为主，文化建筑景观较少。在王英莲的指导下，我与广大园林人一道策划修建了丰富公园文化底蕴的百年纪念园。由我主导完善了全园游客广播系统，去年刚完成沿湖边景观灯亮化改造项目。

路漫漫其修远兮，吾将上下而求索。我与广大园林人正奔跑在为市民游园提供便利服务的路上。现在的公园，不仅免费开放，还四季常荫，鸟语花香，不时还举办各类文娱活动，满足市民对于美好生活的向往……每次看到市民那张张笑脸在公园里荡漾，我内心都有一种特别的满足感。

○ 后 记

消失的小门票，彰显的是民生大情怀，体现的是公园姓"公"属性的回归。虽然公园免费了，但为市民提供更良好、更完善的公共服务不能缩水。我与广大园林人孜孜矻矻，笃行不怠，以精细化的服务管理公园，把公园装扮得更加秀美怡人，更富时代气息，更有历史韵味。

042 ▶ 一枚章：改革路勇向前

/ 李华　谢耘 /

> 全面深化改革是我们党守初心、担使命的重要体现。改革越到深处，越要担当作为、蹄疾步稳、奋勇前进，不能有任何停一停、歇一歇的懈怠。
>
> ——习近平

人物：肖毅，柳州市行政审批局行政审批改革科科长。身着深蓝色制服，梳着利落的马尾辫，鼻梁挺直，眼神坚毅，说话干练——这是记者在柳州市民服务中心见到她的第一印象。2015年，柳州市实施"一枚印章管审批"改革试点工作。她作为筹备组成员，参与了改革全过程，感受了"柳州人敢为人先、想干事就一定能成事"的精气神。

改革是发展路上一道必答题，而且是一道必答的难题。我深知改革之难如同啃硬骨头，但没想到，竟有这么难！

2015年的改革画面，我印象尤深。那一年，柳州以"八个一"改革试点为载体，推进全面深化改革工作，全面启动"一枚印章管审批"改革试点工作。

"整个广西，只有柳州主动请缨作为改革试点！"我感受到的是柳州的担当作为。

我记得是那年的7月，柳州开始摸着石头过河——成立"一枚印章管审批"改革试点筹备组。我担任审批规范和机制建设组的副组长，负责行政审批权相对集中后行政审批项目的梳理和流程再造工作。每天一睁眼，我就要到20多人的大办公室里集中办公，约各个划转部门过来商谈，做好行政审批项目划转后审批与监管职责的衔接和厘清工作。有的问题沟通不畅，大家急得像热锅上的蚂蚁。

能不急吗！"一枚印章管审批"改革时间紧、任务重。

在急难险重的任务中，我和同事们并肩作战，希望通过自己的点滴努力，为改革做好基础工作。我们深知，改革是要经历从"同一件事几十个部门、上百道审批环节、盖上百个章"，变成"同一件事仅用一个窗口、一体化审批、一条龙办理"的艰难过程。

知之非艰，行之惟艰。这背后最难的是观念的转变。我就碰到不被理解之难。有人认为，审批权是部门实施监管的倚仗，划走了，还怎么监管？有人觉得，把熟悉审批业务的精兵强将一并划转，难免有些抵触。

压力最大时，有人突然冒出一句话来："万一不成功，要想一想可逆转的方案！"

好在，市委、市政府改革的决心从未动摇，这成了我们坚强的后盾。时任市政务服务监督管理办公室副主任吴世贤带领我和同事们，赴天津滨海新区、宁夏银川、湖北襄阳等先进地区考察，做好行政审批项目规范工作，并筹备市行政审批局成立后的机制运行和制度建设工作。

正值夏天，我们马不停蹄，汗浸衣襟。考察后，我们信心更坚定：别人能做成，我们没理由不行！

"咱们改革的目的只有一个，就是让老百姓办事更方便！"吴世贤用铁一般的信心鼓励我们。我与同事们一点一点明晰权责边界，将行政审批职能与事中、事后的监管职能分离，厘清各部门的职责，根治部门的"审批依赖症"。

"经过八轮的清权消权，在市本级取消了非行政许可事项这一类别，市本级行政审批项目比2014年的469项减少了187项。"看到成绩单，我与同事们脸上洋溢着干有所成的笑容。

完成所有筹备工作后，我与同事们进入了等待时刻——等待自治区批复！

等待中，我与同事们心存担忧："'一枚印章管审批'会得到区内外相

2015年12月16日，工作人员对柳州市原审批部门48枚行政审批专用章进行封存

关部门的认可吗？"等待中，我与同事们没有闲着。除向国家相关部门报备外，我们还给其他城市的审批部门发函告知，做好万全准备。

终于，我们等待的那一天到来了。2015年12月16日，市行政审批局挂牌成立。35个政府工作部门和事业单位承担的220项行政许可事项划入市行政审批局，由一枚行政审批专用章代替原35个部门的82枚行政审批章，实行"一枚印章管审批"……2015年12月17日的《柳州晚报》，我一直收藏着，上面刊登了我展示新印章的照片。

我记得，率先尝鲜的是柳钢集团有限公司和另一家企业。领取加盖"柳州市行政审批局行政审批专用章"印章的工商营业执照后，时任柳钢集团有限公司副总经理施沛润面对媒体不吝赞许："一个窗口递一次材料就能领证，审批提速，给企业带来很大便利。"

柳州"一枚印章管审批"改革试点，创下两个之最——涉及部门最多、职责调整范围最大，我们亲历了！

"让信息多跑路，群众少跑腿"，我们做到了！

这一枚章，我与同事们一辈子都忘不了！

○ 后 记

改革永无止境。2021年柳州市民服务中心启用以来，实行"全城通办""一窗通办""一网通办"，还推出"三时""三送"服务，推行"无差别全科受理"，进一步实现群众办事"不用跑"。我和同事们奔跑在改革路上，心中的信念只有一个：通过对行政审批环节"瘦身减肥"，将行政审批程序由"长征"变"短跑"，书写行政审批服务效能"加速度"的柳州答卷。

043 ▶ 一扇"窗"：幸福感暖人心

/ 吴祉婧 /

> 建立绿色低碳发展的经济体系，促进经济社会发展全面绿色转型，才是实现可持续发展的长久之策。要加快形成绿色低碳交通运输方式，加强绿色基础设施建设，推广新能源、智能化、数字化、轻量化交通装备，鼓励引导绿色出行，让交通更加环保、出行更加低碳。
>
> ——习近平

人物：王海交，湖南人，毕业于兰州大学行政管理专业，柳州恒达巴士股份有限公司党委书记、董事长。他话不多，待人和蔼、朴素干练。谈起柳州公共交通事业的发展，他滔滔不绝，眼里发出不一样的光。

深夜，在月光的陪伴下，最后一班公交车回归场站，调整休息。

清晨，太阳刚刚露脸，一辆辆公交车又沿着各自的运行轨迹出发，穿梭在大街小巷，搭载乘客前往他们的目的地。

1999年，我背着行囊，踏上龙城大地。进入公共交通事业领域的那一刻起，城市公共交通为人民服务的这些场景，在我眼前来回"播放"，直抵心灵。

2012年，得知交通运输部启动国家公交都市创建工作的消息后，我兴奋得一夜未眠，躺在床上，自言自语："柳州应该有这个实力，在全区率先成功创建国家公交都市！"

没想到，我们这么快就迎来了机会！

2013年，柳州成功入选国家公交都市建设示范工程第二批创建城市，是广西区内唯一入选的城市。我高兴极了，暗下决心："一定要抓住机会，在提升城市公交服务质量和服务水平上大展拳脚，打造'人民满意的交通'！"

最初那段时间，一有机会，市交通运输局局长韦宁就联系恒达巴士股份有限公司等相关部门的同志，乘坐各条线路公交车，到各站点实地考察，谋划更合理、高效、多元化的公交线路。韦宁说，考虑到柳州是亚热带季风气候，每年至少有6个月处于炎热的夏季，乘客坐一次普通公交车常常是汗流浃背，于是全市空调车比例从0提高到80%。

为了响应绿色交通出行的号召，我们持续加快新能源公交车推广应用。在全市运营的1220辆公交车里，新能源公交车就有775辆，占车辆总数的63.5%。

创建国家公交都市以来，我们新开通了31条公交线路（含特色线路），优化调整298条（次）线路，增设350余个公交候车站点，率先在广西区内建成和运营的快速公交系统（BRT），成为可供全区参考的柳州模式。

公交车平均运行速度提高了，正点率从83.4%提高到90%，早晚高峰公交车拥挤度也从82%下降到60.2%……从这组数字中，我看到了创建国家公交都市带来的成效，欣喜不已。

56路"石榴红"民族团结公交专线的驾驶员顾芳既是创建国家公交都市的参与者，又是获益者。从业12年来，顾芳辗转驾驶过多条公交路线，为数不清的乘客提供过指路、搀扶、拾物等服务，收到过不计其数的"谢谢"。2019年，她获得自治区道德模范荣誉称号；2020年，又获评柳州市首批"最美公交驾驶员"。

像顾芳一样的"最美公交驾驶员"的故事在国家公交都市创建中不断演绎；"邓红英热线"、"邓红英工作法"、七一红色专线等柳州公交知名服务品牌持续涌现；快速公交为干线、常规公交为主线、社区公交为支线、特色公交为辅线的公交线网布局形成……公共交通站点500米覆盖率、中心城区公共汽电车线路网比率、全市公共汽电车线路网比率和站点覆盖率达到创建目标。

2020年9月2日,这一天我铭记于心。交通运输部正式命名柳州为国家公交都市建设示范城市。在全国300多个城市中,仅有33个城市成功创建国家公交城市,其中31个城市是直辖市或省会城市,柳州能跻身其中,这是多么不容易。看到这个被载入史册的"句号",我与参与其中的同志们激动不已。

6年的奋斗,换来的是那一扇彰显内涵的城市之窗。雄关漫道真如铁,而今迈步从头越。我与同事们将用虎跃龙腾的干劲,把这扇窗擦得更亮,让更多的幸福感温暖人民。

○ 后 记

每天行走在路上,看着公交车这一道道流动的风景线编织整座城市的气质之美,我为之感动,更为之自豪。透过这扇城市之窗,我体会到了龙城百姓幸福出行的温馨,看到了龙城百姓脸上洋溢出的幸福感和获得感。公共交通是一项久久为功的事业,更是一项心系百姓福祉的民生工程。我将与广大公交人风雨无阻向前进,用众人拾柴火焰高的力量,把这一扇城市之窗打造成为绿色之窗、文明之窗、幸福之窗。

044 ▸ 一弯"月"：新举措保平安

/ 帅君 /

> 落实总体国家安全观，坚持共建共治共享方向，聚焦影响国家安全、社会安定、人民安宁的突出问题，深入推进市域社会治理现代化，深化平安创建活动，加强基层组织、基础工作、基本能力建设，全面提升平安中国建设科学化、社会化、法治化、智能化水平，不断增强人民群众获得感、幸福感、安全感。
>
> ——习近平

人物：韦永勇，中共党员，毕业于中国人民公安大学，法学学士，柳州市公安局交警支队副支队长、警务技术四级主任、一级警督。他皮肤黝黑，五官清秀，语速慢且稳重。谈起创新设置形似一弯月的"黄月亮"——右转危险区交通标识的诞生，他打开话匣子，揭开"黄月亮"诞生的始末。

看到"黄月亮"，我的思绪就回到了2020年。

那年的寒冬腊月，发生了一起交通事故。一名市民驾驶电动自行车，行至柳南区河西工业园绿柳路和创园路交会路口等红灯时，一辆重型大货车从后驶来右转，"砰"的一声，驾驶电动自行车的市民被碾压在了货车车轮底下，再也没有醒来。

如何避免类似的事故重复发生？

民盼之，我思之，迅行之。于是，我和同事们来到市公安局交警支队5楼交通指挥中心监控大厅里，调取事故发生时的监控视频观看。

3天时间，72小时，4320分钟，我在反复观看、分析、研究中，找到了事故中的难点问题。

这起事故中的难点问题是不是共性问题？

我与市公安局交警支队秩序科科长郭敬武等几位同志下定决心：一定要找出类似事故的共同症结。我们看遍全国类似的交通事故案例视频，请教交通专家，通过案例的梳理比对、模拟实验，找到了共性问题：大型货车在右转弯时，前后轮并不在同一轨迹上，前轮可以绕过道路的某一物体，而后轮却绕不过去，前后轮轨迹交叉形成的区域恰恰是大货车驾驶人的视线盲区，因此这一区域是"死亡地带"，专业也称之为内轮差。大货车发生的所有伤亡事故中，因盲区造成的事故占比最高，其中又以右转盲区带来的伤亡量最大。这一内轮差会让部分非机动车驾驶人的生命安全受到威胁。

找到了症结，就要对症下药。我对郭敬武说："关乎生命的事，等不起、慢不得、坐不住。"我与郭敬武等同志组成了一个研究小组，围绕内轮差这个核心问题狠下功夫，让内轮差具象化，寻找解题思路。当时，我与小组成员们想了很多办法，比如，在转弯处设置水泥墩，可耗时，材料又笨重，还会影响交通出行；在路面写上红色标识大字，可又担心雨天不明显……

我们绞尽脑汁，最后采用一弯"黄月亮"形状的交通标识，用红色字样注明"右转危险区"，提醒非机动车驾驶人和行人通过路口时，注意大型机动车右转内轮差的覆盖区域，自觉避开右转危险盲区，同时提醒右转大型机动车司机谨慎慢行，确保出行安全。

纸上得来终觉浅，绝知此事要躬行。于是，我们选取了文昌路与桂柳路交会路口作为试点路口。2020年12月底，"黄月亮"右转危险区交通标识，首次出现在了大众面前。

居住在城中区桂柳路恒大华府小区的市民覃柳梅说，"黄月亮"的出现，不仅能有效地提醒驾驶人注意行车安全，还能让驾驶人养成良好的行车习惯。

"有'黄月亮'交通标识区，大货车右转弯更安全了。"柳州祥云混凝土有限公司大货车司机叶东灵为"黄月亮"交通标识竖起大拇指。

"黄月亮"交通标识试点成效非常明显，获得市民的认可，我们欣慰不已。

试点见成效，铺开全面时。我记得那是2021年上半年，交警部门听民声，顺民意，解民忧，通过多次试点、屡次论证、数次优化，在市区、各县区乡镇100多个十字路口铺开设置"黄月亮"交通标识。

道路施划"黄月亮"交通标识后，我专门认真查看了数据分析，发现成效明显。它能有效预防和避免右转弯交通事故的发生，增强广大交通参与者的安全意识。据统计，大货车与电动自行车右转弯冲突死亡事故数已降至0，事故发生率同比下降100%。

"黄月亮"交通标识已成为我市践行"我为群众办实事"实践活动的一抹暖色，确保龙城百姓平安出行，被党史学习教育中央第七指导组作为典型推荐……看到这些，我与小组成员更深刻领悟到："群众再小的事，都是我们的大事；群众期盼的事，就是我们所做的事。"

民之所需，我之所行。后来，广大市民又见到了我们的"蓝星星"彩色发光斑马线。如今，车辆礼让行人已成习惯。

○ 后 记

心里想着群众，才会急群众之所急，忧群众之所忧，服务才会成为政治自觉、思想自觉和行动自觉。我与广大交警将继续坚持人民至上、生命至上，以百姓心为心，不断提升人民群众的安全感，建设好平安柳州。

045 ▶ 一个"园":"教产城"有活力

/ 张婷婷 /

> 在全面建设社会主义现代化国家新征程中,职业教育前途广阔、大有可为。要坚持党的领导,坚持正确办学方向,坚持立德树人,优化职业教育类型定位,深化产教融合、校企合作,深入推进育人方式、办学模式、管理体制、保障机制改革,稳步发展职业本科教育,建设一批高水平职业院校和专业,推动职普融通,增强职业教育适应性,加快构建现代职业教育体系,培养更多高素质技术技能人才、能工巧匠、大国工匠。
>
> ——习近平

人物:佘莹,柳州市教育局职业教育与成人教育科副科长。他眉目端正,身材壮实,在职业教育领域工作十余年,见证了柳州职教园从无到有、从有到优的发展历程。谈起职教园建设的柳州模式,他记忆犹新,如数家珍,眼里闪着光。

坐在办公室的电脑前,看着一个个以职教园命名的文件夹,我的思绪又被拉回到十几年前。

那时候,社会对职业教育的认可度普遍不高,总觉得职校生低人一等。这些学生需要更优质的职业教育,让人生有无限可能。

2006年,我还在市发展改革委社会发展科工作。我市提出全力以赴打造职教"航空母舰":建设一个职教园,助力职校生实现人生新突破。听闻后,我心潮澎湃,满怀期待。

更让我兴奋的是,单位领导派我跟进职教园建设相关工作。在大大小小的会上，领导们都提到要高标准建成全区规模最大、全国先进的职教基地，听得我热血沸腾。

从立项到规划，再到报建，我全程参与职教园建设相关工作。"十一五"期间，柳州唱响"东进"序曲，这个职教园项目选址定在了柳东新区官塘教育用地片区，规划约10000亩，建设社会公共资源共享区、技能实习实训区、职业院校校园区三大功能分区。

职教园开建以前，项目所在地是一片荒地，风一刮，黄沙就漫天飞舞。我经常一整天待在那里，从东走到西，从南走到北，协调处理各种大小事务，傍晚裹着满身泥土回家。

我还记得当时的建设方是东城集团。东城集团公共公司副总经理江河也参与和见证了职教园建设过程。"职教园建设是柳东新区最早开发的项目。可以说，柳东新区与职教园是同步规划、同步建设的。"江河说，东城集团调集了全公司力量建设职教园，2009年4月开工建设，7月封顶，9月交付使用，创造了"柳州速度"。

眼看着一栋栋教学楼、图书馆和实验室拔地而起，新的困难接踵而至。由于交通不便，基础设施不完善，教师们不太愿意搬过去。没有热水，我和同事就去电厂买烧好的热水给教师；没有公交车，我们就联系通勤车接送教师上下班……

2009年，令我难忘。那年下半年，职教园迎来首批进驻的4所学校：市第一职业技术学校、市第二职业技术学校、柳州城市职业学院、柳州铁道职业技术学院。

市第一职业技术学校教务科科长史硕江等人也是见证者。"职教园的落成对学校来说意义重大。"史硕江说，搬入职教园前，学校有3个校区，小而分散。搬入职教园后，学校面积扩大好几倍，引进不少先进实训设备，与高职院校、企业的合作办学也更紧密，学校招生规模年年增长，人才培养质量得到了广泛好评。

此后，越来越多的学校、企业纷纷进驻园区。我看着职教园慢慢热闹起

柳东新区龙湖公园一角

来，柳东新区也逐渐繁荣起来。职教园实现了本科、高职、中职全产业链人才培育，产、学、研一体化平台集聚。

柳州职业技术学院就是校企合作、产教融合发展的很好例证。在该校官塘校区，有一整栋楼专门是柳工、柳职校企合作基地，里面有柳工—柳职全球客户体验中心、柳工技能大师工作室、高精尖的实训设备。校企共同培养工程机械专业人才。"学生课堂搬进企业车间，企业工匠请上学校讲台。"柳工机械股份有限公司人力资源（技能人才）总监王志强说，这样的校企合作模式在柳州很普遍，职业院校以企业需求为导向，订单式培养的学生毕业后直接上岗，有的学生三五年就成长为技术骨干人才。

经过十几年的发展，职教园现有8所院校，在校生近10万人，柳州职业教育声名在外，为柳州乃至广西经济社会发展提供了重要的人才支撑。"政府领航、双元一体、教产相伴、融合发展"的职业教育改革发展柳州模式得到肯定和推广，首批国家现代学徒制建设试点城市、首批国家产教融合试点建设城市等荣誉纷至沓来……看到职教园勃然的生机与发展，我充满自豪和期许——柳州职业教育会发展得越来越好！

○ 后 记

柳州职教园从无到有、从有到优，我深感这不仅仅是几所学校的简单拼盘，而是以人为本的教育资源的聚集融合。在那里，"教产城"齐头并进，一批批大国工匠初长成，一幅幅产教融合的精彩长卷徐徐展开，焕发着新活力。

046. 一片光：公益心连民情

/ 宋美玲 /

> 要把保障人民健康放在优先发展的战略位置，坚持基本医疗卫生事业的公益性，聚焦影响人民健康的重大疾病和主要问题，加快实施健康中国行动，织牢国家公共卫生防护网，推动公立医院高质量发展，为人民提供全方位全周期健康服务。
>
> ——习近平

人物：王欢燕，柳州市红十字会医院（柳州市眼科医院）副院长，是一名有20多年眼科临床工作经验的主任医师。她温柔、亲切的背后，是坚韧不拔的性格。她是医院公益事业的参与者和见证者，一次次用公益行动为经济困难的白内障患者实现光明梦。

每当有经济困难的白内障患者通过公益眼科项目完成免费手术，看到他们揭开纱布刹那间的表情，我的精神就为之振奋。患者脸上欣喜的神色总在提醒我，时刻不忘开展公益眼科项目惠民的初心。

思绪把我拉回到2010年。那一年，流动的眼科列车医院——"健康快车"驶入柳州，致力于免费医治经济困难的眼科疾病患者。市红十字会医院被国家卫生计生委指定为这一公益眼科项目的基地医院，迈出了公益活动的第一步。当时，许多白内障患者通过"健康快车"项目，重见光明，笑容刻在了充满希望的脸上。

白内障是广西最主要的致盲性眼病，且大部分白内障患者分布在医疗、经济条件较差的边远地区。

"'健康快车'毕竟需要在铁轨上行驶,在那些还没通铁路的边远山区,经济困难的白内障患者难道只能在黑暗中度过余生吗?"时任医院党委副书记、院长刘金纪对我说。每思及此,我便觉如芒在背。

"只得加快公益为民的步伐!"刘金纪的这句话,令我印象深刻。

回望2016年起而行之的足迹,我用"踏石留印"来形容。那一年,医院捐资50万元,与市红十字会联合发起设立救助贫困眼疾患者的公益专项基金——柳州市"健康快车光明基金",为柳州各县经济困难的白内障患者实施1000例免费手术。

福音传到了乡间,回响在患者心中。

2017年,医院成为市政府十大为民办实事项目之"实施白内障免费复明手术"项目的定点医院。时任医院副院长、有着30多年眼科临床工作经验的唐柳松带队前往各基层卫生院,筛选符合手术要求的白内障患者,让健康福音人人共享,不落一人。

"感谢你们,我的眼睛又能看得见、看得清了!"鹿寨县鹿寨镇大村村新村屯九旬老人陆桂英完成免费手术后,拉着护士的手连声道谢。在患者的声声感谢中,我与广大医务工作者听到的是民之情、民之福,也是民之切、民之盼。

民之盼,盼来了2019年的好消息。新一轮中国流动眼科手术车"复明18号"项目在广西启动,需要在全区筛选唯一一家运营医院。

当时我与刘金纪听到这一消息后,别提有多兴奋。我知道,"复明18号"是一辆集手术室、消毒清洗室、检查室和休息室于一体的大型房车。有了它,偏远山区的白内障患者也能在家门口做上免费手术。

功夫不负有心人,真情感动天下人。2019年5月,"复明18号"顺利落户医院,为全区患者服务。为了运营好这间"车轮上的眼科手术室",医院特地选派优秀业务骨干到外地参与手术车的操作培训,并在本地筛选了近50例白内障患者上车进行手术。我是见证者,也是参与者。

2020年10月20日,"复明18号"项目柳州站在广西科技大学第一附属医院启动。一批来自柳州、来宾的经济困难的白内障患者在家门口重圆光明梦。当天的一幕深深印在我的记忆深处：年纪最大的患者已经81岁了，她从手术车上下来后，开心得像个孩子。

2021年6月，"复明18号"的触角还延伸到桂林市龙胜各族自治县。我记得，当时收治手术患者的龙胜各族自治县人民医院较小，无法停放手术车。经当地卫健局协调，将手术车停放在该县妇幼保健院，由医务人员在两院之间接送患者进行手术。

两家医院之间的距离虽不远，但山路崎岖，接送患者全靠步行。于是，我与医务人员一趟趟接送患者，一个来回要走上40分钟。6月炎热的天气，来回不停地奔波，我与医务人员衣服汗湿了又干，干了又湿。

我与医务人员来回奔波，让"复明18号"播撒光明的足迹遍布区内13个地市，行程15177公里，累计实施免费白内障手术3298例。看到患者重见光明，是我最快乐的时刻。

○ 后 记

坚持公益眼科项目十余载，不时有人问我："投入这么多精力，去做没有回报的事，值不值？"我想，这些公益项目并非没有回报，回报甚至远远大于投入。因为患者的认可就是最大的回报，百姓的好口碑就是最好的回报。

047 一盏灯:"护航星"照前路

/ 蔡婉君 /

> 要补齐农村基础设施这个短板。按照先规划后建设的原则,通盘考虑土地利用、产业发展、居民点布局、人居环境整治、生态保护和历史文化传承,编制多规合一的实用性村庄规划,加大投入力度,创新投入方式,引导和鼓励各类社会资本投入农村基础设施建设,逐步建立全域覆盖、普惠共享、城乡一体的基础设施服务网络,重点抓好农村交通运输、农田水利、农村饮水、乡村物流、宽带网络等基础设施建设。
>
> ——习近平

人物:韦德庆,柳州市住房和城乡建设局城建科科长。他参与柳州市惠民项目"村屯光亮工程",见证了一盏盏路灯在乡村小路上延伸。他处理工作井然有序,眼神透露着坚定。他说,村民夜间出行的担心已飘散,幸福生活已经照亮,更要信心满满前行。

夜幕降临,三江侗族自治县八江镇布央村的太阳能路灯齐刷刷亮起,远远望去,灯光好似盘踞山间的一条黄龙。每当在乡村看到灯火点亮的场景,我抑制不住激动的心情,感叹不已:这条光明之路,凝聚着太多人的心血。

2019年10月,点亮光明的时刻,我一辈子都忘不了。那一年,我市创新采取"企业建设、政府租用"的路灯建设新模式,在柳江区率先实施"村屯光亮工程",让村民不用花一分钱,灯火就能照亮家门。这对村民来说无疑是利好消息,我真心为村民们感到高兴。

"2019年年底完成1.7万盏太阳能路灯的安装。"一声令下,我闻令而动，负责项目的统筹推进工作。勘察地形地势、征集村民意见、检查安装情况、实施后台控制……我都要获悉。

为把每盏路灯安装在最合适的位置，发挥最大的作用，我与实施单位、村委会、村民一同协商。当我看到第一盏路灯亮起的时候，兴奋不已。这盏路灯不仅是照亮村民夜间出行的灯火，还是"村屯光亮工程"第一盏星火，注定点燃这寂静的乡村。

功夫不负有心人。2019年年底，1.7万盏路灯在柳江区各个村一盏接着一盏亮起，给村民带来便利的同时，也照亮了产业之路。这是我最希望看到的。

香葱是柳江区三都镇的支柱产业，为了供应新鲜的香葱，村民往往要在凌晨工作。随着路灯在柳江区快速安装，农民很快享受到路灯带来的方便。"以前把手电筒安在帽子上，在凌晨扯葱花时戴在头上，脖子非常难受。现在好了，路灯直接照亮了菜地，再也不用摸黑干活了。"三都镇村民韦玉福笑容灿烂地说。

村庄道路亮堂堂，百姓心里暖洋洋。柳江区"村屯光亮工程"工作取得良好成效。2020年，"村屯光亮工程"在柳州北部三县全面推广，保障家家户户夜间出行安全。我又全身心投入其中。

这项任务远比我想象的还要困难。三江侗族自治县、融水苗族自治县、融安县海拔较高，村民居住分散，很多地方只能靠人工搬运路灯、施工材料和安装设备。工程量大，县政府部门和镇政府、村委会成立了工作小组。工作小组齐心协力给众多村屯装上路灯，保证每盏路灯当天安装当天照亮，让村民看到致富的希望。

秦龙飞是三江侗族自治县住建局村镇股股长，负责全县"村屯光亮工程"指挥工作。他心思细腻，做事踏实，每次听到他有条不紊地介绍各个村路灯的安装情况时，我都很放心。

秦龙飞很少给自己休息的时间，一年回家的次数屈指可数。秦龙飞说："提前一天给群众装上路灯，群众夜间出行就多一分安全。" 脚下沾有多少泥土，心中就沉淀多少真情。一年来，我们经常怀着兴奋的心情，连夜走访家住半山腰的村民，查看路灯安装、使用情况。同时，我们见证着路灯给村庄带来的明显变化：晚上沉睡的道路开始苏醒，村文艺队借着灯光翩翩起舞，篮球场迎来了年轻人，无数村民走出家门参与娱乐，更深层次的变化也在一点点发生……

2020年12月28日晚，在三江侗族自治县八江镇布央村，太阳能路灯和鼓楼上的装饰灯让乡村的夜晚亮了起来

"以前照亮我家门口的是'星星点灯'，现在照亮我家门口的是一盏盏LED太阳能路灯。"三江侗族自治县八江镇布央村布央屯村民吴世好动情地说，这些路灯照亮了新的生活，今后的生活更加有盼头。和吴世好一样，每到晚上，无数村民家门口的道路白亮一片。2020年年底，7万多盏路灯在北部三县各个村屯亮起。如今，通过控制系统就可以控制路灯的开关，有专业的保养维护单位保障路灯的正常运行，这些路灯如同村庄的守护天使，为村民的夜间出行保驾护航，点亮乡村的夜色。

○ 后 记

截至2021年12月，全市"村屯光亮工程"已安装太阳能路灯超过9万盏。路灯照亮的是村庄的前景，折射的是时代的进步。在推进城乡统筹发展和城乡一体化发展的过程中，我将继续努力，大力推进农村基层设施建设，让更多群众共享改革发展成果。

048. 一条链：大招商活棋局

/ 黄慧妮 /

> 要根据各地区的条件，走合理分工、优化发展的路子，落实主体功能区战略，完善空间治理，形成优势互补、高质量发展的区域经济布局。要充分发挥集中力量办大事的制度优势和超大规模的市场优势，打好产业基础高级化、产业链现代化的攻坚战。
>
> ——习近平

人物：罗任，北流市人，柳州市投资促进局办公室副主任。他戴着斯文的方框眼镜，给记者的第一印象是笑容亲切，谈吐沉着稳重。谈起招商工作，他眼中充满激情，如数家珍般介绍多种招商模式的由来。

在2021年的时间刻度上，柳州又一次奏响了大招商的强音。至今，这种强音还时常在我耳畔响起。

那年7月，在柳州市—长三角智能家电产业专题招商推介会上，我市向外地企业家抛出橄榄枝：热忱欢迎艰苦奋斗、创新发展、追求卓越品质的优秀企业家们，到扎根实业、开放包容的柳州投资兴业、干事创业，柳州一定以最佳环境、最优政策、最好平台、最暖服务，为企业快速发展保驾护航。

伴随着现场的强音，我的思绪回到了2017年。那一年，我进入招商系统，成为招商"战线"上的一名新兵。也是在那一年，我市开始布局"5+5"重点产业新格局，组建了10个产业招商工作组，揭开了探索产业链招商的序章。作为其中一员，我倍感荣幸。

"招商引资是经济发展的重中之重和强劲引擎。"每每听到领导说招商引资工作时，我心底这种意识就更强烈。招商这个经济专业性强、综合素质要求高的工作，必须有闯的精神、创的劲头、干的作风。

在多个招商工作组围绕重点产业发力的同时，如何让招商工作更具向心力？工作中，我和同事们时常思考着。

"龙头企业，就是突破的关键点！"我和同事们在思考中达成共识。

说起风便扯帆，说干就干。2020年，我和同事们开始了围绕龙头企业招商的新探索，从"5+5"重点产业中，筛选了16个产业链，专门成立招商工作组，以试点推进的方式，向着目标迈进。

在试点推进过程中，我与同事们一起探讨交流：如何才能更好地建立产业链招商的柳州模式？

时者，势也。恰逢自治区启动"三企入桂"活动，16个招商组分头出击，当年新签约213个项目，总投资1600多亿元。这给了我和同事们莫大的鼓舞和激励。

"我市作出推进工业高质量发展、建设现代制造城三年攻坚行动的重大部署，提出未来三年要新增工业总产值3000亿元。"2021年，市投资促进局副局长李茜的一句话，告诉我：伴随着鼓舞和激励的，还将有接踵而至的新挑战。

"仅靠现有存量增长，难以支撑这个目标。"我心想：招商工作要有大突破，才能带来经济的大发展呀！

实践出真知。这时，"链长制"来了，带来了招商的力量！

"它首先是一种责任制，其次才是动员机制和要素保障机制。"我与同事们在实践中，逐渐建立"链长制"的整套制度体系，牵头起草《柳州市产业大招商三年攻坚行动工作方案（2021—2023年）》。同时，依托龙头企业梳理上下游清单，拓展出30条重点产业链；依托50多个链主龙头企业，梳理出800多家与我市产业关联度高、匹配度高的目标企业。

"产业链招商是关键一招，用好就能尝到甜头。"在"链长制"全面铺开的2021年，我尝到了甜的果实。我市新签约产业链项目168个，总计425.26亿元。

"链长制"模式获得广西招商引资创新奖二等奖，被自治区列入改革典型经验复制推广清单。看着招商引资成绩单，我心生感慨：一切努力都没有白费！

"链长制"背后的冷暖，企业自知。

"柳州工业底蕴深厚，产业配套齐全，市场可以辐射西南乃至东盟各国，"市东晶智能科技有限公司董事长彭霏告诉我，"柳州的贴心服务让企业倍感暖心，企业肯定愿意和柳州实现发展双赢。"

彭霏的肺腑之言，激励着我继续前行。

市投资促进局局长赵涛涛告诉我，要持续推进产业大招商三年攻坚行动，建立全员招商机制，力争今年年内引进区外境内到位资金增长20%以上。

这犹如战鼓，声声催人急。而我，唯有不待扬鞭自奋蹄。

○ 后 记

"链长制"逐渐铺开，获得认可。认可令人难忘，过程亦令人难忘。难忘那些我和同事们研究产业、研究产业链的无数个日夜，难忘那些缀在招商枝头上的累累硕果。难忘的无数瞬间，成为推动发展之舟远航的澎湃之力：打好产业基础高级化、产业链现代化的攻坚战，走好走活招商这盘大棋局，为加快建设现代制造城、打造万亿工业强市夯基垒台。

049 ▶ 一个"港"：新通道连中外

/ 朱柳融 /

要主动对接长江经济带发展、粤港澳大湾区建设等国家重大战略，融入共建"一带一路"，高水平共建西部陆海新通道，大力发展向海经济，促进中国—东盟开放合作，办好自由贸易试验区，把独特区位优势更好转化为开放发展优势。

——习近平

人物：谢琰，玉林市人，中共党员，柳州市重点项目建设办公室项目促进科负责人。记者见到他时，他刚参加完西部陆海新通道柳州铁路港相关会议。他把会议的内容密密麻麻地记在笔记本上，满满几页。他坐姿笔挺，肩膀挺阔，两道剑眉下，一双眼睛闪闪发亮。

在柳州，有两个"港"是我最牵挂的：一个是家，一个是西部陆海新通道柳州铁路港。

我亲眼看着柳州铁路港从无到有，海铁联运的柳州班列运量从零增长到2021年的246列12248标箱，柳州—莫斯科中欧班列从首班到实现常态化开行……我想，这与西部陆海新通道这条巨大的战略动脉日益强劲密不可分。柳州作为西部陆海新通道重要沿线枢纽和物流节点，柳州铁路港是《"十四五"推进西部陆海新通道高质量建设实施方案》点名的物流及配套设施重点项目。

穿过时间的缝隙，建设柳州铁路港的记忆依旧清晰。2019年4月28日召开的市委常委会会议指出，柳州要抢抓西部陆海新通道建设机遇，立足柳州

满载货物的列车驶出柳州南编组站

交通优势谋划建设柳州铁路港，加快把柳州打造成为物流集散重要节点城市。2019年，我被调入新成立的柳州市重点项目建设办公室，能与领导、同事一同参与柳州铁路港的规划、建设工作，我倍感自豪。

我展开柳州地图，清晰地看到，湘桂线、黔桂线、焦柳线、柳南客专等铁路线在此交会。广西的现代化"铁路心脏"——柳州南编组站具备三级六场规模，日均办理车数1.9万辆，远期达2.43万辆……

我深知，建好柳州铁路港，便是搭上了一列东西双向互济、陆海内外联动的"快速列车"，对柳州发展至关重要。

为做好柳州铁路港顶层设计工作，我和同事们埋头查找了大量资料，前往重庆、南京等地取经。当看到重庆国际物流枢纽园区探索标准化多式联运规则体系、推动铁海联运"一单制"试点，南京尧化门站货场快运中转区、

满载工程机械设备的中越跨境班列从柳州南物流中心驶出

集装箱区、海关监管场所等物流基础设施空间布局科学有序、高效运转时,我和同事们赞叹不已。现实的差距,坚定了我和同事们要按一流标准建好柳州铁路港的决心。

时不我待!2019年10月,国家《西部陆海新通道总体规划》出台两个月后,我和同事们完成了《西部陆海新通道柳州铁路港发展规划》《西部陆海新通道柳州铁路港建设规划》《柳州铁路港建设实施方案》的编制。经市委、市政府审定后,柳州铁路港建设全面启动。

2020年起,柳州市将柳州铁路港定位为"一核二园三基地"("一核"是柳州西鹅铁路物流中心,"二园"是柳州宁铁汽车工业物流园和柳州空港物流产业园,"三基地"是柳州高铁物流基地、官塘多式联运基地和雒容铁路物流基地),涵盖铁、公、水、空的多式联运体系,受到市民关注。

如今，柳州铁路港正如火如荼地建设着。我和同事们无数次到现场，跟进项目进展、协调相关事项……在柳南区、柳江区和柳东新区穿梭，一趟跑下来往返路程100多公里。

地处柳工大道东侧的柳州西鹅铁路物流中心已展露雏形，2022年6月一期启用。广西柳州市龙铁投资发展有限公司招商运营部部长蒋胡浩告诉我，该公司与相关公司签订仓库租赁意向协议，还计划合作开发新的运输物流产品，推进跨境物流货物、国际邮包等服务；与北港集团在西鹅铁路物流中心推动柳州铁路港—北部湾港铁海联运常态化发行；海关监管作业场、跨境电商服务中心、钢（建）材物流区正加快建设……

在官塘多式联运基地，碧水蓝天，舟车辐辏。柳州产的汽车产品从这里出发，走向海外。东风柳州汽车有限公司进出口公司KD项目部部长陈保华跟我说，通过柳州班列运输汽车产品出口海外，不用再绕道广州，全程不用换箱，既方便又节约物流成本。

柳州宁铁汽车工业物流园里的上汽通用五菱4S配件发运中心已建成；一辆辆"柳州造"汽车通过雒容铁路物流基地运往全国各地；柳州空港物流产业园、柳州高铁物流基地按计划推进……高质量高水平共建的西部陆海新通道已驶入快车道，看到这些，一个未来的"大通道"在我脑海里呈现。

○ 后记

实干铸就伟业，奋斗开创未来。我相信，柳州铁路港建成后，会是一个功能齐全、设施先进，提高物流整体运行效率和现代化水平的"港"，必将成为西部陆海新通道上一颗璀璨的明珠。

050 一本证：新改革助融资

/ 江宏坤 /

> 要优先解决民营企业特别是中小企业融资难甚至融不到资问题，同时逐步降低融资成本。
>
> ——习近平

人物：张彬，中共党员，柳州市市场监督管理局商标监督管理科科长。这位老商标人和团队参与、推动和执行了柳州商标质押融资改革的经典案例：通过办理一本商标质押登记证，让商标质押"活水"为企业"解渴"，助推柳州贷款金额和质押登记数量连续5年排名广西第一，探索出一条创新商标质押融资改革，助推商标有效运用，推进品牌经济高质量发展之路。

2022年1月24日的《柳州日报》，我放在办公桌上有一段时间了。

当天《柳州日报》一版报道：2022年伊始，国家知识产权局商标业务柳州受理窗口再创佳绩，1月已办理4笔注册商标专用权质权登记业务，被担保的债权数额超过1亿元。令人欣喜的数据源自一本商标质押登记证：用"一本证"把金融"及时雨"下透、下到位，让企业"血脉"愈发顺畅。

我拿起报纸站在办公室窗边凝望远方，思绪回到了2016年。那一年，国务院全面启动注册商标专用权质权登记改革工作，决定在全国新设立25个注册商标专用权质权登记受理点。

获悉消息，我激动了。过去办理商标质押登记证需到北京，如果在柳州就能办理，企业会如何反应？

柳州是汽车制造、冶金、机械、化工产业聚集地，也是全国46个商标战略示范城市之一，完全具备设立注册商标专用权质权登记受理点的基础和实力……我赶紧和李朝文、陈佳佳等科里同事进行内部研讨，结论是：成功概率很大。于是，我们立即向局领导汇报，后续受到了市委、市政府的高度重视。

上下同欲者胜，同舟共济者赢。工作缘由、改革背景、法律依据和现实意义……材料一份份准备，研讨一步步深入，方案一次次修改，团队做好充分准备便向国家有关部门提出申请，担当改革先锋。那段时光，我和商标团队难忘记的是深夜奋战的疲倦，想铭记的是齐心协力的感动，常惦记的是成功获批后的欣喜。

众志成城之下，工业柳州的实力和底蕴再一次得到印证：2016年6月7日，柳州获批设立注册商标专用权质权登记受理点，是当时广西首个且是唯一受理点。

外出学习取经，开展本土调研，有的放矢协商……经过筹备，2016年11月30日举行仪式为柳州首批办理质权登记业务的银企双方颁发质权登记证。当天，6家企业用6件商标向银行贷款2600万元。广西志光办公家具集团有限公司董事长李志光和我们商标团队感叹道："过去到北京办理'一本证'耗时2至3个月，如今在柳州3个工作日就搞定了。"

一碗柳州螺蛳粉，"嗦"出百亿元大产业。"柳州螺蛳粉在半个月内五次登上微博热搜，销量暴涨、供不应求。"广西沪桂食品集团有限公司董事长罗岸峰打电话给我们商标团队说，复工复产遭遇资金拦路虎。

复工复产，刻不容缓。我和商标团队1天完成商标质押登记材料审核和报送，并发放商标质押登记证，2天帮助企业获得银行贷款。为此，罗岸峰送来了一面写着"复工复产助企业，商标质押优营商"的锦旗。

锦旗红艳艳，责任沉甸甸。2018年至今，我和商标团队为柳州螺蛳粉企业办理12笔质押融资登记，被担保债权数额达4482万元。

在获得不俗成绩的同时，我和商标团队却意识到：仅提供便利化登记服务远远不够，必须出台有效降低企业融资成本、降低银行贷款风险的措施，方能将改革推向深入。很快，多部门合力将商标质押贷款补助和风险补偿纳入柳州市小微企业创业创新激励专项资金，推动出台《柳州市商标专用权质押贷款补助和风险补偿办法》。广西顺业线缆有限公司通过办理商标质押业务，获得综合融资成本补助118000余元。该公司法定代表人陈建安为我们商标团队点赞说："优越政策惠企能力强，贷款贴息大大降低了融资成本。"

众人划桨开大船。截至2022年3月底，商标质押登记地方受理窗口（受理点）已办理商标质权登记100件，质押贷款金额72.34亿元，质押件数和质押金额均居广西首位。科里现在负责商标质押工作的林荣霖经常和我说，看到企业在我们的努力下获得宝贵发展资金，心里很甜。

我们商标团队始终铭记：永远与柳州企业同舟共济、携手并进！

○ 后 记

改革永无止境，创新永远在路上。我们商标团队亲手播撒的商标种子，不仅收获一片品牌森林，还让商标质押"活水"精准为企业"解渴"的柳州经验获得了国家、自治区的充分肯定。我们期待：柳州的商标品牌如繁花般根植工业沃土，百花齐放。

051 ▸ 一礼包：新医改释红利

/ 宋美玲 /

> 人民健康是社会主义现代化的重要标志。
>
> 要继续深化医药卫生体制改革，均衡布局优质医疗资源，改善基层基础设施条件，为人民健康提供可靠保障。
>
> ——习近平

人物：廖夏莉，柳州市卫生健康委员会体制改革科负责人。在春日暖阳下，她明眸善睐，眼里满是对医药卫生体制改革工作的无限热情。她讲述了柳州市医改工作的过去、现在与未来。

在家门口的社区服务中心或卫生院，就能得到三级医院的专家诊治；药占比从将近40%下降到25%左右……这些点滴，是柳州市民就医时的真实写照，也是柳州坚持医改多年来为人民送上的一份"大礼包"。

作为柳州医改工作的参与者、见证者，每思及此，我沉睡的记忆便被唤醒。2009年，国务院出台《关于深化医药卫生体制改革的意见》，标志着中国医药卫生体制进入深化改革阶段，新一轮医改正式启动。

5年后，柳州被确定为广西首个公立医院改革国家联系试点城市。满足人民群众日益增长的医疗服务需求和缓解群众看病难、看病贵问题的改革冲锋号，在柳州吹响！柳州开启改革突围、破冰前行的新征程，我切身感受到改革给人民带来的福利。

我知道，医改先药改，实行除中药饮片外的药品零差率销售，破除以药养医是公立医院改革的核心内容之一。所谓药品零差率销售，即药品出厂价和卖到病人手上的价格一样，没有中间差价。

为挤干药品价格水分，我见证了柳州打出医药改革"组合拳"：给以药养医纠偏，让药品回归治病，医生回归看病，公立医院回归公益。这样的改革能直接降低患者用药负担，但医院的药品收入缩水，如何调动医院参与改革的积极性，成了摆在大家面前的实际问题。

体制改革科的赵婷婷还记得，柳州探索出一套有别于其他试点地区的补偿方式：医院等级与补偿方式挂钩、与"补助资金池"结合，调整医疗服务价格与财政补助相结合，对公立医院因实行药品零差率销售而减少的收入进行合理补偿。

为了使政策顺利落实落地，发展改革委、财政、卫生健康委、医保等部门主要负责人当时一头扎进了我市22家城市公立医院，现场解答政策，对口指导。

"要做就做最好，付出就有回报。"2015年10月8日，是我记忆犹新的日子，也是令龙城百姓难忘的日子。那一天，柳州在全区率先启动药品零差率销售，同步实施第一批96项医疗服务价格调整。随后，柳州还在全区率先实施以市为单位的药品集中带量采购、药品采购"两票制"，从根本上解决以药养医问题。

医改的春风从城市吹到乡间。"得个阑尾炎，白种一年田。""救护车一响，一头猪白养。"这些曾在民间流传的顺口溜，折射出过去农民对看病难、看病贵的无奈。为了扭转这一局面，2016年，我市出台了医联体建设方案，明确当时5家市属三级医院分别与县级医院组建不少于2对紧密型医联体。当年3月，市中医医院与三江侗族自治县中医医院结成紧密型医联体，实施人才、管理、技术下沉，让三江这家医院又活了起来。远程会诊、双向转诊、信息共享等措施，则打通了基层百姓获取优质医疗资源的便捷通道。

三江侗族自治县农民吴金木便是医联体建设的获益者之一。他曾因重病到该县中医医院手术治疗，让他意想不到的是，为他操刀的医生竟是当时的市中医医院院长杨建青。吴金木的手术很顺利,他享受到了三级甲等医院的诊疗服务,却只需按二级医疗机构的收费标准缴纳费用。

2020年,我市18家县级医院已全部组建紧密型市县医联体,县域居民就地就诊率超过90%,真正实现"大病不出县"。"我市医联体建设的'三江模式',也获得了国家中医药管理局的肯定,在全国推广。"看到这样的成绩,我欣喜不已。

更让我欣喜的是,2018年至2021年,我市连续4年因公立医院综合改革成效明显,获得自治区督查激励。2021年,我市还被确定为公立医院综合改革第二批国家级示范城市……医改"大礼包"更沉、更实了。

○ 后 记

回望来时路,方能行致远。医改工作是一项惠及千家万户的复杂民生工作,改革并非一蹴而就,需要的是持之以恒。我得知,下一步,我市将持续巩固拓展公立医院综合改革成果,在年内组建2至3个城市医疗集团试点,持续强化紧密型市县医联体、县域医共体建设,不断引导优质医疗资源下沉基层;同时,全面提升基层医疗机构服务能力,深入开展优质服务基层行活动,加快社区医院建设,强化基层人才队伍建设……一系列医改措施,将为百姓看病就医带去更多获得感、幸福感、安全感,更好地促进健康柳州建设。

052 ▸ 一中心：大"乐园"托养老

/ 周仟仟 /

> 要推动养老事业和养老产业协同发展，发展普惠型养老服务，完善社区居家养老服务网络，构建居家社区机构相协调、医养康养相结合的养老服务体系。
>
> ——习近平

人物：蒋米雪，柳州人，中共党员，柳州市民政局养老服务科科长。她称自己是一名"养老新人"，但说起如何守护龙城人的夕阳红，这名"养老新人"却一点都不像个新人。

人人都会老，家家都有老人。我市第七次全国人口普查数据显示，60岁及以上人口为70多万人，占17.19%。老有所养，既是人生处于黄昏阶段时的愿望，也是美好生活的体现。我的工作就是守护这份美好。和很多人不一样的是，我需要守护的是龙城70多万人的夕阳红。

2007年，我大学毕业后，作为选调生来到基层工作。13年来，我干过团委工作、组织工作、妇联工作，面对的都是最基层的老百姓，明白老有所养是多么重要，却没想到自己有一天会干上养老工作。2021年8月，我成为市民政局养老服务科科长。作为一名"养老新人"，我既感到肩上责任重大，如履薄冰，同时也对新岗位充满期待。

彼时，柳州新一批在建的社区居家养老服务中心正在推进中，我担心自己做不好这份工作。

那时候，我刚到岗不到一个月，便到位于阳光100的社区居家养老服务中心走访调研。"这个社区居家养老服务中心，怎么报名啊？我儿子和女儿都不在身边，我和老伴太需要了。"蒋雪莲阿姨以为我是社区居家养老服务中心的工作人员，焦急地向我打听。蒋雪莲阿姨的这两句话瞬间让我放下心来，老年人对社区居家养老服务是有迫切需求的。

"目前我市有48个部门正职领导是养老工作部门联席会议成员，每年市本级财政安排大量资金用于保障养老服务工作。"那一刻我回想市民政局局长王红在2021年全区养老服务工作会上的发言。

"是啊，每件事都不会一蹴而就，都会经历一段茫然无措的阶段，以为干不成的事，只要下定决心去做，就一定可以做到。"我信心十足，我还有好同事的支持呢！

韦衍祎是我目前工作的前任科长。她干养老工作近4年时间，建设社区居家养老服务中心等许多工作都是她之前所做的。我市被确定为全国居家和社区基本养老服务提升行动项目地区，获得中央专项资金支持，其中就有她的不少努力。

我从韦衍祎那里了解到，对于老人来说，最希望的还是儿女能够陪伴在自己身边，感受到儿女对自己的照顾和关怀。因此，社区居家养老，打造的是一个家门口集基本生活照料、医疗护理服务、休闲娱乐等为一体的服务场所。建设一批社区居家养老服务中心被列为2021年市政府为民办实事项目，于是我们养老服务科聚焦惠民便民，根据老年人的需求，确定场地、设施、服务内容等，在五城区启动建设总建筑面积约10042平方米的15个社区居家养老服务中心，总投资约3236万元，建成阳光100社区居家养老服务中心、春风社区居家养老服务中心等7个社区居家养老服务中心，另外的8个社区居家养老服务中心进入实质性建设阶段。同时，还推动出台《柳州市政府购买居家养老服务实施细则》《柳州市居家和社区基本养老服务提升行动项目实施方案》等一系列文件，把老有所养做到实处，把党和政府的惠老政策落到实处。

柳州市城中区王座社区居家养老服务中心，老年人在中心的长者食堂就餐

干净的餐桌、窗明几净的厅堂、营养丰富的饭菜，还有卡拉OK室、书画室、手工室等休闲娱乐区域，我和同事们努力打造了一个个满是时髦劲儿和快乐味的龙城老年人家门口的"养老乐园"，为老年人提供长期照护、短期托养、日间照料、上门照护、助餐助洁、康复护理等服务，得到许多点赞。

"我不跟子女一起住，家门口这个走5分钟就能到的'乐园'有得吃、有得玩，真的解决了大麻烦。"家住王座社区的覃碧珍对社区居家养老服务中心赞不绝口。

"是啊，成功，从来都不是一夜降临，而是由无数个努力的瞬间积累起来的。"我从覃碧珍的夸赞中读懂了这句话。

回想大半年的"养老新人"工作，我觉得，我的工作非常有意义。每当在社区居家养老服务中心看到老人们满足的表情，我就无比欣慰。

○ 后 记

什么是幸福感？我想，在养老这个领域，老人们的笑容是最重要的一个检验指数。在未来的养老工作中，我与同事们将继续努力，提升老年人的周边、身边、床边服务，让更多老年人安享幸福晚年。

053 一扇"门"：进出口更便捷

/ 粟桂利 /

> 要抓住共建"一带一路"重大机遇，坚持对内开放和对外开放相结合，培育开放型经济主体，营造开放型经济环境，以更高水平开放促进更高质量发展。
>
> ——习近平

人物：陈万跃，柳州海关监管二科四级高级主办。他"关龄"33年，是柳州海关最早一批关员之一，参与了柳州海关的筹备成立与发展，见证了柳州外向型经济的从无到有，经历了柳州从单一通关到水陆空铁多渠道大通关模式的转化过程。如今他还奋斗在柳州保税物流中心（B型）海关驻点监管的一线。

1989年，我24岁，从地方单位经过考核选调进入海关系统，当时柳州海关还没有开关办公。

30年后，柳州的开放已是另一番天地。2019年1月7日，我再一次见证了历史——柳州保税物流中心（B型）获海关总署、财政部、国家税务总局及国家外汇管理局四部委联合批准通过，成为广西第三个获批的保税物流中心。

保税物流中心（B型）是经海关总署批准，由中国境内一家企业法人经营，多家企业进入并从事保税仓储物流业务的保税监管场所。我知道，保税物流中心并不是新鲜事物，但它是一扇重要的"门"，有了它，柳州企业可以更便捷地"看着世界地图做生意"。据海关总署统计，2021年，柳州保税物流中心（B型）进出口总额在全国85家保税物流中心中排第48名。

在我眼里，作为目前全广西唯一一个内陆地区的保税物流中心，柳州保税物流中心（B型）特色很鲜明：突出服务功能多元化优势，注重发展服务本地汽车、机械行业等优势产业和跨境电子商务等新兴产业的现代化国际物流业务，并与区内其他海关特殊监管区、保税监管场所形成错位发展。

针对柳州加工贸易业务量大的特点，2005年，柳州曾为企业设立了辖区第一座保税仓库，大幅减少了企业生产资金的占用，以抵御市场风险。

现在运行的保税物流中心，业务就广多了！比较受关注的是"保税一日游"业务。此前，我市的加工贸易企业需要将货物出口至香港等地，办理进口手续，再运回柳州。有了柳州保税物流中心（B型）后，我市加工贸易企业的货物出口到保税物流中心即视同离境，解决了加工贸易深加工结转手续复杂、深加工增值部分不予退税等问题。

"加工贸易企业的货物在海关监管下，到柳州保税物流中心（B型）一进一出，甚至都不用卸货，就完成了一趟进出口。这为企业节省的运输费用和时间成本，显而易见。"我与企业都感同身受。

回望来时路，我发现，为了拥有这扇"门"，柳州人经历了5年筹备、3年申报。仅仅是选址就改了又改，最终决定设在柳东新区，由东城集团负责建设和运营，总投资9.17亿元。

根据国家有关规定，获批后的柳州保税物流中心（B型）须在1年内建成并封关运营。这是一个艰巨的建设任务，项目地块落差大，土方施工关键期又遇到梅雨季节，可谓困难重重。柳州人愣是把一片不起眼的土坡土岭，建成了现在的柳州保税物流中心（B型）。而且，不论是规划还是建设，这个保税物流中心都显出它的前瞻性，总用地面积297.9亩，不仅设有1.5万平方米的综合保税大厦、8.88万平方米的海关监管仓库，还有3.1万平方米的露天货场，里里外外设置了500个监控探头。

我还记得，2020年7月3日，柳州保税物流中心（B型）获得海关总署批复可封关运营，市政府随后举行了新闻发布会。柳东新区管委会副主任杨豪明对参会的90多家外向型企业代表、新闻记者说了一句很振奋人心的话：

"这填补了柳州一直没有外向型经济发展的平台的空白,对柳州市加快开发步伐、促进经济发展具有里程碑式的重大意义。"

我和同事林铮铮在保税物流中心驻点,守护国门安全、保障通关效率。企业有需要,哪怕是双休日,也可以通过预约办理通关手续。

"柳州这个保税物流中心运行时间虽不长,但在全国排名靠前、货值高。"因为柳州保税物流中心(B型)运营,广西柳州市环世通达供应链管理有限公司报关经理叶庆从沿海城市进入内陆,拓展业务。

"我们不仅是为国家守好门,也是经济建设者。"我的同事、柳州海关副关长刘健说,它建立在柳州产业特色的基础上,对柳州工程机械、汽车零部件等加工贸易企业在更宽领域、更高层次配置全球资源,完善加工贸易产业链条等都有很好的促进作用。

○ 后 记

因为有了好平台,江海也可就地跨越。工业是柳州的命脉,让企业保有活力,推动更全面的对外开放,地方政府一直在积极作为。我了解到,柳州保税物流中心(B型)起点高,基础设施完善,发展目标也很明确,要升格为综合保税区。很幸运,我正在参与、见证着这些历史。

054 ▸ 一双"眼"：大天网护平安

/ 帅君 /

> 让民众享有一个安全稳定的生存生活环境，是中国治国理政的重要目标。近年来，在不断推进经济建设、提高人民生活水平的进程中，我们不断推进平安中国、法治中国建设，紧紧围绕影响人民群众安全感的突出治安问题，严厉打击、严密防范各类违法犯罪活动，全面加强社会治安防控体系建设，推进社会治理体系和治理能力现代化。
>
> ——习近平

人物：向庭波，毕业于湖南大学，柳州市公安局科信科副科长，警务技术一级主管。守护百姓的这双"眼睛"——"天网工程"，从"0"到"1"，他是亲历者、见证者，也是实践者。从"脚板警务"到"智慧警务"，柳州依托"天网工程"深入推进科技强警，走出了改革强警、科技兴警的特色发展之路。

敢于"吃螃蟹"，敢为天下先。

"'天网工程'必须建，而且要马上建。"在我的记事本里，2005年是重要的一年。那一年，柳州开始推进"平安柳州"创建，在全市建设治安防控监控系统。

"天网工程"成了当时的热词。我给当时的"天网工程"这样定义：在交通要道、治安卡口等公众聚集的复杂场所安装视频监控设备，利用GIS地图、图像采集和传输等技术对固定区域进行实时监控和信息记录的公共工程。

我目睹了"天网工程"那一双双"眼"睁开的情景。2006年年初,"天网工程"的首个治安防控监控系统建成,在全市20个治安重点部位建设视频监控,7个进出城交通要道安装车辆治安卡口,初步建立5个城区公安分局监控分中心,与市公安局指挥中心系统进行整合。

第一批摄像头的安装情景,时至今日,仍在我脑海里仍挥之不去。第一批安装的摄像头定位在警情高发的公交站台和人流密集场所,如龙城路公交车站、青云菜市、五一广场等案件高发地,在实战运用中,效果非常好。2005年至2006年期间,有了科技助力,柳州街面犯罪发案率大幅下降、破案率明显上升……

"天网工程"在2007年迎来了提质增效期。我在办公室翻阅档案资料时得知,那一年,我市制定了《柳州市天网工程建设实施方案》,建立了一个集数据传输、视频监控、处理、远程控制、指挥调度为一体,具有中心综合处理和远程传输、控制的监控及应急指挥系统。这套系统由城市治安监控系统、治安卡口系统、电子警察等系统组成,在打击街面犯罪、预防治安事件、城市综合管理、事后取证等方面发挥着重要的作用。

"一盘棋思维,一股绳合力,一体化推进。"在我的印象中,我市由一个个"一"字串起"天网工程"的建设。如今,"天网工程"建设项目已从第一期深入推进至第八期。

市公安局治安支队三大队副大队长张璇给我提供一组数字:目前,全市已建成高清视频监控17818个,设置966个治安卡口、298个电子警察、1342个人像卡口、58套超级车辆卡口,接入社会面视频3万余个,区域主次干道视频覆盖率达100%,成功打造研判多维、指挥扁平、处置高效的精准警务,有效提升了基层服务管理水平和社会治理能力。

对于"天网工程",柳东派出所民警王伟亚与我有相同的感受:"让探头'站岗',鼠标'巡逻',使视频监控成为侦查破案的撒手锏、治安防范的千里眼。"

王伟亚与我交流时说:"若发生违法犯罪警情,可以根据民警的需要,将天网高清摄像头调整到某一个点位。根据这些信息，便能快速追踪到犯罪嫌疑人的蛛丝马迹。"

谈起"天网工程"，出租车司机招奇亦感同身受。他感慨地说："现在无论白天还是晚上，星罗棋布的电子监控探头犹如一个个电子警察，守护在群众身边，又像一双双鹰眼，高悬在企图违法犯罪人员的头顶，让我们倍感安全。"

"全域覆盖、全网共享、全时可用。"这是我对那一双双"眼"的感受。我得知，我市将社会治安防控体系纳入"智慧公安"整体框架建设，以群众平安需求为导向，以体系建设为抓手，全面推进信息技术与治安防控高度融合，实现决策科学化、管控精准化、服务高效化。

"构建基础数据大采、信息资源高共享、治安业务全覆盖，不断提升预警预测预防能力，防范化解重大风险，为提升平安柳州建设，打造最安全的现代城市提供更有力的支撑保障。"我用我的双眼，见证"天网工程"给柳州带来的平安宜居。

○ 后 记

民之所需，政之所向，力之所至。我市下一步将运用"互联网+"、数据湖、技防网等前沿科技与日常工作有机结合，完善共建共治共享社会治理格局。我将继续以百姓心为心，努力让那一双双"眼"望得更远更全面，看得更广更精准，为平安柳州建设添砖加瓦。

055 ▶ 一网络："双千兆"赋新能

/ 李斌 /

> 要适应人民期待和需求，加快信息化服务普及，降低应用成本，为老百姓提供用得上、用得起、用得好的信息服务，让亿万人民在共享互联网发展成果上有更多获得感。
>
> ——习近平

人物：蒋以超，广西桂林人，柳州市大数据发展局新型基础设施建设管理科副科长。他身材瘦高，戴着一副方框眼镜，谈吐间透露出沉稳与务实。当回忆起柳州市获评全国首批"千兆城市"的过程时，他的话匣子便再也关不上了。

2017年，我大学毕业后来到柳州工作。初来乍到，我便被柳州敢闯、敢干、敢为人先的城市特性所感染，下决心要为柳州建设贡献一份力量。

2019年6月，工业和信息化部正式发放5G商用牌照，标志着我国正式迈进第五代移动通信时代。这一年，我市成立大数据发展局，全面推动数字柳州建设。能加入这个新集体并与其共同成长，我倍感荣幸。

"双千兆"网络是制造强国和网络强国建设不可或缺的"两翼"和"双轮"，也是支撑城市数字化转型和数字经济发展的战略基石。这是国家对"双千兆"网络的定位，也是我们的共识。

为贯彻落实国家、自治区加快推动"双千兆"网络建设的战略部署，我和同事争分夺秒、学通吃透国家和自治区政策文件，制定了《柳州市贯彻落实〈关于广西加快5G产业发展行动计划（2019—2021年）〉的实施方案》，明确了我市5G产业发展的目标和重点任务。

路修远以多艰兮。为了帮助三大运营商节约选址建基站的时间，我和同事深入走访调研，编制了《柳州市5G通信基础设施专项规划》，并获得市政府批复，进一步优化5G基站、节点机房等重要设施布局。

在各方共同努力下，柳州"双千兆"网络建设迅速推进。"为了积极响应国家发展规划，公司从2021年5月便启动县级以上全千兆网络升级，仅历时2个月，县级以上宽带接入网络已100%升级完毕。"中国联通柳州分公司副总经理宁敏志的话，让我感受到"双千兆"网络建设中的"柳州速度"。

在柳东新区车联网先导区，汽车通过"5G+车联网"与道路、平台连接成一个整体，轻松实现无人自动驾驶；在企业工厂，借助"双千兆"技术，无人物流、智能化生产线、远程操控变成现实……

"车联网先导区建设是我市推动汽车产业转型升级的重要课题和重大项目，'双千兆'网络为车联网的应用提供了有力支撑。"市大数据发展局产业发展与数据应用科科长张艳婷说。她是我的同事，也是车联网先导区建设项目的主要参与者。她对构建"5G+车联网"先导应用环境满怀信心。

我看到，信息技术变革之风也吹进了市民的日常生活。在广雅新街市，市民通过LED屏幕，对菜品上新、菜价变化、食品溯源的信息一目了然。"有了互联网技术加持，每一单交易信息都能查得清清楚楚。"广雅新街市市场管理员吴尉说。

2021年10月，我收到了自治区下发的评选"千兆城市"的通知。"千兆城市"是对一个城市通信水平的评定，按理来说应该是发达地区的城市才能入围，柳州能行吗？时间紧、任务重，我来不及多想，便和同事一起投身到申报工作中。

"成了！"2021年12月24日，振奋人心的消息从青岛传来——首批"千兆城市"名单出炉，全国共29个城市入选，柳州赫然位列其中。以每万人拥有5G基站数这一指标为例，全国平均水平为7.7个/万人，而柳州达到了

12.1个/万人。我和同事既欣喜又意外。

惟久久为功者进,惟持续发力者强,惟奋勇搏击者胜。回望过去,我感慨万千。柳州能够取得这番成绩实属不易,背后流淌着各个部门与运营商工作人员的汗水。据统计,目前我市重点场所5G网络通达率达92.9%,全市5G基站总数达5030个,千兆宽带用户数达39万,通信用户中5G用户占比27.1%。

雄关漫道真如铁,而今迈步从头越。

今年2月,工业和信息化部批复同意建设柳州国际互联网数据专用通道。该通道是广西首个市级国际互联网数据专用通道,是我市继续深化"千兆城市"建设的又一重大项目,建成后将为中国-东盟国际数据合作走廊提供重要支撑。

乘着"千兆城市"的东风,我将努力推动数字柳州建设事业扶摇直上,为柳州经济社会高质量发展注入更多活力。

○ 后 记

九万里风鹏正举。站在"千兆城市"这一新的发展起点上,我和同事对未来又有了新的期许。今后,我们将持续深化"千兆城市"建设,加快5G、千兆光网等技术在各领域融合应用,进一步支撑数字柳州建设,为兴业、善政、惠民全方位赋能。

056 一试点："科创力"添动能

/ 苟诗媛 /

> 要坚持科技创新和制度创新"双轮驱动",以问题为导向,以需求为牵引,在实践载体、制度安排、政策保障、环境营造上下功夫,在创新主体、创新基础、创新资源、创新环境等方面持续用力,强化国家战略科技力量,提升国家创新体系整体效能。
>
> ——习近平

人物:覃洁,柳州市科学技术协会党组书记,柳州申报第二批"科创中国"试点城市负责人之一。从抓环保到抓科技,她的岗位变了,但助推柳州经济社会高质量发展的决心不变。申报第二批"科创中国"试点城市的过程,让她再次感受到工业柳州的魄力与底气。

"我们要结合企业需求,依托平台打通堵点……"3月5日,柳州"科创中国"领导小组办公室召开2022年"科创中国"重点任务分析研究专题会,我与市科协、市科技局领导班子成员一道,就如何提高"科创中国"平台活跃度进行讨论和交流。

"每月两次的会议,讨论过程很激烈,大家畅所欲言,劲往科技使,智往科技谋,努力把这项全新的工作做好做实。"看着笔记本上写下的满满几页字符,我心中既欣慰也感动。

经过接触,我逐步理解"科创中国"的真正内涵。这个由中国科协打造的品牌,旨在构建资源整合、供需对接的技术服务和交易平台,以发现企业需求价值和构建园区产业链为重点,实现人才聚合、实现技术集成、实现服务聚力，让科技更好地服务经济社会发展。这一点与长期根植于柳州城市发展脉络的创新基因不谋而合。

"科创中国"试点城市建设是一项功在当下、利在长远的工作。我庆幸能与一群充满激情、工作高效、思维前瞻的科研人一起工作，为之奔跑。

这项举全市之力创建的"国字号"项目，仅用15天，实现从无到有，创下柳州申报科技类"国字号"项目速度最快的纪录……望着一摞摞进度材料，柳州申报第二批"科创中国"试点城市的情景浮现在我的脑海。

"由市科技局牵头组织第二批'科创中国'试点城市申报工作，是市政府的重要决策，希望大家克难攻坚，1周内完成申报方案的编制。"2021年4月9日，市科学技术局党组书记、局长管伟荣召集局里领导班子和各科室负责人开会时说。

当时，我以市科学技术局党组成员、副局长的身份参加了会议。最后，编制申报材料的重担，落在市科技局四级调研员杨大龙身上。

2天后，《柳州市第二批"科创中国"试点城市建设申报书》初稿出炉。从5485字、13页的申报书中，我感知到杨大龙撰写申报书所经历的疯狂工作节奏。看完初稿，管伟荣对副局长靳磊说："这项工作由中国科协主抓，可以请教自治区科协。"当年4月12日，管伟荣带着靳磊、市科协副主席罗丽娟等人，奔赴自治区科协，请教申报事项。

4月18日，在自治区科协牵头下，靳磊等人带着再次修改的申报书奔赴北京，向中国科协请教。或许是"开明开放、敢为人先、创新创业、自强不息"的柳州精神打动了中国科协，申报书获得中国科协认可。获悉此消息后，我欣喜不已。

4月22日，市科技局向市政府提交《关于提请市政府审议〈柳州市第二批"科创中国"试点城市建设申报书〉的请示》，阐述全国目前共有26个首批"科创中国"试点城市，柳州市申报第二批"科创中国"试点城市的必要性。

6月1日，中国科协副主席、书记处书记孟庆海率队到柳调研时，对柳州

① 柳州市景行小学学生有序通过人脸识别系统进入校园

② 位于柳东新区花岭工业园片区的企业屋顶光伏发电项目

市获第二批"科创中国"试点城市进行授牌。

台上掌声响起那一刻,我的眼睛湿润了。从"怎么创"到努力打造"科创中国"试点城市"样板间",柳州做了大量有益探索。凝聚集体之力,15天可以见证奇迹,创造出令人刮目相看的"柳州速度"。

时隔半年,依托"科创中国"平台,柳州探索出一条具有本地特色的大中小企业融通的创新发展之路。作为参与者和见证者,那种自豪感和成就感,至今令我回味无穷。

2022年1月8日,北京农学院食品科学与工程学院院长张红星与市添翼种养专业合作社现场签约,确立柳州酸笋三级自动发酵生产体系合作关系,逐步探索出"企业提需求、科协搭平台、地方汇资源"的科创模式。市添翼种养专业合作社负责人刘天义告诉我,柳州企业有福了,依托"科创中国"平台,沾满泥土气息的合作社也能与北京高校专家结对子。

我从刘天义充满欣喜的眼神感觉到,"科创中国"试点城市给企业带来的动能是无穷无尽的。

○ 后 记

科研工作虽不能立竿见影,但慢不得、等不得。柳州作为"科创中国"建设主力军之一,通过科技牵线搭桥,促进科学家和企业家合作,汇聚海内外创新资源为柳州经济高质量发展服务。我作为其中一员,将依托"科创中国"的平台,继续发力,为工业高质量发展助力。

四

文化建设

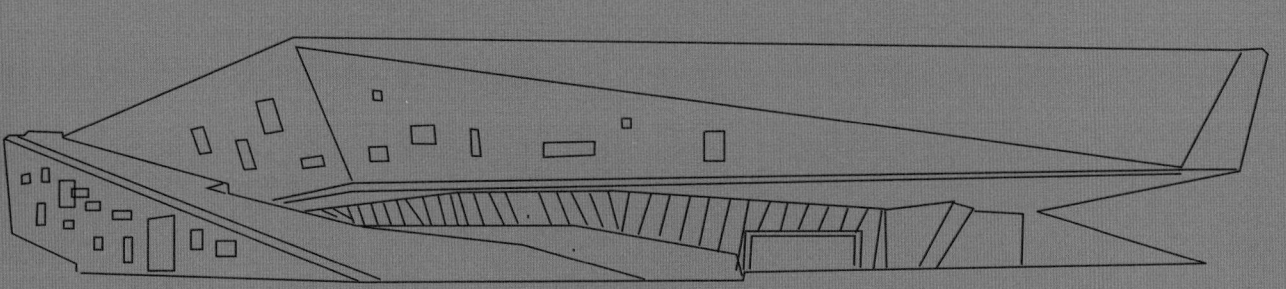

弦歌传承不辍,新篇继往开来。柳州市以社会主义核心价值观引领文化建设,满足人民精神文化需求。400万柳州人民团结奋斗、昂扬向上,共同书写柳州历史之美、山河之美、文化之美,凝聚奋斗之志,激发创造之力,共享发展之果。

057 一书屋：知识库富脑袋

/ 范桢　宾孔玲 /

> 阅读是人类获取知识、启智增慧、培养道德的重要途径，可以让人得到思想启发，树立崇高理想，涵养浩然之气。
>
> ——习近平

人物：罗镇荣，中共党员，鹿寨县四排镇四排村致富带头人。他穿着蓝色衬衣，坐在镇上的农家书屋里认真看书。他是一名普通村民，也是一名果农。因为爱读书、会读书，他掌握了果树种植诀窍，成为镇上响当当的果树种植大户。在他的带领下，四排镇掀起了读书热潮。

四排镇有"篮球之乡""水果之乡""彩调之乡"的美誉，从这些美誉中，大家就知道我们镇有多热闹。对我来说，我们镇还多一个"读书之乡"的美誉。自2018年四排镇文化中心综合楼和乡镇级篮球馆建成后，村民的文化、体育活动越发丰富。

我的爱好既不是打篮球，也不是唱彩调，除了种果，我就爱看书。每天农闲时，我最爱去的地方就是位于四排镇文化中心综合楼二楼的阅览室。这个阅览室现在也是镇里的农家书屋。

农家书屋里有4800余册图书、10余种报刊、150多张光碟。这里已经成了我的"知识加油站"。从2014年接触砂糖橘种植以来，一遇到种植方面的疑惑，我就第一时间来到农家书屋寻找答案。

"罗哥，这几年你看的书超过100本了。"农家书屋管理员罗小红一边翻看图书借阅登记簿，一边跟我说。

勾起我记忆的，是农家书屋里最老的一本登记簿。2009年，四排镇老年协会建立农家书屋，农家书屋设在一栋简陋的老楼里，最初仅有1500册图书、3组书柜。罗小红告诉我，她手里那本13年前的登记簿上，记录着村民们日常借阅书籍的名称，其中农业种养类的书籍较为抢手，比如《种菜月月早知道》《果树林木嫁接技术手册》。当时，农家书屋1个月借出大约30本书。村民去农家书屋里看书，没有电脑查阅资料，环境也不怎么好。大家都渴望有一个更好的环境读书。

村民想读书、读好书的呼唤得到了回应。罗小红告诉我，自2012年10月起，不断有社会热心人士向农家书屋捐赠资金和书籍，市里也每年对农家书屋的藏书进行补充更新。于是，农家书屋变得不一样了，不仅有了新电脑、新书桌，书籍也越来越多。2018年9月，农家书屋搬至四排镇文化中心综合楼。村民从书籍里汲取到了丰富的知识，并将其运用到平时的果树种植中，掀起一波波农家书屋助农的浪潮。我就是其中一名受益的村民。

种植砂糖橘，最怕的是黄龙病。之前，我往往在树木染病晚期才发现，损失惨重。我通过阅读专业书籍，了解到黄龙病的危害、诊断和处理措施。一旦发现果地有异样，我就会毫不犹豫地砍掉病树，阻止病原扩散，保住果园。

除了预防病虫害，在种植技术和果品改良方面，我也从书里得到了大量的经验。每年到了收果时节，村民们总跑来我的果地参观。"为什么你的果比我们的好？"面对大伙的疑问，我笑笑回答："多看书就有收获！"

去年年初，我在农家书屋里看报，收集了大量资料，预判销售行情或与以往不同。我左思右想，做了一个大胆的决定：提前上市。在春节前两周，我的砂糖橘已经开始售卖，定价2.3元/斤，因为货源少，供不应求，砂糖橘大卖。

村民们看到我种果有了大收成，纷纷来取经。我就把村民们带到了农家书屋，向他们介绍这里藏着的"致富书"。

"原来看书可以'挣大钱'啊！"村民们眼前一亮。渐渐地，跟着我到农家书屋看书的村民越来越多，有时里面坐满了人，有时一书难求，有时到了晚上农家书屋也灯火通明。

果农种果看书、妇女跳舞看书、儿童放假看书……四排镇已经形成了全民阅读的风气。农家书屋还经常开展各式各样的文化活动，书法爱好者们也常常在这里挥毫泼墨。

"农家书屋不仅照亮了村民们的心灵，也照亮了乡村振兴的新征程。"鹿寨县委宣传部副部长韦绍志去过县里很多农家书屋。他说，农家书屋承载着农业、农村、农民的温暖和希望。

我查询资料了解到，如今，全市已有1090个农家书屋。随着数字网络图书馆的建设，村民们还能在农家书屋里上网、看视频、听有声书……农家书屋的利用率和服务效能越来越高。

与我一样，广大村民的获得感、幸福感更深了。

○ 后 记

读书，已成为我的一种生活方式。我感谢这个农家书屋，感恩与书籍的美丽邂逅。读书不仅教会我种植果树，更教会我做人、做事的道理。希望农家书屋的建设越来越好，满足每一名村民对知识的渴望。

058 ▸ 一座城："金名片"续历史

/ 李书厚 /

> 城市规划和建设要高度重视历史文化保护。不急功近利，不大拆大建。要突出地方特色，注重人居环境改善，更多采用微改造这种"绣花"功夫，注重文明传承、文化延续，让城市留下记忆，让人们记住乡愁。
>
> ——习近平

人物：刘文，柳州博物馆原副馆长，柳州申办国家历史文化名城负责人之一。他精神矍铄，言谈间把柳州申办国家历史文化名城的过程娓娓道来。

在箱子里，一本1983年出版的第9期《考古》杂志勾起我的记忆。春日暖阳下，我翻开杂志泛黄的书页，申办国家历史文化名城的一幕幕情景在脑海里来回浮现。

1992年9月，我在市文物管理办公室工作。柳州申报国家历史文化名城的工作由市文物管理办公室负责。当时办公室只有我一人。此类申报，虽然柳州以前没有人做过，没有经验和方法可借鉴，但是我心想：申报国家历史文化名城是一件很好的事，必须设法去努力呀！于是，我就根据申报的条件，一件件去对照完成。燃眉之急是完成保护对象的测绘建档等工作。

9月30日，我打电话给当时的柳州测绘大队工程师史立诚，请他帮忙测绘古城平面图。刚开始，我担心史立诚不愿干。我当即动之以情、晓之以理：申报国家历史文化名城，不是哪家的事，而是整个柳州的事，如果申报成功是很有意义的。

史立诚听后很干脆地说："明天就开始！"

我想，史立诚回答得这么干脆，估计也是跟我一样，渴望能为柳州申报国家历史文化名城出一份力。

次日，正是国庆节。我没有休息，带着史立诚率领的测绘工作人员，沿着残存的古城址、消失的古城墙走了一遍，当即开展测绘工作。在测绘人员开展工作时，我也没有闲着，而是带着其他人员对古建筑等文物进行摄像和文字撰写。

经过努力，我和史立诚的团队完成了测绘、摄像、文字等申报材料。10月13日，我和史立诚等人将已审核通过的申报材料送到南宁，呈报给自治区建设委员会、文化厅文物处审阅。10月16日，我们带着自治区政府的批复返柳，之后申报材料被送至国家建设部。

之后，我们在盼望中等待。

"申报成功了！终于等到了！"1994年1月，国务院公布第三批国家历史文化名城名单，柳州榜上有名，这让我既高兴又欣慰。

当然，有着2100多年建置史的柳州获得这份荣誉，我觉得是实至名归，因为柳州有着丰富的历史文化遗产资源，其中：史前文化方面有柳江人遗址（约6万年前），白莲洞古人类遗址（约3.7万年前），鲤鱼嘴遗址（旧石器时代）；古文化方面有古墓葬、古代摩崖石刻、古城、古建筑及柳宗元文物古迹遗存等；传统文化方面有苗族的节、瑶族的舞、壮族的歌、侗族的楼等。

这当中，我参与考古发掘的，就有鲤鱼嘴遗址、白莲洞古人类遗址、九头山村汉墓等。其中鲤鱼嘴遗址的发掘，还是一次偶然的发现。

时间回到1980年，柳州博物馆的罗秀英和当时桂林市文物管理委员会的谭发胜经过雷山鲤鱼嘴。坐在山脚休息时，谭发胜随手抓了一把泥沙，发现里面夹带着少量的夹砂陶片，认为该处可能是个遗址。

"要不我们一起去探访下？"1980年，我毕业回到柳州博物馆工作，同事黄云忠跟我说，要去雷山试探。我们一拍即合。

我们在附近找了3位村民，开挖了一条长5米、宽2米的探沟。在我们挖至

70厘米深处时，即发现人骨和一些遗物。我们很激动，就向单位领导汇报，然后邀请当时自治区文物工作队队长何乃汉前来一同对遗址进行考古发掘。

我们先后挖掘了1个月，共发现墓葬6座，出土了陶片、石器、石核、蚌器、骨针和骨锥等。我们将这次考古发掘写成报告，刊发在1983年出版的第9期《考古》上。2006年，该遗址被国务院公布为第六批全国重点文物保护单位。

"既要发掘保护好，更要传承好。"市住建局名城科科长周德明说。这些年来，柳州努力增加名城保护载体，不断提升名城内涵，成立由市委书记、市长任主任的历史文化名城保护委员会，出台了《柳州市历史文化名城保护条例》，名城保护取得一定效果。

近年来，柳州还相继公布了5批共64处历史建筑，重点对东门历史文化街区、曙光西路历史文化街区开展保护整治，充分发挥历史建筑价值。如城中区环江村东流屯的佘家祠堂历史建筑，经修缮后成为柳贤清风园廉政教育基地，2021年度接待各地参观人员超2万人次。百年历史建筑——钟宅，由闲置民居活化利用为美术展馆，免费向公众开放，重获新生之余获得市民广泛赞誉。

"在这座城市生活很自豪！"跃进路的市民刘娟说。她来自重庆，像她这样被柳州的深厚历史文化底蕴吸引而来的外地人，这些年越来越多了。

○ 后 记

柳州现有各级文物保护单位177处，其中全国重点文物保护单位11处（共18个文物点）、自治区级文物保护单位30处。这些如珍珠般散落在柳州城内各处的历史文化遗存，见证了这片土地的万年沧海桑田，承载着源远流长的历史人文积淀，滋养着古往今来的无数生灵……尽管我已是古稀之年，但仍愿意为保护和发掘柳州更多历史文化而不遗余力。

059 ▶ 一朵"莲":古遗址放光芒

/ 周枳伽 /

> 保护好、传承好历史文化遗产是对历史负责、对人民负责。我们要加强考古工作和历史研究,让收藏在博物馆里的文物、陈列在广阔大地上的遗产、书写在古籍里的文字都活起来,丰富全社会历史文化滋养。
>
> ——习近平

人物:蒋远金,中共党员,毕业于厦门大学考古学专业,文博研究馆员,柳州白莲洞洞穴科学博物馆馆长。"希望白莲洞史前文化继续绽放。"说起自己的微信名"绽放的白莲",蒋远金浅浅一笑,语气平和,一如文博考古人的质朴和平实。再谈白莲洞,他推了推眼镜,看向远处,述说着对白莲洞史前文化的一腔挚爱。

"中国可以成为世界上古人类学研究的中心,而广西是中心的中心。"裴文中院士生前为白莲洞题词写下的这句话,直到现在都在我耳畔回响。

1989年,我只身来到柳州,义无反顾地朝着一个文化文明交相辉映的目的地走去。这个目的地就是白莲洞。它是一个半隐蔽式洞窟,方向正南,洞口中央有一巨大的莲花状石钟乳。

若论其岁月几何,文化绵延三万载。

这种文化绵延,我体会至深。20世纪50年代,裴文中和贾兰坡两位中国考古界巨擘率领一支华南调查队来到柳州。在白莲洞厚重的淤泥中,1件扁尖的骨锥、1件粗制的骨针以及4件石器现出端倪。

组图：白莲洞洞穴科学博物馆吸引大量游客参观

"这里很可能曾孕育过远古人类的一个重要脉系！"裴文中和贾兰坡敏锐地意识到。

1960年，贾兰坡等专家发表了《广西洞穴中打击石器的时代》的文章，将白莲洞首次对外公开，引起了其他考古专家的关注；石器、陶片、人类化石和动物化石等大量遗存在白莲洞被发现，证实了我国南方中石器时代文化的真实存在……我在大学读书时，看到这资料后，兴奋不已。

大学毕业后，我接过历史接力棒，在古人类学家周国兴、老馆长易光远的带领下，加入白莲洞发掘保护的行列。

白莲洞出土最多的文物是什么？石器！

我端详着一块块形状各异的石头——它们或是粗制成型，或是石中穿孔，或是打磨抛光，梳理起各个时期地质层发掘出来的石器，仿佛诉说着洪荒岁月。

从简单工具到打磨出锋刃的石块，再到用于狩猎、固定渔网的"万能工具"穿孔砾石，这一件件石器包含了旧石器时代晚期经中石器时代向新石器时代过渡的文化印迹，见证了柳州先祖不断开启新的文明大门……我对柳州的史前文化有了更深的了解。

说起白莲洞，不得不提白莲洞早期文化的创造者——柳江人。

我阅读了大量资料得知，20世纪60年代，日本人发现了与柳江人生理特征很相似的冲绳港川人。应和着白莲洞的召唤，一衣带水的日本考古学家，踏上这块令人着迷的土地。

1994年，中日古人类与史前文化国际学术研讨会在柳州召开，吸引了国内外100多名专家学者前来。

我记得当时是11月，天气寒冷，但求知欲望是火热的。20多个日方专家学者冒雨来到白莲洞，迫不及待地掏出照相机拍照。有些学者还拾起小石头，拿出放大镜当场研究；有些学者长时间蹲在标本前，想从中找出中日两国在古人类与史前文化方面的渊源。

"再访柳州白莲洞，我想是日本人之远祖。"日本别府大学二宫淳一郎教授说。

听到这句话，我很激动。那天，与会的中日专家学者把在日本列岛发现的古人类化石与柳江人做了对比，认为距今18000年前的港川人可能是由柳江人的一支演变而来。

正因为浓缩了柳江人遗址、白莲洞古人类遗址、鲤鱼嘴遗址及都乐洞穴遗址群等40多处史前文化遗存，柳州成为世界现代人类起源研究的热土。

如何让这些"活化石"得到进一步保护和传承，成为我们文博考古人的使命。令我欣喜的是，2009年，我市把白莲洞古人类遗址博物馆列入文化建设十大工程之中，2015年正式开工建设。

2019年，在我和同事们的努力下，白莲洞古人类遗址博物馆新馆正式开馆。上千件史前文物、古生物化石藏品，再加上珍贵史料与图片，融合AR、VR等互动展示，一件件文物活了起来。

我们在馆内还复制了一段鲤鱼嘴遗址的螺蛳壳堆积层，有些螺蛳"屁股"被"钳"掉，再现"史上第一拨吃螺蛳的人"的食螺场景。从嗍螺开创文明饮食，到袋装柳州螺蛳粉的火爆，展现了柳州人敢为人先的精气神。

目前，白莲洞周边史前遗址考古发掘和自治区级考古遗址公园的申报已成功。我希望这朵"莲"不断绽放。

○ 后 记

北有山顶洞，南有白莲洞。以白莲洞为代表的柳州史前文明遗址群落，与早已名扬世界的山顶洞人文化遗址，共同拉开神州大地源远流长的文明帷幕。传承历史，任重道远，我和广大文博工作者将进一步厘清柳州史前文化遗产家底，强化保护和活化利用，让这张城市名片闪耀出穿越时空的独特光芒。

060 ▸ 一名录：妙技艺耀神州

/ 黄慧妮 /

> 要加强非物质文化遗产保护和传承，积极培养传承人，让非物质文化遗产绽放出更加迷人的光彩。
>
> ——习近平

人物：欧静，桂林人，曾任柳州市文化广电和旅游局非物质文化遗产科副科长，现就职于柳州市群众艺术馆调研非遗部。她学的专业是历史学和民俗学，一直怀揣着一颗赋予传统文化新的时代内涵和现代表达形式、激活其生命力的赤子之心。遇到柳州螺蛳粉后，她找到了自己新的使命。

"柳州螺蛳粉制作技艺入选第五批国家级非物质文化遗产代表性项目名录了！"2021年6月，我看着手机上同事发来的消息，不禁湿了眼眶。

这是时隔十年后，柳州的非遗项目再次入选国家级非遗代表性项目名录，也是柳州的特色小吃首次入选。回想起我和同事们一起为柳州螺蛳粉做申报准备而努力奋斗的时光，那些欢笑与泪水仍历历在目……

"第五批国家级非遗申报开始了，这次我们柳州必须抓住机会，多拿下几个项目！"2019年6月，接到申遗工作通知的那一刻，我心潮澎湃，但压力也接踵而至。

"当时我们团队基本每个月都要到南宁参加自治区相关部门组织的会议，不断沟通。"经过重重筛选，最后我们确定推荐柳州螺蛳粉制作技艺、莫一大王、侗族多耶3个项目申报第五批国家级非遗代表性项目。

自那时起，我们就进入了紧张的申报材料准备阶段。

好风凭借力，送我上青云。申遗工作一敲定，资金、人才、技术……一项项支持纷至沓来。看着全市大力支持申遗工作，我们信心满满。

然而，我深知，要申遗成功，就必须在有限的篇幅中，充分展现柳州螺蛳粉制作技艺的传统和精妙。准备好全面又翔实的申报材料，是不可缺失的关键一环。

一份申报书、一个5分钟的项目申报视频、十张项目相关图片……我将所需的申报材料一项项列在纸上，同团队四处搜集关于柳州螺蛳粉的历史渊源、分布区域、传承谱系、主要特征、重要价值、存续状况等情况。

我与摄影团队一起，研究拍摄到的各种原材料该如何处理，在路边探寻深受市民喜爱的柳州螺蛳粉老店……我们去到田间地头与街头巷尾，只为真实而又生动地展现柳州螺蛳粉的制作技艺和传承传播过程。

要申遗成功，也少不了专家的助力。从2018年起，我们充分利用柳州市"双百人才工程"的资源优势，聘请市政府顾问——中国社会科学院学部委员，民族文学研究所研究员、所长朝戈金，指导我市的非物质文化遗产保护和传承工作。

"柳州螺蛳粉要申遗成功，一定要侧重于其传统技艺方面和背后的文化内涵。"朝戈金与我们分析。特色小吃入选国家级非遗代表性项目名录的情况并不多见，所以柳州螺蛳粉在申报时，可着重表现其制作技艺和其背后的文化、社会功能，如汤底、酸笋与干榨米粉的制作方法，考古发现和历史文献中食螺、吃粉的历史，现在的产业经济效益等。

2021年6月，柳州螺蛳粉制作技艺终于成功入选。作为参与申遗工作的一员，我倍感自豪和兴奋："这一好消息也为我们多年的申遗工作画上了一个完美的句号！"

"'网红'美食的入选主要是发挥国家级非遗代表性项目名录的导向作用，引导各界在关注某一种食品或某一种菜肴制作技艺的基础上，更关注到饮食类非遗项目蕴含的文化意义、社会功能和当代价值。柳州螺蛳粉是柳州这座城市的特色名片，是当地民众的集体记忆，具有重要的文化意义。"听着新闻上文化和旅游部非物质文化遗产司司长王晨阳在采访中的讲述，我们的后续工作又有了新的方向。

生命不息，传承不止。柳州螺蛳粉制作技艺的申遗成功，只是另一个里程碑的开始。我们没有停下保护和传承非遗的步伐——走访柳州螺蛳粉制作技艺传承人，走进柳州螺蛳粉企业，围绕技艺的相关项目开展保护工作；积极走进校园，举办柳州螺蛳粉文创作品邀请展等活动，继续激活非遗项目活力。

这碗粉的能量还在不断释放。关于传承的故事，我与同事们还在不停书写……

○ 后　记

非遗项目看似遥不可及，离普通人的生活很远，但我认为并非如此。正如柳州螺蛳粉一样，它作为传统技艺在传承的同时，也在通过创造性转化、创新性发展，不断融入现代生活，促进经济社会发展。今后，我将在新的岗位上继续发光发热，进一步发挥非遗服务当代、造福人民的作用，持续推动非遗融入现代生活，充分发挥非遗在促进经济发展、城乡建设、社会治理、民生改善等方面的积极作用，让非遗成为推进经济社会高质量发展的新动能。

061 ▶ 一首歌：沃土上声飞扬

/ 文鑫豪 /

> 泱泱中华，历史悠久，文明博大。中华民族在几千年历史中创造和延续的中华优秀传统文化，是中华民族的根和魂。
>
> ——习近平

人物：陆连芳，贺州昭平人，广西"山歌王"、广西非物质文化遗产"柳州鱼峰歌圩"代表性传承人。个子不高的她眉眼带笑、平易近人。说起山歌，她两眼放光，信手拈来将自己与山歌结缘的故事编唱成山歌。

"家住鱼峰山脚旁，名字叫作陆连芳。爱唱山歌敬三姐，好比蜜蜂爱花香。"

喜欢唱歌似乎是孩子的天性，我也不例外。相比起儿歌，我更钟情朗朗上口的山歌。对于山歌，我儿时在家已有听闻，但学习成长还是在柳州这片山歌沃土上。小学时，我随家人来柳州定居，恰巧住在鱼峰山旁。每逢周末，我总会去鱼峰公园看对歌。看着看着，我也渴望有一天能登台唱山歌，让悠扬歌声在鱼峰山荡漾。

时间镌刻在2010年。那时，我在鱼峰区五里亭街道办事处工作，是柳州日报社的通讯员。那年，鱼峰区在龙潭公园举办廉政山歌擂台赛，每个街道都要派三人参加。我们街道没有会唱山歌的，正巧当时《柳州晚报》刊登了一篇关于广西"山歌王"李隆球的专访，我便想着请他来助唱。通过《柳州晚报》记者牵线搭桥，我联系上了远在融水苗族自治县的李隆球来唱山歌。

活动结束后，我鼓起勇气向李隆球正式拜师。他见与我有缘，感到我是真心实意爱好唱山歌，便收我为弟子。

我心中的渴望，渐渐变成了现实。

鱼峰区羊角山社区，陆连芳（左一）在"歌王工作室"与学员练习山歌

唱山歌是壮族文化中最为经典的传统民俗，千百年来源远流长。老百姓深爱山歌，是因为它用最质朴的语言直抒胸臆，唱出了人们对美好生活的向往。山歌的曲调我自幼耳熟，但要想成为真正的"山歌王"，即兴对歌编词尤为重要。李隆球告诉我，编山歌词讲究平仄押韵和赋比兴。

李隆球时不时就出一句歌词让我对歌。当时没有微信，我和李隆球一直用编写手机短信的方式对歌，最多一天能对20多首山歌。

有时候我想到一个好句子就发给李隆球，能得到表扬我就开心一整天。平时只要有空，我就和山歌爱好者们到各个活动现场观摩，或是到江滨公园、鱼峰公园听人对唱，学习各种山歌调式。

功夫不负苦心人。2013年11月29日，在融水苗岭歌台举办的党的十八届三中全会精神宣传山歌擂台赛上，我摘得了广西山歌王的桂冠，兴奋了一个晚上。

柳州素来注重山歌的保护与传承，代表性的"柳州鱼峰歌圩"入选自治区级非物质文化遗产，我也有幸成为广西文化厅评定的自治区级非物质文化遗产"柳州鱼峰歌圩"代表性传承人。

这份荣誉既是责任也是义务。此后，我的工作重心放在了用山歌宣传党

和国家的政策方针及培养山歌传承人上。

2014年起,我受邀到柳石路小学、白云小学等全市多所学校教孩子们唱山歌。兴趣得从娃娃抓起。我自己编写教材,把孩子们平日学习和生活的小故事编写进歌词中。这样一唱起来,孩子们找到共鸣,就乐于学习,在潜移默化中传承山歌文化。在传唱山歌的这些年里,我也当起了师父,收了100多名徒弟,最小的是三四年级的小学生,年长的有六七十岁的老者,最有名的莫过于"烧鸭西施"吴欢。

拍摄团队将我和吴欢平日里到鱼峰公园与山歌好手对歌的场景录制成视频发到网上,还一度登上抖音热门,收获了众多网友点赞。对收徒弟,我与李隆球师父一样:只要爱好山歌,我定来者不拒,倾囊相授。

"如今柳州似歌海,街头巷尾搭歌台。山歌传唱正能量,我唱山歌等你来。"

我愿称柳州为山歌沃土,不仅是因为这里有众多热爱山歌的群众,更是有柳州的重视培育,打造众多山歌传唱的平台。

每逢壮族三月三,柳州都会举办"鱼峰歌圩"全国山歌邀请赛,全国乃至世界各地的民间歌手来柳展演。我觉得这种形式特别好,让山歌与世界接轨,让山歌更加多元化,呈现"歌海处亦是百花齐放"的新气象。

我将党的十九大和十九届历次全会精神编写成时政山歌,在学校、公园、社区传唱,颇受欢迎。记得前段时间,我将柳州争创全国文明城市的"文明十条"改成了创城山歌串烧曲,有一位老伯连续听完两次后跑来告诉我:"你唱得好哦,我都记下来了!"

瞧,这就是山歌的魅力,这就是文化的影响力!

○ 后 记

坚定文化自信,当从吾辈做起。我会一直坚持,让山歌在传唱中传承,让传统民族文化在沃土之上不断开花。

062 ▶ 一个节：水文化展魅力

/ 韦斯敏 /

> 要坚持以人民为中心，以文塑旅、以旅彰文，提升格调品位，努力创造宜业、宜居、宜乐、宜游的良好环境。
>
> ——习近平

人物：李婧，柳州市文化产业发展有限公司副总经理。她一头短发，模样娇小，小巧的脸上架着一副大大的金边眼镜，说起话来总是一副微笑模样。谈起中国·柳州国际水上狂欢节，她目光深远而悠长，掰着手指数起了年头。

我的人生与水上狂欢节息息相关。人海茫茫，起落沉浮，苦乐无常。从怀孕、二胎、升职到父亲病重，我的人生大事总是恰巧发生在水上狂欢节前后。

柳州因水而生，依水而建，以水为荣，柳州需要一张展示水文化的城市名片。民有所呼，政有所应。2011年，市委、市政府决定于当年举办首届中国·柳州国际水上狂欢节。同年7月，柳州市文化产业发展有限公司（以下简称"市文发公司"）随之成立，我自此与水上狂欢节结下了11年的缘分。

那时候，整个水上狂欢节团队人数寥寥，包括我在内也就9个人。现任市文旅集团副总经理、文发公司执行董事刘艳，是当时团队1号成员，市文旅集团企业管理部部长韦娟娟也是团队成员之一。

第一届水上狂欢节是8月份正式启动的，我发现自己怀孕了，心情既兴奋

又紧张。但面对第一届如此重大的节庆活动，我选择不告诉大家，团队的每个人都是一人当三人用，我也只能顶着压力向前冲。好在，当时柳州上下拧成了一股绳，从政府到企业再到普通市民，都是鼓着一股劲，要把水上狂欢节办起来。

　　这股劲使对了！水上狂欢节成功打响了第一炮：2011年水上狂欢节期间，全市共接待国内外游客90多万人次，旅游总收入4.4亿元。

组图：2017年中国·柳州国际水上狂欢节上的系列活动

有道是创业容易守业难，但这在柳州可行不通，我们就是奔着创造纪录去的。

2012年，我们在柳州国际会展中心广场，架起了一口直径15米、高1.2米的大锅，投放800公斤螺蛳、150公斤猪筒骨、100公斤辣椒油，外加各类香料和中草药材，精心熬制了天下第一大碗柳州螺蛳粉。这吸引了上万人同吃柳州螺蛳粉，创造了最多人同品柳州螺蛳粉的吉尼斯世界纪录。

见微知著，从万人同吃柳州螺蛳粉以来，柳州螺蛳粉从小米粉发展为百亿元大产业。市文发公司副总经理范宁和我分享：2012年刚办柳州螺蛳粉美食节时想做标志墙，全市遍寻袋装柳州螺蛳粉包装盒，都找不到几个；现在，柳州螺蛳粉标志墙上已经有近百个柳州螺蛳粉品牌。此外，还有越来越多的柳州螺蛳粉文创产品登上舞台。

柳州"水文章"，也在水上狂欢节一气呵成。

纵观历届水上狂欢节，大部分项目与水有关、依江布点。我们不仅引进了世界水上极速运动大赛——F1摩托艇世界锦标赛、中美滑水明星对抗赛等赛事，还举办了许多休闲水上项目，如水上嘉年华、畅游百里柳江、千人万杆钓鱼赛等。

水上狂欢节的11年，就是柳州以水为媒、以城为体、以人为本来打造城市名片的11年。

自2011年以来，从2013年"167.79米3D地画"

打破吉尼斯世界纪录，2014年第七届中国"鸟飞人"大赛让狂欢的气氛在柳江飞翔，2015年首次水上狂欢大巡游、首次双城文化交流周，2016年水陆狂欢大巡游，2017年30公斤巨型螺蛳粉月饼，到2018年工业文化交流汇与"柳州印象"活动，2019年水上实景演出、焰火秀，2020年首次举行"云开幕"，再到2021年首次水岸联动，我们一直致力于为八方来客打造高质量盛会。

闪光的背后，有太多辛酸苦辣。2014年9月底，我父亲病重要去武汉看诊，那时也是水上狂欢节开幕前最忙碌的时候，我没能第一时间陪他启程，只能在开幕式结束后匆匆赶飞机去陪他。工作压力大加上父亲病重，那段时间我整夜整夜睡不着。在他确诊患癌的那一刻，我作为独生女，却没有陪在他身边，这是我这辈子最大的遗憾。

2017年，我的小儿子出生了。正值水上狂欢节活动策划、招商启动的关键阶段，我了解到团队的人手紧缺，部分新同事经验不足，就主动请缨回到工作岗位，那个时候我的小儿子刚过百天。

我为水上狂欢节无怨无悔，它也收获了累累硕果：走过11年风雨路，水上狂欢节两次获得"中国十佳品牌节庆"称号。2021年水上狂欢节期间，全市共接待游客439.85万人次，实现旅游消费31.61亿元。

"水上狂欢节是一张闪亮的城市名片，让我感受到水上之都的魅力。生活在多彩的柳州，我很幸福。"市民覃秋朗说出了广大市民的共同感受。

○ 后 记

如果说水上狂欢节是一条江，我愿做它的一叶舟，它承载我成长，我伴随它遨游。我愿与我的伙伴们一道，将水上狂欢节这个柳州节庆品牌的魅力发挥到极致，吸引更多的四海宾朋来品味风情柳州，见证柳州人用"水"写出的大文章。

063 ▸ 一个馆：存记忆续文明

/ 谢耘 /

> 中华民族历史悠久，中华文明源远流长，中华文化博大精深，一个博物馆就是一所大学校。
>
> ——习近平

人物：李乐年，桂林荔浦人，柳州市文化局原党委书记、副局长。谈起柳州工业博物馆建设的往事时，他脸颊泛红，笑声朗朗，沉浸在旧时的记忆中，将这段令人难忘的故事娓娓道来。

走在柳州工业博物馆广场，看到"柳钢58壹号"SY1504型蒸汽机车，我的思绪之门随之打开。这个饱经风霜的"老伙计"，把我带进了13年前激情燃烧的岁月。2009年，我市根据全国第三次文物普查柳州工业的情况，做出利用原柳州市第三棉纺织厂旧址建设工业博物馆的决定。

这一消息让工业柳州沸腾了！整合工业文化资源、保护利用工业遗产、铭记柳州工业的辉煌历史……这些都是柳州人多么热切的渴望呀！

作为柳州工业博物馆工程指挥部执行指挥长，我亲身经历了选址筹备、征集工业文物、陈列设计布展等建设的全过程。

建设之初，我和同事们来到荒废已久的旧厂区查看，试图追寻那些厚实的文化符号。如何修复这里的一砖一瓦，既保留旧厂房的工业韵味，又让它焕发生机？

柳州工业博物馆外景

人民需要什么,我们就造什么

我和同事们一边看，一边思索。

为了尽快打开局面，我和同事们将指挥部搬到了这片当时远离市区的老厂办公楼里，集中各方力量，用严苛的环境倒逼建设进度。

那时真苦啊！旧厂房里满目疮痍：野草长得比人还高，大片的爬山虎覆盖车间外墙，还有坍塌的房梁、漏水的屋顶、遍地的垃圾、机器撤走后留下的坑洼地面……我和同事们就在这样的环境下挺了过来，从园区环境治理、厂房修复施工到陈列设计布展，大家通力合作，心心念念要把工业博物馆建好。

还在筹备时期，市委、市政府就向全市人民、各工业企业发出了捐赠工业文物的倡议，征集具有文物价值的工业遗存：退役的老机器、尘封的旧文献、发黄的老照片、淘汰的轻工小电器……柳州市民和企业心系工业博物馆建设的感人事迹，我至今难以忘怀。

2010年的一天，文物征集组接到柳州佳力电机公司打来的电话，说："我们这里有一些老部件马上要处理，你们要不要过来看看？"

在一个露天的废料堆前，展陈项目组组长李子军看到几名工人用木棍撬开了一堆锈迹斑斑的钢轨。他匆忙扯了一把红薯叶，轻轻地擦了擦，竟发现钢轨上有一行字："汉阳铁厂造1902"。李子军惊喜地给我打电话："它见证了柳州工业的百年历史！"

写在书上的历史，就这样通过一件件实物"活"了过来。如今这段钢轨静静地躺在工业博物馆里，成了第一部分展厅的第一件工业文物。

我的获得感油然而生。

有人说，在工业博物馆的展厅里，有多少件工业文物，就有多少个征集过程中的感人故事。那段时间，市民自发翻箱倒柜，工业企业盘点家底，小到洗衣机、冰箱、缝纫机、自行车、钟表、电饭锅等，大到火车机车、车床、钻床……我感受到大家同心同向发力的磅礴力量。

我记得，如今工业博物馆里陈列的制氧设备背后就有一个感人的故事。那时原柳州市东风化工厂制氧车间改制成为柳州市箭兴气体有限公司，当得知他们一直使用的我国第一代制氧设备因工厂迁址需要处理时，我联系了当时的厂长沈阿兴。

沈阿兴听说我的来意，婉拒说已有了买家。我多次与他恳谈，邀请他到正在布展的工业博物馆实地参观。当他看到一件件工业遗产在历史的长河中找到自己的归宿，留下一笔笔浓墨重彩时，他感动万分，当即决定将这套设备无偿捐赠给工业博物馆，还承诺帮助我们去游说其他私营企业捐赠工业文物。

2012年5月1日，这个时间深深地印在我的记忆簿上：柳州工业博物馆作为广西及全国第一家城市综合性工业类博物馆正式开馆。6000多件工业文物展品在历史的坐标系上重焕生机，定位着柳州工业的发展历史，承载着老一辈柳州产业工人难以割舍的情怀。

"中英庚款"牛头刨床，铭记了中国近代史上一段屈辱的历史；重达650吨的冲压机，见证了柳州制造微型车从无到有的历史；五菱宏光、乘龙H7、宝骏630、景逸S50、新能源汽车小E等柳产车，绘就了柳州汽车城的宏伟蓝图……

后 记

江山留胜迹，我辈复登临。工业是柳州之魂，沉淀着一代代柳州人共同的历史记忆、共同的情感体验。我在亲身参与柳州工业博物馆建设的过程中，养成了开明开放、敢为人先的秉性，更深刻理解了柳州人与生俱来的工业情怀。在柳州工业博物馆迎来10岁生日之际，我欣喜地看到，柳州人民在源远流长的工业记忆中，续写着新时代的工业辉煌。

064 ▸ 一方砚:"千年石"续文脉

/ 叶露婷 /

> 不忘历史才能开辟未来,善于继承才能善于创新。优秀传统文化是一个国家、一个民族传承和发展的根本,如果丢掉了,就割断了精神命脉。我们要善于把弘扬优秀传统文化和发展现实文化有机统一起来,紧密结合起来,在继承中发展,在发展中继承。
>
> ——习近平

人物:孙祖毅,柳州博物馆信息产业办原主任。虽已退休多年,但他并未离开文博岗位,而是被柳州博物馆返聘,发扬老一辈学人的家国情怀和优良学风,深入研究柳州砚的历史思想和文化价值。他的微信名为"孙柳砚",承载着他对柳砚的深沉情感:"历史文明是先辈留下的宝贵财富,需要一代代文博人探寻、坚守与创新。"

"常时同砚席,寄砚感离群。清越敲寒玉,参差叠碧云。烟岚余斐亹,水墨两氤氲。好与陶贞白,松窗写紫文。"读到刘禹锡赠予好友柳宗元的诗《谢柳子厚寄叠石砚》时,我内心涌起一阵感动与激动。感动,是因柳宗元、刘禹锡二人的真挚友谊;激动,是因为寥寥数语道出了砚石声如寒玉、形若叠云,以及纹理绚烂、氤氲有致。

有一次,我爬上书架翻阅资料,没想到,文书的记载更让我惊喜。传闻,柳宗元与好友共游柳江,众人途经龙壁回澜时,发现那儿的石块坚实顺滑、细腻温润,是制砚的上等材料。于是,柳宗元与好友将其带回加工制砚,发现砚台发墨快速、书写流畅。

这样的砚石如今何在？恰好，我市要挖掘柳州的文化底蕴，而龙壁砚石尚未被过多挖掘，是一块亟待填补的空白区域。广大市民也想了解这段历史文化，对挖掘一事很关注。这使我做出决定：要寻找这块"千年"之石，听它"诉说"穿越千年的往事。

2010年，我和同事们开始组织人员寻找、研究柳砚。我找到时任柳州工艺美术研究所所长，向他探寻砚石过去的历史。20世纪80年代左右，该厂组织生产了一批柳砚，虽然受到书画家赞赏，但生产规模不大，产量也少，加上后来的一场大水将所有砚台冲走，此后便没有继续开发砚石。

"尽快出发，寻找文化之石。"我和同事们一道从龙壁山沿山而下寻至三门江，地毯式搜索了近13公里。山上、河边、村庄，我与同事们采集了不同地段的叠石尝试制砚，但结果却让人失望：这些裸露在外的石块质地脆硬，雕刻容易崩裂，不适合制砚。

山料不行，何不试试浸润于水中的石料？我与同事们转换了视角。在水中寻石的过程中，我的同事韦乐意起着关键作用。从小在河边长大的他，水性好，会潜水。可是，柳江深不见底，潜到哪个位置才能找到石料？我和同事们心里没底。从安全角度出发，韦乐意专门抽出3个月的时间到广东阳江学习潜水，并取得了潜水资格。

"像鱼一样在水里四处探寻石料。"韦乐意说，那些年的6月至11月，他隔几天便背着氧气瓶、带着手电筒在水里探寻，终于发现水深40米处的叠石最适合制砚。这些叠石表面光滑、色泽黑润、质地致密，内部拥有尖细的晶体结构，既光滑又利于出墨。我和同事们如获至宝，一脸惊喜。

我认识到："只有将传统文化和现实文化有机统一，才能实现继承中的发展及发展中的继承。"因此，我与同事们加大了对龙壁柳砚的开发。在制作方面，我们邀请了广东省肇庆市的专业雕工；在文创方面，既不固守实用之形，又着力浓缩地域文化意蕴，将万千风物景象雕于尺寸之石，以"一带一路"、柳州螺蛳粉、东门城楼等为主题创作了砚台，每方砚台都暗香扑面、魅力独具。

我和同事们的汗水化为了持久的拥有。柳州砚的横空出世，不仅获得诸多赞赏，还向世界传递柳州声音。例如，诞生于2014年的方形砚《罗池夜月》兼具观赏价值与悠久底蕴。该砚以柳州古八景罗池为砚池，还原古人池边吟诗作文的雅景，四个侧面分别刻有柳宗元释放奴隶、兴办学堂、种柑植柳、凿井取水四件利国惠民之事，底蕴深厚、意境悠远。

"砚台取材于龙壁山，雕刻时以龙城山水为元素，是弘扬优秀传统文化与发展现实文化的统一。"市民戴小燕认为，柳州砚不仅是文人墨客手中的把玩之物，更是承载了厚重的柳州历史文化。

这些年，柳州砚不仅享誉八桂，更走上国际舞台。《罗池夜月》在第十届中国（深圳）国际文化产业博览交易会上荣获中国工艺美术文化创意奖金奖……看到这些，一股股自豪感在我心里荡漾。

○ 后记

柳州奇石甲天下，龙壁古砚跃千年。柳州拥有灿烂的历史文化，有绽放的白莲、灵巧的奇石，也有穿越千年的柳砚。文博工作连接着过去和未来，为文化传承提供重要的历史滋养和坚定自信。如今，越来越多市民走进文博、爱上历史，彰显社会对这份财富的珍视。看到这些，我的动力更足了。

065 ▶ 一支舞："文化棒"接力传

/ 朱柳融 /

> 大力传承和弘扬民族文化，为民族地区发展提供强大精神动力。
>
> 弘扬和保护各民族传统文化，要去粗取精、推陈出新，努力实现创造性转化和创新性发展。
>
> ——习近平

人物：覃凤娟，中共党员，融水苗族自治县文化馆馆长，县级非物质文化遗产苗族芦笙舞传承人。记者见到覃凤娟是在融水苗族自治县的易地扶贫移民搬迁社区——梦呜苗寨。闪闪的银饰下是一张白皙的面庞，身着五彩斑斓百鸟衣的她，摇曳着动人的身姿，如同春日中嬉闹的鸟儿。

"芦笙一响，脚板发痒。"这是大苗山人民对痴迷芦笙踩堂通俗的表达。在融水，无论是坡会还是打同年，我都能看到：芦笙柱下，男子吹起响彻云霄的芦笙，穿着精美苗族服饰的女子围着芦笙，翩翩起舞，呈现特有美感。如古人描述的那般："笙节参差，吹且歌，手则翔矣，足则扬矣，睐转肢回，旋神荡矣……"

出生在融水苗族自治县怀宝镇的我，是个壮族姑娘。小时候，我没跳过芦笙舞。很长一段时间，我心中费解：每个村子吹的芦笙听起来好像都一样，舞步也差不多，美从何来？

在师范学校读书时，舞蹈课上老师优美的舞姿、出彩的舞技，吸引了我的目光。为了学习民族舞，我用笔快速在本子上画下舞蹈动作的简笔画，课后再练习。凭着舞蹈特长，1995年，我进入融水苗族自治县县文化馆任文化辅导员，经常走村串寨表演，并帮村民排练小品、舞蹈等文艺节目。

真正让我发现芦笙舞魅力的是我的师父——苗族舞蹈家龙老太。2002年，融水迎来50周年县庆，县里请来龙老太排练县庆芦笙舞，要在芦笙斗马节开幕式上表演。我有幸和龙老太一组，在和他学习交流的过程中，成为他的徒弟。我跟着师父走遍了全县的20个乡镇，挖掘各地的特色。对我来说，这是一个磨耳朵的过程，也是一个长见识的过程。

虽然芦笙听起来大同，但在师父的指导下，我渐渐听出了每个村、每个寨的小异。芦笙节奏的轻重缓急、曲调的悠扬高亢，其实都在表达不同的感情，起舞的姑娘也会配合曲调，跳出不同的舞蹈。这时我才恍然大悟，芦笙舞有着深厚的底蕴，是青年男女交友、亲友之间交流感情的重要方式。

我不仅学会了苗族芦笙舞，更钻了进去。时常深入村寨的我，收集了几百首芦笙曲，正在逐一将其记录成为简谱；同时，通过简笔画的形式，记录并创作了不少芦笙舞的姿势和队形。每年的芦笙斗马节，可以说是融水的狂欢节。无论是苗族，还是汉族、壮族、侗族、瑶族……老百姓都会跳起芦笙舞，一同欢庆。我担任过10多年芦笙斗马节开幕式的策划和编导，看到几千名各个民族的老百姓汇聚在一起，呈现一场场精彩的表演，我激动又骄傲！

近年来，我看着大苗山优美的风景和独特的民俗风情，成为吸引游客的"利器"。芦笙舞不仅是百姓自娱自乐的方式，还是向游客展示融水风情的名片。

2017年，县里推出芦笙踩堂常态化惠民表演，我担起了排练的担子。大苗山的老百姓，白天上班、务农，每周五、周六的晚上前往县民族体育公园芦笙广场，和观众一同享受周末。

苗族妹子杜兰是其中一名演员。她有不错的舞蹈功底，舞姿优美、表情生动到位，很有天赋。后来，她被选为梦呜苗寨大型实景演出《苗魅》的女主角，成为职业演员。芦笙舞是这个表演里不可或缺的部分。"从小就跟着村里的人跳芦笙舞,现在能表演挣钱,我很满足。"27岁的杜兰说,每天表演两场,部分节假日加到四场,一个月至少有3000元收入。

梦鸣苗寨其实是景区里的新苗寨。2018年,易地搬迁户的木质吊脚楼主体结构被整体打包,搬到双龙沟景区内的扶贫安置点,重新起楼、通水通电、配备卫生设施。易地搬迁户不仅住在梦鸣苗寨,还在景区工作。很多人和杜兰一样,也当了演员。其中,不少是从深山里搬出来的脱贫户,白天干农活,晚上表演。

50岁的村民潘杰辉,6岁就开始吹芦笙了,以前在家务农,收入极低;来到梦鸣苗寨,也靠着吹芦笙的本事,吃上了演员饭。

看着这一切,我喜在心头。芦笙舞给百姓带来收入,吸引了更多人学

融水苗族自治县江竹村大东江屯村民在进行踩塘表演

习、传承芦笙舞。仅在融水县城，芦笙队就从2005年的几支，增加到了现在的30多支。

　　这些年，我走进学校，播撒学习芦笙舞的种子。回想从事文化工作的20多年，有近三分之一的时间，我是在苗乡侗寨里度过的。等我退休了，要整理一本芦笙舞的脚本，让芦笙舞更好地传承下去！

○ 后　记

　　苗族芦笙舞不只是一种文化，还是交流、培养、融洽感情的桥梁。在传承和发扬的路上，还有很长的路要走，我们不仅要保留传统，还要创新。这条路上，一定有我！

066 ▸ 一栋楼：老建筑见巨变

/ 李书厚 /

> 要处理好传统与现代、继承与发展的关系，让我们的城市建筑更好地体现地域特征、民族特色和时代风貌。
>
> ——习近平

人物：周永专，广西柳州大都混凝土公司总经理。在他办公室抽屉里，珍藏着一张30多年前的老照片。这张照片是他建设柳州工贸大厦时拍的。照片中的他目光如炬。看着照片，30多年前的记忆喷涌而出。

一个时代有一个时代的标志。

柳州工贸大厦建设创造过柳州的"深圳速度"。如今，30多年过去了，望着一栋栋高楼拔地而起，我的思绪又飞回到从前。1983年，我大专毕业后回到广西三建第一工程处；1985年8月，成为项目经理，负责建设柳州工贸大厦。

当得知柳州工贸大厦主楼柳州宾馆设计32层（地下2层，地上30层），高109米时，我内心既兴奋又忐忑不安。兴奋的是，柳州乃至整个广西都没有建设过这么高的大楼，要是建成了，将创造历史；忐忑的是，我此前最高只建设过5层楼，如今一下子增加到30多层，困难有多大，可想而知。但我相信敢想敢干的柳州人，必定能创造历史。

梦想很美好，现实很残酷。在参与建设的过程中，各种困难接踵而至。

在没有现成经验可借鉴的情况下,我只能排除万难,摸着石头过河。

"建设这么高的大楼,会对周边的交通造成影响。"这样的声音时不时在我耳畔回响。为此,我和建设者们先把配套工程的龙城地下街建好,解决了市民的通行问题。

"我当时是骑着自行车到工地的,经常一干就是一整天。"对项目的建设,我和建设者们都争先恐后,听到工地钢筋碰撞的声音和搅拌机搅拌混凝土的声音,不觉得是噪声,而是充满干劲的"冲锋号"。

1987年1月,在大楼主楼建到十七八层的时候,裙楼柳州工贸大厦商场开始营业了。开业当天,盛况空前,市民携老带幼赶来捧场……这盛况空前的场景,至今还在我脑海里回荡。

"有好多人是专程赶来看站在上面就会走的楼梯。"当时,柳州工贸大厦商场是全区第一个安装自动扶梯的商场,吸引了很多市民前来看热闹、乘坐扶梯。由于人太多,商场只得推出购票乘坐扶梯,每人花3分钱买票才给乘坐。尽管如此,仍然有很多人来尝试,甚至有人特意从外地赶来……那些美好的瞬间,在我的脑海里留下了挥之不去的回忆。

时间见证了速度。1989年4月,大楼主楼建好,30层旋转餐厅投入试营业。我和建设者们有幸成为第一批"顾客"。站在旋转餐厅里,大家极目远眺龙城的情景仍历历在目。当时的心情,既高兴又激动!

当30层旋转餐厅投入试营业时,引来很多市民站在楼下仰望:"怎么不见旋转?"体验过的我告诉他们,其实真正旋转的是桌位下方的区域,每小时能旋转一圈。坐在上面,柳州风光尽收眼底。

在我的记忆长河中,很多事已被流水般的时光冲淡,然而有一件事却如耀眼的星光,令我记忆犹新。柳州工贸大厦建成后,不断有其他城市的同行前来"相约"柳州工贸大厦,学习柳州的"深圳速度"。

与建设速度相比,人们对大楼的称呼不断变化,先是叫"广西第一楼",接着叫"八桂第一楼",后来又叫"西南第一楼"。对我来说,这些称呼都鲜亮无比。

"那个时候，真为柳州的建设自豪。"柳州工贸大厦商场退休职工朱翠山告诉我，他是商场开业第二个月入职的，当时商场人山人海，他每天上班都像打了鸡血般异常兴奋。时至今日，柳州工贸大厦商场仍然是柳州最高端的商场之一。

"有客人来，我都喜欢带他们到30层旋转餐厅喝早茶，让他们领略柳州的风光。"市民韦永焱跟我说，柳州工贸大厦从建成至今，虽然过去了30多年，这期间，柳州的发展日新月异，各种商场如雨后春笋般崛起，但柳州工贸大厦在柳州人心中依然有很重的分量。

家住附近的市民罗伟用"这是柳州快速发展的时代印记"来形容柳州工贸大厦。罗伟告诉我，柳州工贸大厦不仅是五星商圈的主要代表，更见证了柳州商业的繁华。

"说起柳州商业，不能不提柳州工贸大厦。"这是我与许多人的共识。

城市在快速发展，摩天大楼也在不断刷新城市的高度。我参加过很多高楼大厦的建设，但建设柳州工贸大厦的这段时间，仍然是最值得我怀念和记录的时光。

○ 后 记

一座座高楼在不断刷新柳州建设速度和高度的同时，也见证着柳州这座城市日新月异的发展。如今，每次路过柳州工贸大厦，抬头望着这栋我为之奋斗、曾流下许多汗水的大楼，我内心依然激情澎湃，30多年前的一个个画面又浮现在眼前。

067 一农都：战时魂传薪火

/ 韦斯敏 /

> 唯有不忘初心，方可告慰历史、告慰先辈，方可赢得民心、赢得时代，方可善作善成、一往无前。
>
> ——习近平

人物：覃守贵，中共党员，高级农艺师，柳州市农业科学研究所原党委书记。他虽已年近六旬，头发夹杂了几缕银丝，却仍是双目炯炯无惰容。说起中国战时农都的前世今生，他润了润嗓子，将一段段前尘往事娓娓道来。"生我父母，育我沙塘。"这是中国天然橡胶事业奠基人、原农业部部长何康的亲笔题字，也是我对沙塘半生感情的精准概括。

柳州沙塘镇，一个名不见经传的弹丸之地，却有个极其响亮的名号——中国战时农都。

每一个能冠以"国字号"的地方，纵使其锋芒不露，意义都重若丘山。正如沙塘，它作为抗日战争时期后方最重要的农业科研机构所在地，走出了多位农业部门领导和科研人员，为广西乃至中国近代农业的发展作出了不可磨灭的贡献，是中华民族一笔珍贵的历史文化遗产。

《柳州20世纪大事记》中有这样一段记载："1926年9月，在大龙潭原省立第四区林场旧址成立柳江农林试验场。"字数虽少，却能让我们窥见中国战时农都的缘起。柳江农林试验场，正是这段历史的源头。

我曾与市农业科学研究所所长周颀、副所长覃凯旋一起，多次漫步在龙潭公园里，流连在羊角山下，想要找寻与柳江农林试验场相关的蛛丝马迹。结果我们发现，柳州第一座自来水塔、柳州第一个农业气象观测站等多个第一，皆诞生于此。

战火纷飞，军阀混战，柳江农林试验场也几经变迁。它曾被广西实业院吸纳管辖，又被改组后的广西农务局管辖，之后改回柳江林垦区及柳江农林试验场，又扩大为广西农林试验场，再改名为柳州农场。

我查阅史料发现，1935年7月25日，扩大后的柳州农场改名为广西农事试验场，并在同年冬天，因柳江涨洪水受灾，从羊角山迁至沙塘。

每每想到，这就是历史风云变幻的交会口，我总是忍不住被激起一身鸡皮疙瘩。

1938年的一天，广西农事试验场沙塘办公室的门口挂出了一块牌子，上面写着"中央农业实验所广西工作站"。当时，迁移到沙塘的还有国立广西大学农学院。紧接着，广西土壤调查所归并，广西高级农业职业学院创立，广西省各类农业技术人员训练班开办。

一时间，各路农业英豪齐聚沙塘。据不完全统计，抗战时期云集沙塘的农业科技人员及院校学子数以千计，超过了这一时期抗战后方的其他地区，让沙塘一跃成为抗战时期全国农业的科研实验中心。

一批农业专家从四面八方奔赴沙塘，在战火纷飞中潜心农业研究。其中，最为闻名的是三位——原农业部部长何康，原台湾"农业复兴委员会"主任李崇道，原香港渔农处处长黄成达。1991年，在他们的老师、著名农学家马保之教授的见证下，三位在沙塘求学的同窗在香港重逢，为海峡两岸的农业交流作出了贡献。

何康曾4次回访沙塘，其中我就参与接待了3次，还曾有幸到过他北京的家中当面拜访。我曾提出疑惑：当年一个小小的沙塘，怎么就能走出多位农业专家，为何能成为中国战时农都？何康耐心解答："这并非偶然。当时国立广西大学农学院是中国农业科教的中心，人才济济。再加上我们对知识报国、农业报国的渴望，人才辈出可谓水到渠成。"

何康告诉我，他和李崇道都是1942年入学的学生，是同一届的同学，在寝室里住上下铺。黄成达晚一年入学，是他们的学弟，三人在一个寝室里生活了整整两年。学生时代，三人刻苦求学，常常挑灯夜读。每当天亮时，经过桐油灯一整夜的"熏"，三人的眼圈和鼻孔都是黑乎乎一团，对视一眼就会哈哈大笑。

转眼几十年过去，2021年4月8日至9日，何康之子何迪携夫人王苗到柳州，寻访父亲当年在中国战时农都求学的足迹。他们走走停停，感慨良多，还留下题词："追寻父辈沙塘岁月，为中国美好未来继续努力！"

以史为鉴，方能开创未来。

在这里，我们建起了中国战时农都博物馆，将关于中国战时农都的种种往事一一妥善收藏；在这里，广西农牧工程学校几经合并扩建，不断孕育济济人才；在这里，市农业科学研究所、市农业科学研究中心延续战时农都使命，为乡村振兴注入动力；在这里，北部生态新区实验中学即将开工建设，让战时农都的薪火赓续相传……

○ 后 记

不忘农都源，不辱农都名，不愧农都魂。我从广西大学农学系毕业后，就在沙塘扎下了根，至今已整整36年。我愿做中国战时农都衣钵的传承者，继续深挖中国战时农都的历史，拭去历史蒙上的尘沙，让它在未来熠熠闪光。

068 ▸ 一部剧：致青春展芳华

/ 周枳伽 /

> 广大文艺工作者要坚持以人民为中心的创作导向，把人民放在心中最高位置，把人民满意不满意作为检验艺术的最高标准，创作更多满足人民文化需求和增强人民精神力量的优秀作品，让文艺的百花园永远为人民绽放。
>
> ——习近平

人物：陈莹，国家二级演员，柳州市艺术剧院青年女高音、艺术创作中心副主任，在中国首部工业援建题材音乐剧《致青春》中领衔主演。在《致青春》的舞台上，她是天真无邪、热情奔放的苗家妹柳飞燕，和演出团队演绎那个火热年代动人的故事，唱响一曲曲时代颂歌，向柳州工业拓荒者致敬。

"是什么让我们走到今天，正是他们给了答案。"还记得第一次围读剧本时，我在下面感动得稀里哗啦，张继钢总导演说的这句话，让我内心久久不能平静。

《致青春》讲述的是新中国成立之初的工业发展故事。1958年，广大有志青年响应中央号召，到祖国最需要的地方支援。中央送给柳州的一份重要礼物——十大工业项目，为柳州种下工业之"苗"，来自上海的一批援建青年把担当融入血脉，把青春留在了这里。

历史不会忘记他们。多年深入柳州创作，打造了多部民族艺术精品的张继钢总导演，一直酝酿为柳州创作工业援建题材的作品。这一次他动了念头，便是基于对千万个支边青年的特别情愫和对柳州这片土地的热爱。

2021年4月,在柳州上演的《致青春》

我饰演的角色是带着梦想从苗寨走进车间的苗家姑娘柳飞燕，与强忍思念之苦的上海援建青年耿大可、抛下儿女私情挺身而出的佟家玲、因母亲病危去而复返的车间工人"二两油"等角色，一同展现那个年代将个人小我融入到共和国工业创业中，以宽广的胸襟与深情的怀抱，献身祖国南疆工业发展的动人故事。

在产业舞台上，产业工人用青春与梦想发光发热；在《致青春》的舞台上，我和其他演员深深感受到肩上的重任，精心打磨一个个有血有肉、生机勃勃的人物。

柳飞燕的角色时间跨度大，排练中张继钢总导演时常给我分析柳飞燕的情感处理，他的以身示范和指导让我有了更深刻的认识。渐渐地，一个个性鲜明、俏皮灵动的柳飞燕诞生于舞台上。每次演到"献了青春献终身，献了终身献子孙"的场景，台上演员们都用情至深，眼含泪水，用专业与执着展现并致敬援建的元老们。近300名来自全国各地的演职人员克服自身困难，齐聚一堂筹备和排练，让车间版《致青春》不留遗憾。

工业硬，艺术软，以工业主题打造音乐剧，是挑战也是创新。

抛开分幕分场的戏剧传统，张继钢总导演和导演组共同决定将《致青春》首轮演出的场地选在工业博物馆的车间，场馆保持着原厂房痕迹，完全重现了当年热火朝天的生产场景。

我在剧中出现的第一幕便是在车间内的起吊天车上演唱，歌声穿过观众头顶响彻车间，这样沉浸式的表演打破舞台与观众间的"隔墙"，让我感受到了前所未有的激动和兴奋。

导演在车间外设置了下大雨的装置，舞台装了喷火的道具，车间里"大火"烧厂房和车间外大雨瓢泼出现"内涝"的两幕场景更是将车间版《致青春》的特色发挥得淋漓尽致，让观众和演员一起沉浸到剧情中，感受扑面而来的工人力量。

为了还原那个火热年代，导演组一开场便引用了经典老歌《我们年轻人有颗火热的心》，董乐弦老师还创作了《我来了，柳州》《我们要和时代赛跑》等20多首新歌、乐曲贯穿全剧。舞台上,一句句激越的唱词诠释着青年们的宏图壮志,让我们所有演员和观众一起走进那个激情燃烧的工业创业时代。在车间里、在歌声里、在历史的记忆里,《致青春》将一座城市厚重的工业内涵以一幕幕生动感人画面展现在观众面前。

2021年5月,一种全新的艺术形式在舞台上绽放,车间版《致青春》一连演了10场;同年10月,剧场版《致青春》"百城百场"全国巡演在上海启动,将赴100余个城市演出;作为丝绸之路国际剧院联盟第五届年会开幕演出,《致青春》闪耀大湾区。

"曾经以为忘了,是《致青春》唤醒我沉甸甸的、崇高的历史记忆。"

"小时候经常会听到谁家的父母去广西支援了、到贵州支援了,这样的剧情非常真实。"

观众反响热烈如潮,让我备受鼓舞,内心由衷感到自豪和骄傲。正如当年全国各地的有志青年来柳援建一样,柳州用这部剧唱响了青春之歌,答谢了八方。

○ 后 记

与人民同向同行,与时代同频共振。党的根本宗旨是全心全意为人民服务,文艺的根本宗旨也是为人民创作。在新时代新征程,我将和广大文艺工作者以文艺之光,铸时代之魂,为人民抒写抒情抒怀,在更广阔的舞台上,共同打造影响深远的艺术精品,为繁荣发展社会主义文艺贡献力量。

069 ▶ 一群"贤":好家风促清廉

/ 李俊 /

> 家风是社会风气的重要组成部分。家庭不只是人们身体的住处,更是人们心灵的归宿。家风好,就能家道兴盛、和顺美满;家风差,难免殃及子孙、贻害社会,正所谓"积善之家,必有余庆;积不善之家,必有余殃"。
>
> ——习近平

人物:张靖涵,中共党员,城中区纪委常委、案件监督管理室主任。初为人母的她,更能体会到家风传承的重要性。她说,好家风犹如人生灯塔,家家都有明月清风,才能更好奏响廉洁音,劲吹清风曲,让未来充满希望。

明代"柳州八贤"是什么人?

2019年年底,我被调到城中区纪委监委工作没多久,就接到一个让我怔住的任务——参与建设柳贤清风园,并负责追寻本地先贤足迹,整理名人"廉事廉语"。虽然我是土生土长的柳州人,但是第一次听到"柳州八贤"四个字的时候,依然一头雾水。

他们是什么人?为什么要去追寻他们?他们有哪些清廉故事?……

带着满脑问号,我马上和同事一起翻找资料、拜访专家。市地方志办的知名文史专家刘汉忠告诉我,明代"柳州八贤"都是清官廉吏,他们是:戴钦、佘勉学、佘立、徐养正、张翀、孙克恕、龙文光和周琦。

"他们在城中区还有不少遗存古迹。"刘汉忠对"柳州八贤"颇有研究,出了好几本书,他提供了许多自己的研究成果给我们。

沿着专家提供的线索寻觅，我欣喜地发现，"柳州八贤"之中，佘家的佘勉学、佘立父子就占了两席，环江村、社湾村和西流村八卦屯还有很多佘家后人聚居繁衍。静兰街道环江村东流屯的佘家祠堂，已有300多年历史，2018年被列入柳州市第五批历史建筑名单，得到较好的保护。

历史是最好的教科书，也是最好的营养剂。

佘家祠堂，是最具"柳州味"的贤廉文化资源，成为柳贤清风园当仁不让的核心建筑。让古建筑"会说话"，讲好贤廉故事，是更难的一步。我和同事埋头于书海之中，寻找最感人的字句；访遍佘家后人聚居的村落，追寻先贤的足迹。

仰之弥高，钻之弥坚。越是深入了解，我对先贤们清廉奉公、一心为民的敬仰之情就越深，从传统文化中汲取勤廉营养的使命感也越强。

"或谓公何不试与时委蛇，荣遇可立至。公笑曰：荣遇必委蛇，未荣先辱耳。余起田间，非有阀阅功劳，荷主上纶宠再锡，位至亚卿，此布衣之极。余将休老焉，何羡于前途以晚节巧宦。"在八卦屯，我看到了佘立的墓志铭，里面的这段话深深感动了我，这是"老而弥坚，勤廉不改"的最好写照。

"柳州八贤"之一的戴钦曾说"苟有裨于国是，吾何爱于发肤"。戴钦后因勇于谏言，被廷杖，受重创。

经过深挖，我们发现"柳州八贤"这样的"廉事廉语"还有很多。为官耿直、清廉为民、家风严谨是他们的写照，也是新时代廉洁文化的呼唤。

为讲好贤廉故事，我们反复斟酌、不断修改，形成以"思贤、承德、尚廉"为精神主线的建园思路。我们修缮了佘家祠堂，配套建设廉廊观贤、廉字镜、思贤亭、先贤浮雕、廉政书屋、清风细语廊等景观，把柳宗元以及"柳州八贤"等柳州历代先贤的勤廉事迹，展示给游客。

前段时间我坐月子的时候，很巧合，请的月嫂谢琦英来自环江村东流屯。闲聊中，谢琦英自豪地和我提起了柳贤清风园。她告诉我，自柳贤清风园2021年2月7日正式启用后，就成为"网红打卡点"，成为到环江村的游人必去之地。

我心里也很自豪，更让我高兴的是，春风化雨、润物无声的魅力正在不断绽放。静兰街道党工委副书记、纪工委书记黄柳鲜告诉我，环江滨水大道修通后，民宿旅游成为沿线村屯最火的产业。柳贤清风园启用后，乡风民风也在发生变化，附近不少村民自发制作具有特色的家风家训牌匾，悬挂于自家门口。

"见利思义，见水思源，见难思忠，见德思贤。"55岁的东流屯村民佘锦瑞，是佘勉学的后人。他高兴地告诉我，经过一家人商量，终于确定了自家的家风家训牌匾内容，将尽快做好悬挂。

黄柳鲜还给我讲了个小故事：今年"五一"假期，一名游客在环江村不慎将手机弄丢了，被当地一名摆摊的村民捡到，后经村民多方联络，终于还归失主。这样的小事，经常发生。

社风民风新变化，清风涤荡柳江边。不经意间，我耳边会响起"种柳柳江边""耸干会参天"的吟唱，这是"老市长"柳宗元跨越千年的声音。

传承先贤精神，打造新时代党员干部的精神家园，"以清为美，以廉为荣"的社会风尚，多么美丽呀！

○ 后 记

廉风廉雨育廉花。我了解到，目前全市已有各级各类廉政教育基地50多个，它们为一体推进"三不"、加强清廉建设，发挥着独特的作用。希望通过我们的努力，廉风更劲，廉雨更润，廉花更香。

070 ▶ 一遗产："老面孔"新模样

/ 韦斯敏 /

> 要保护好前人留下的文化遗产，包括文物古迹，历史文化名城、名镇、名村，历史街区、历史建筑、工业遗产，以及非物质文化遗产，不能搞"拆真古迹、建假古董"那样的蠢事。
>
> ——习近平

人物：韦娟娟，柳州市文化旅游投资发展集团有限公司企业管理部部长。她身材高挑，一头齐耳短发，清爽而干练。谈起东方梦工场——柳空文化艺术创业园，这个广西首批、柳州首个国家工业遗产项目，她一双圆圆的杏眼顾盼生辉，好像有说不尽的故事。

柳州空气压缩机厂，曾是无数老柳州人记忆中响当当的名字，也是我儿时的记忆。

它象征着一代柳州人的辉煌，也见证了一个老工业区在柳州的没落。老厂房、老设备、旧产品、旧车间，这些曾承续工业文明、书写现代化进程的工业遗产，承载着璀璨的城市文化。如何让它用另一种方式重生？我一直在思考。

宏伟蓝图非一朝绘就。我常惦念着那个火热的工业建设年代：1958年，十大工业项目在柳州落地生根，奠定了工业柳州的框架与基石，柳州空气压缩机厂就在其中。柳州空气压缩机厂是国家在"二五"计划期间给广西安排的重点建设项目，是国家定点生产大中型压缩机的主要生产厂家，它为柳州乃至广西工业发展作出了重要贡献。

我知道，原柳州空气压缩机厂工会主席何国祥在20世纪70年代末进入柳空工作，见证了柳空的发展。2019年11月，他与一批老柳空人重游故地时，曾指着一栋栋老厂房，回忆过去激情燃烧的岁月。

何国祥告诉我，柳州空气压缩机厂始建于1958年3月，名为柳州机械修理厂筹备处，负责修理维护柳州钢铁厂、化肥厂、电厂、水泥厂的机械设备。同年11月20日，筹备处撤销，成立柳州联合机械修造厂，1960年2月10日改名为柳州空气压缩机厂。2013年改制重组成立柳工（柳州）压缩机有限公司后，空气压缩机厂迁入新厂区，老厂区的生产功能废弃。

"你看这台VY-9/7型空气压缩机，曾参加过葛洲坝、中华人民共和国成立50周年天安门广场改扩建等国家重点工程项目。"柳州工业博物馆副馆长李子军，指着一台存放在柳州工业博物馆二楼的橘红色机器对我说，"柳空是柳州工业文明发展演变的见证者，浓缩了几十年工业发展的精华，是宝贵的工业遗产。"

2018年，我市从顶层设计画下蓝图，用改造取代重建，为城市留下一抹"工业乡愁"。市文旅集团根据顶层设计，启动柳空文创园项目。我作为主力成员，负责资产接收。

我还记得，那是一个盛夏。我和同事们细细查点了十几个厂房、上万个零件。斑驳的光影闯入破败的厂房，惊扰了沉寂已久的工业之魂，它们好像迫不及待地想要诉说过去的故事。我不免心潮澎湃，于是邀请了一批摄影名家，记录下彼时的老柳空，镌刻下当时的老工业面貌。

时光如白驹过隙，世事如白云苍狗。随着"老面孔"被载入史册，我见证着柳空迎来了新发展，有了新模样：在对老厂区的改造上，采用旧与新、古朴与现代、传承与创新相结合的表现手法，构建了一个既延续工业遗存历史肌理，又体现时尚活力的文化创意产业集群；引育工业研学、影视娱乐、文创孵化等特色产业，打造"文化产业+创意经济+旅游经济"产业新高地。中国·柳州国际水上狂欢节、工业研学等活动和展览在此举办。2020年，柳

改造后的柳空文创园

空文创园获评国家ＡＡＡＡ级景区，入选2020年广西文化旅游发展大会重点观摩项目……

"以前对柳空的印象，就是生产空压机的工厂，没想到现在还能走入其中体验红色教育。"柳州工学院教师杨晓奇与40多名同事，参与"重走长征路"红色主题活动后发出感叹。

2021年，我欣喜若狂，感到酣畅淋漓：市文旅集团与柳州工业博物馆联合申报第五批国家工业遗产，成功获得认定，实现了柳州国家工业遗产项目零突破。我全程参与了"零突破"的材料申报，查阅了很多资料，请教了许多专家及老柳空人。其间，仿佛是时间回溯，我与柳空的前世今生同频共振。

"下一步，柳空文创园将集合柳州各大工业IP，开设知名产品工业线展览，通过VR（AR）等高科技手段全方位展示制造场景，展现柳州工匠精神，努力打造成广西工业遗存保护和利用的精品典范。"市文化广电和旅游局局长刘莉对工业遗产的看法，也正是我努力的方向。

○ 后 记

时代大幕拉开，工业遗产绽放出新的光芒。我亲身参与、亲眼见证了老厂房到新产业的华丽转身，不禁心潮澎湃。我始终坚信，在柳州，山水与工业交相辉映，一代代柳州人正接过传承工业历史文化的接力棒，将独树一帜的工业遗产发扬光大、扬名四海。

五 社会发展

民生无小事,枝叶总关情。柳州市全心全力为老百姓办事,人民群众向往美好生活的热情不断增强。更好的教育、更稳定的工作、更舒适的居住条件、更可靠的社会保障……一年接着一年干,一件接着一件办,柳州交出经得起历史检验的满意答卷。

071 ▶ 一条"线"：新起航向前方

/ 吴祉婧 /

> 民航业是国家重要的战略产业。要建设更多更先进的航空枢纽、更完善的综合交通运输系统，加快建设交通强国。
>
> ——习近平

人物：郑芳，柳州人，1996年从上海民航职业技术学院计划统计专业毕业后，进入广西机场管理集团柳州白莲机场有限公司工作，现为经营发展部市场专员。她为人随和，说话轻柔，聊起柳州白莲机场的航线发展，眼里尽是期待。

天朗气清，惠风和畅。柳州白莲机场内，银灰色跑道在远处群山映衬下，顺着翠绿的草地延伸到更远处，与天际衔接……我站在办公室窗前，看着一架又一架客机飞速驶过跑道，飞向远方，思绪被拉回1996年那个炎热的夏季。

那时的我刚从学校毕业，被分配到柳州白莲机场。我刚来没几天，柳州就迎来了百年一遇的"7·19"特大洪水。距离市中心17公里、地势较高的机场未受到洪水侵袭，成了城里的一座"孤岛"。当时往返北京、上海、深圳等城市的航线没有停航，我与同事们也在机场连续吃住、工作好几天，直到洪水退去。

那次经历中，机场航线的坚挺给我留下了深刻的印象。后来，在协助有关部门开展航线开发和培育工作中，我也有幸亲眼见证柳州航线的发展和变化。

对于柳州民航人而言，柳州白莲机场因发展之需、人民之盼，开通首条航线具有历史意义。1995年3月16日上午，一架从广州飞来的B737-500型飞机，顺利降落在柳州白莲机场银灰色跑道上，标志着柳州白莲机场终于迎来正式通航。那一年，柳州还陆续开通了往返广州、成都、北京、上海等航线。

1996年至2005年，除了往返广州等个别航线通航，其他航线都被陆续停航。眼看着机场的运输生产发展陷入低谷，我和同事们急得像热锅上的蚂蚁。

就在那时，一个契机，重新点燃了我和同事们心中那份发展航线的渴望。2005年年底，市委、市政府和上汽通用五菱向美国通用汽车公司总裁发出来柳考察的邀请。但那时，柳州往返上海的航线已经停航。为此，我与同事们排除万难，在短短1个月内与航空公司敲定合作事宜。

我和同事们见证了柳州—上海虹桥航线在2006年元旦当天开通，也见证了市龙翔航线经营管理有限公司这个专事民航航线开发的专业机构的成立。

当然，我和同事们也见证了柳州航线网络的完善。2011年，机场年旅客吞吐量首次突破60万人次，同比增长86.8%，增幅在全国机场排名第一，实现了跨越式发展。看到身边越来越多的朋友能直接从柳州白莲机场出行，飞往各地，看到市民出行越来越方便，作为亲自参与航线开发工作的一员，我深感欣慰和自豪。

可就在柳州白莲机场向旅客吞吐量突破100万人次目标迈进的关键时刻，2013年10月底，机场却停航了5个月。市龙翔航线经营管理有限公司执行董事毛龙等带队与中国民航中南管理局、各航空公司联系协调，终于跨过了那道坎。

2016年年底，机场当年的旅客吞吐量首次突破100万人次；2019年，达到了157.1万人次……"100万人次""157.1万人次"，这两个沉甸甸的数字，令我心潮澎湃，也定格在我脑海里，挥之不去。

带着这种兴奋感，我们向旅客吞吐量突破200万人次目标前进，但突如其来的新冠肺炎疫情给我和同事们泼了一盆冷水。出行旅客少了，航空公司打起了退堂鼓。

"大环境不好，但待在原地只会退步！"柳州白莲机场副总经理徐先进明白，逆水行舟，不进则退，要化危为机！徐先进带队争取航线时刻、航权资源，守护着每一条来之不易的航线。

在广大柳州民航人的努力下，目前柳州白莲机场在飞航线21条，通达国内25个主要城市，柳州至全国排名前十的大机场均已实现通航。

喜欢旅游，格外向往云南风光的市民黎德智就从航线发展中感受到了出行的便利。"以前没有开通去云南地区的航线时，我都是坐火车慢慢'摇'过去。开通柳州—昆明航线以后，从柳州直飞过去，1.5个小时就到了，省出了许多游玩的时间。"

因商务需要，经常需要到全国各地出差的市民刘消也感慨："以前觉得到远一点的地方谈合作很麻烦，因为要转很多趟车。现在不用担心了，在家门口就能打'飞的'到目的地，工作效率更高，迎来的商机也越来越多。"

〇 后 记

虽然柳州航线的发展一波三折，但我与广大柳州民航人始终将助力柳州社会经济发展、群众便捷出行作为最大的牵挂，并为之付出努力。我与广大柳州民航人坚信：爱拼才会赢。柳州民航业发展一定会一浪高过一浪，为建设新时代新柳州助力。

072 ▸ 一叶舟:"志愿红"托善举

/ 朱柳融　周仟仟 /

> 雷锋精神,人人可学;奉献爱心,处处可为。积小善为大善,善莫大焉。当有人需要帮助时,大家搭把手、出份力,社会将变得更加美好。
>
> ——习近平

人物:王连东,柳州人,柳州市红十字水上救援队常务副队长。夜幕降临,他穿着一身黑色运动装,戴着鸭舌帽,回到摆满水上救援设备的办公室。谈起近10年的志愿者生涯,他说了这样一句话:以穿梭于柳江的冲锋舟,托起人民群众的"生命之舟"。

见过汹涌澎湃的黄河,游过风景如画的漓江,但我最爱的还是家门口的柳江。

时间轴拨回到1978年夏天,14岁的我,跟随退伍转业的父亲来到柳州生活。那时,柳江还未蓄水,河水尚浅,游泳、戏水的市民热热闹闹。会游泳的我,心里痒痒的,跳下去游个泳得多爽啊!

心动不如行动。当我快意地在河里畅游时,一下子就爱上了这个陌生的城市。那时,我挽起裤脚能涉水上萝卜洲去玩。

红花水电站蓄水后,柳江水位不断上升,萝卜洲被淹没了一部分,仍不能阻止市民和柳江亲密接触。不论酷暑还是严寒,我都到柳江畅游一番,洗去一身的疲惫。

和大多数市民一样,我见证着人工瀑布、音乐喷泉、水上大舞台、沿江楼桥夜景灯光亮化等项目建成。这些项目让百里柳江魅力四射,市民水上休闲娱乐活动愈加丰富。

在市民享受亲水的畅快时,夏季偶尔见诸报端的溺亡事件,也让柳江蒙上了一层阴影。看着一个个年轻鲜活的生命逝去,我极为惋惜,总想着能做点什么。

2013年,我终于等来了机会!当时,市红十字会决定组建一支水上救援队,并向社会公开招募志愿者。我赶紧报名。

"热爱公益、有时间、会游泳、身体好,就能报名。"时任市红十字会救助救护部部长的蒋荣军在我报名时说,成为志愿者后,市红十字会将对志愿者进行相关技能培训。

当时我已经从单位离职,时间比较充裕。最后,我顺利通过考核,和40多人一同成为志愿者,可以名正言顺地为有需要的人搭把手了!

有救人之心,还得有救人之能。应急救援员证、冲锋舟驾驶证、游艇驾驶证、救生员证……凭着勤奋好学的劲头,考取一本本证书傍身,我们的救援技能得到了提高。

每年5月至10月,我和队员们都会活跃在柳江上。每天16时至19时30分,我们两两一组,驾驶冲锋舟从河东大桥到红光大桥,在市民亲水休闲集中的地点,不间断地巡逻。

2020年8月4日,是我至今难忘的一天。当天18时30分许,我和队友倪璿淞等志愿者,驾驶冲锋舟巡逻到柳江金沙角附近水域时,突然听到一阵哨子声,循声望去看到一个人抱着箱子奋力地朝我们招手呼救。

"快,开船过去!"我焦急地对倪璿淞说。倪璿淞立刻调转航向。靠近遇险市民时,我把救生圈扔给这名市民,打算将他拉上船,但他连伸手拿救生圈的力气都没有了。看着势头不对,我立马跳下河,游到这名遇险市民的身边,把救生圈固定在他身上,慢慢把他拖到岸边。

在岸上,一位女士看着我把遇险市民救上来后,立即迎了过来,握着我的手说："非常感谢你们救了我的家人！"

等这名遇险市民缓过劲来时，我得知他是一位60多岁的老人。虽然他是一名游泳老手，但是突然脚抽筋，才遭遇这个生死时刻。

当天夜里，我躺在床上久久无法入眠，脑中一直浮现着老人遇险的样子。通过自己的一跳，就能救人于危难，更加坚定了我当好一名志愿者的决心。

我是一名志愿者，但我不是一个人在战斗。只要在市民亲水休闲集中的地方，就一定会有我们队员的身影。近年来，我们已劝离、提醒未成年人及市民4000多人次，有效劝阻破坏柳江沿岸设施行为130余起，救援遇险群众25人。

"我觉得你们在干一件特别了不起的事！"我的爱人潘燕芬经常对我说的这句话，给了我莫大的鼓励。2019年，我的爱人从医院退休后，加入了志愿者的队伍，和我们一起走进学校、社区、企业等，开展防溺水公益培训。

300多场防溺水公益培训，这是我们将志愿服务前移的见证。虽然我们一年四季都十分繁忙，但是忙得有劲头、有希望、有回报，这几年广大市民的防溺水意识有所提升。

○ 后 记

"志和愿两个字，都有一颗心，当心和心靠近，城市的脉搏更强劲。"近10年的志愿者生涯，我只是发挥了一点光亮。我有一个心愿，就是希望更多人加入志愿者的队伍，"人与人加人人，变成了众人"，一个个小善，汇聚成城市大爱。

073 ▸ 一抹绿：自行车载健康

/ 李书厚 /

> 绿色生活方式涉及老百姓的衣食住行。要倡导简约适度、绿色低碳的生活方式，反对奢侈浪费和不合理消费。
>
> ——习近平

人物：宁心波，柳州人，公共自行车维修员。在平凡的岗位上干着平凡的事，默默奉献，既是工作职责，也是一种热爱。随着柳州市公共自行车的不断升级，他的维修技术也在日臻成熟，如今已是一名维修多面手，不管是何种故障，自行车只要经过他的手，都能恢复如初。

多一抹绿色，就多一路畅通；多一片清新，就多一些健康。

我从小就喜欢骑自行车，既能锻炼身体，又方便出行。车坏了，都是自己琢磨维修，慢慢就掌握了一定的修车技术。

2013年10月，一抹抹绿色穿梭龙城。柳州公共自行车租赁系统正式启用，引导市民采用低碳环保绿色方式出行，柳州成为全区首个拥有公共自行车的城市，并且实行2小时内租车免费。对老百姓来说，这无疑是民心工程、便民工程和民生工程。我的一些外地朋友，都为此羡慕柳州人。

因自行车颜色为绿色，被市民称为"绿车"。一辆辆"绿车"在城市中穿梭，融入了这座历史名城。绿色、时尚、环保的公共自行车，一经推出就深受老百姓喜欢。有空的时候，我也时常租来骑。特别是在柳江边骑行的时

柳州市民骑上公共自行车，绿色出行

候，微风拂面，景色入眼，好不惬意。

2016年5月，凭着自学的修车技术，我成为一名公共自行车维修员，从一名骑行爱好者，变成了守护绿色出行的工作者。

从此，我与公共自行车的关系更加亲密。我每天的工作，就是负责将受损或出现故障的公共自行车维修好。虽然一开始，因为技术不熟练，维修起来很慢，但经过这么多年的磨炼，现在我的维修技术已相当娴熟。不管是轮胎漏气、踏板断，还是钢圈变形，只要经过我的手，都能修好。

市公共自行车管理服务中心相关负责人唐丰容告诉我，2013年我市建成第一期公共自行车租赁系统时，只有47个站点，1300多辆自行车。到如今，已完成了四期建设，共建了450多个站点，投放车辆最多的时候，达到1万余辆，站点更是做到全面覆盖，包括柳东新区和柳江区，能最大限度满足市民的出行需求，解决所在区域公交出行"最后一公里"的短途接驳问题。

"越来越多的市民选择公共自行车，爱上了绿色出行。如今公共自行车每天的使用量，保持在1.3万至1.5万辆次。"唐丰容说。

这让我感到很欣慰。虽然修理车辆过程中，我付出了很多。比如，双手的两个大拇指，因长时间与钢圈等摩擦，早已变形，并长出了厚厚的老茧。另外就是修车的工作比较单调，每天都在重复相同的工作，有时我也会觉得很无趣。不过，只要修好一辆车，我就有一种成就感，特别是想到别人骑上我修好的车辆，出行变得方便了，心里就有一种自豪感。所有的辛苦都是值得的！

如今，绿色出行已成为柳州市民日常生活的一部分。我从《柳州日报》等媒体得知，为了让绿色出行这项民生工程能够惠及更多百姓，柳州不断改善出行环境，先后完成了三期慢行交通系统改造工程，建成了总长度超过100公里的自行车专用道（俗称"红马路"）。同时，在环江滨水大道还建设了一条自行车专用道，沿途设置9个公共自行车站点。

近几年，每逢节假日，都有很多游客慕名而来，柳江夜景醉游人的场景不断出现。同事丘柳燕告诉我，在扩大公共自行车覆盖面的同时，我市也与时俱进，对公共自行车进行升级换代，2019年就推出了扫码租车服务，租车变得更为方便，游客拿出手机扫一扫就能租车，并且扫码租车2小时内免费。

特别让我津津乐道的是绿色低碳出行，还能助力我市创建全国文明城市。为方便市民和游客租车和还车，我市在很多路段增设了无桩站点，车辆在无桩站点区域就可以随时租车和还车。相较于共享单车，公共自行车可以有效避免车辆无序乱停乱放，这让不少外地朋友很是羡慕。"公共自行车既方便了百姓，又能做到管理有序，这是其他城市无法比拟的。"每次听到外地朋友肯定的声音，自豪感就涌上我的心头。

每逢周末或节假日，很多市民到环江滨水大道自行车专用道骑行，享受骑行的快乐。想到这，我就更有动力去把每一辆受损的公共自行车修好了。

○ 后 记

低成本、高效率、低环境影响的慢行交通系统惠及龙城百姓，越来越多的市民爱上了小绿车，爱上了绿色骑行。通过公共自行车的发展，绿色骑行和低碳生活在柳州成为现实，我深感荣耀。修复每辆受损的车辆，为市民绿色出行出力，这既是我的职责，更是我的荣光。我将义无反顾，勇往直前。

074 ▶ 一张网：新治理解百忧

/ 雷媛媛　吴晓娴 /

> 基层强则国家强，基层安则天下安，必须抓好基层治理现代化这项基础性工作。要坚持为民服务宗旨，把城乡社区组织和便民服务中心建设好，强化社区为民、便民、安民功能，做到居民有需求、社区有服务，让社区成为居民最放心、最安心的港湾。
>
> ——习近平

人物：谢荣发，中共党员，柳南区银山街道办事处街道综合治理中心主任。他身姿挺拔，目光如炬，声音浑厚有力。14年来，他从社区小网格走到街道中网格，见证了社区幸福宜居的蝶变。

银山街道办事处一楼的街道综合治理中心内很热闹，下沉派驻的司法所、市场监督管理所、城管执法中队的工作人员时不时进出，联合处理工作。我坐在工作台前，盯着中心大厅中央的屏幕。屏幕上的12块小屏，切换着辖区内主要街巷的实时监控画面。

如果把街道比喻成一艘船，这个中心就是街道的驾驶舱，我就像这艘船的舵手，随时协调汇报航程中的动态，协助处理各类事件。

"丁零零……""喂，你好！这里是银山街道综合治理中心。"一名社区网格员在巡查时发现柳邕路人行道上有几辆两轮电动车没有按规定停车，阻碍了行人通行。

电话挂断，我立即向银山街道党工委委员、综合行政执法队队长梁翰珺汇报。梁翰珺直接联系下沉该街道的城管执法中队联络人。10分钟后，电动车被执法人员挪到停车线内，人行道恢复畅通。10分钟处理完毕一起居民投诉，这就是当下我们基层治理的效率！

社会基层治理插上大数据的"翅膀"，实现数据可视化、发现主动化、服务智能化，这是14年前刚进社区工作的我无法想象的。

2008年，33岁的我进入银山街道广电社区工作。在很多人眼里，社区里多是鸡毛蒜皮、婆婆妈妈的小事，而在我们社区人眼里，居民事无小事，解了百家忧，社区才能和谐稳定。

刚到社区3年，我就遇到了"大事"。2011年10月，在全市中，柳南区率先开展了社区网格化管理，将社区划成小网格，每个网格安排一名网格员进行管理。我成为一名社区网格员，每天穿梭于小巷楼栋之间，为网格内的200户居民服务。

我不仅是人民调解员、综合治理维稳员、流动人口信息采集员，还是民情民意传递员、消防城管情报员、社会事务服务员……多重身份有时会让我疲惫不堪，但居民的一声"辛苦了！"又再次让我充满力量。

在居民的认可和表扬纷至沓来的同时，问题也随之而来。社区没有执法权，很多事情看得见管不了，部门联动执法速度慢、收集信息效率低、信息不互通等问题成了推动网格化管理的绊脚石。

就这样，银山街道成为社会治理体制改革第一个吃螃蟹的社区。

我犹记得，2020年4月，柳南区银山街道"五办两中心"正式挂牌，成为柳南区街道管理体制改革的试点。街道内设机构由"向上对口"转变为"对下负责"，并通过"下沉+挂点联系"的方式，成立一支30多人的综合行政执法队，打通了城市基层治理的"最后一公里"。

"你们办事速度真快！"2021年9月，我和城管执法中队队长刘力荣一起到新翔小区处理居民不文明养狗行为时，得到了小区居民的夸赞。自执法中队下沉到社区后，这类过去社区看得见管不了、部门管得了看不见的问题得到有效解决。

滴水不成海，独木难成林。这几年，让我感到欣慰的是，越来越多的居民主动参与到社区治理中。特别是党员，担起了"红色管家"的职责，参与"三无"小区的管理，实现共享共治。

我印象最深刻的是2020年年初疫情防控时，73岁的社区党员志愿者刘转运和70岁的助理网格员王水昌主动请缨，到"三无"小区恬静苑当起防疫志愿者："小区就是我们的家，守护家园，理所应当。"

车轮飞驰，不觉已到今年。

柳南区银山街道荣获全国文明单位、2019—2020年度建设平安广西活动先进单位称号……当一个又一个喜讯传来，我和同事们都抑制不住内心的喜悦，纷纷感慨："多年奋斗终见社区治理工作花开！"

如今漫步在银山街道，随处可见景色宜人、邻里和谐、守望相助的生活景象。这些和谐的景象，令我自豪，让我对推进社区治理充满信心。

○ 后 记

知重负重，久久为功。我与广大社区工作者们将不遗余力地探索街道体制机制改革，构建纵横联动智慧化网格体系，打造出共治、善治、智治的基层治理体系，始终把国家安全、社会稳定、人民安宁作为奋斗目标，用心用情做好分内工作，让百姓安心、安居、安业。

075. 一古镇：燃夜色旺产业

/ 荀诗媛 /

> 文化产业和旅游产业密不可分，要坚持以文塑旅、以旅彰文，推动文化和旅游融合发展，让人们在领略自然之美中感悟文化之美、陶冶心灵之美。
>
> ——习近平

人物：黄鼎业，毕业于广西师范大学旅游管理系，鱼峰区文化体育广电和旅游局副局长，窑埠古镇申报国家级夜间文化和旅游消费集聚区的项目负责人之一。记不清第几回走进窑埠古镇，每次看到这颗成长于柳州市中心柳江河畔的城市明珠，他总有心荡神摇之感。这里有斑斓夜色，也有历史遗迹，无论是有朋自远方来，或是知己相聚，窑埠古镇是他念兹在兹的首选"打卡地"。

夜市千灯照碧云。在流光溢彩的窑埠古镇，人们可以进行购、食、宿、文、娱、健等多元化夜间消费。人民对美好生活的向往，就是我们的奋斗目标。

"再过数月，新一轮自治区文化旅游产业发展大会将在窑埠古镇举行，届时市民到此，既能感受云卷云舒的惬意，欣赏恬静优雅的夜色，也能在'文旅+'释放的活力中，领略柳州的人文生辉、风景旖旎。"听闻这一消息，我和负责建设窑埠古镇项目的团队振奋之余，也在思索，如何完善服务设施，提升业态品质，进一步促进文化旅游与商业融合，在各界宾朋面前展现窑埠古镇夜经济的消费图景，释放窑埠古镇作为文化和旅游部公布的第一

窑埠古镇夜间经济示范街区华灯初上

批国家级夜间文化和旅游消费集聚区的独有魅力。

　　往事历历在目。2021年5月,我接过市文化广电和旅游局给各城区下发的申报国家级夜间文化和旅游消费集聚区的重任。初步筛选,鱼峰区窑埠古镇基本符合条件。

在老柳州人眼中，窑埠古镇是挥之不去的温馨记忆。对成长于来宾市象州县的我来说，窑埠古镇是谜一样的地标符号。古镇以前是什么样的、与九曲柳江有何渊源等，在我的脑海里，皆是谜团。

通过检索大量资料，我与申报团队了解到，窑埠古村落的形成，可以追溯至2100多年前柳州建城之初。从最早的陶瓷砖瓦烧制场、贸易集散地，到后来柳州史上重要的商道、官道和军事要地，窑埠古镇浓缩了一个古城的千年沧桑巨变，定格了文人墨客的诗意幽情，记载了现代工业的筚路蓝缕。在柳州2100多年的历史长河中，窑埠码头是柳州城市发展与商业繁荣的亲历者和见证者。

我与窑埠古镇运营方之一的阳光100窑埠TOWN总经理助理江雄交流时知晓，2012年，以明清风格"建筑博物馆"群再现窑埠古朴风貌的窑埠古镇项目动工，2021年完成建设，是市政府十大重点打造工程之一。2020年，市委、市政府发布《关于加快柳州市文化旅游产业高质量发展的若干措施》，为窑埠古镇发展夜经济提供政策支持。

仔细梳理信息，我们认为，窑埠古镇完全符合业态集聚度高、品牌知名度较高等申报条件。对标要求，鱼峰区联动市商务局、市住建局等多部门及阳光100窑埠TOWN等建设单位，立刻行动起来。

街区规划不符合消费引领等要求，改！夜间停车位不能满足消费者需求，改！大家通宵达旦努力准备，一切就绪时，专家组视察预检后却认为：窑埠古镇体现不出城市发展中的价值。大家沮丧地说，凝聚智慧的付出，换来凉彻心扉的结果。

距离截稿还有2天，团队中出现"放弃吧，大家不会成功"的声音。

复盘窑埠古镇申报信息，我对项目团队进行开导，能在全国讲好柳州故事，很骄傲。允许别人质疑：柳州有什么？柳州史上被誉为"桂中商埠"，徐霞客等多位文人骚客游历于此，说明柳州有活力。我们应该有信心，在全国展现现代柳州的人文风貌。

咬紧牙关再出发，没想到我们赢了。

如今，窑埠古镇汇聚"味道年代"老字号等多主题街区，入驻商户超600户。其中夜间经营商户中的文化类商户经营面积占比超过45%。连续3年承办IRONMAN 70.3世界铁人三项赛事、窑埠原创音乐节……年夜间游客量达480万人次以上，夜间消费人均在70—300元/人次。夜间消费逐渐成为拉动消费增长的新动力。

市商务局副局长黄敏是窑埠古镇众多建设推动者之一。他与我交流时感叹："经过多年建设，窑埠古镇换了新装，旧时的石板街黄泥路，被通衢大道和林荫花径取代，玩法多样化。2020年，C区的柳州螺蛳街启用，截至目前签约品牌达91个。打造的广西第一个室内外结合的非遗活态博物馆街区和全球首个、中国华南地区最大的5G+VR的科技主题乐园——螺乐园，成为窑埠古镇的全新引爆点。"

○ 后 记

夜经济反映城市繁荣程度。无数个日与夜，我和团队还在奔走，继续擦亮夜经济城市名片，适时推出一批夜品、夜购、夜赏、夜游项目，努力让"文化+经济"模式成为扩大内需的新动能。

076 一面旗："火焰蓝"护平安

/ 朱柳融 /

> 长期以来，消防队伍作为同老百姓贴得最近、联系最紧的队伍，有警必出、闻警即动，奋战在人民群众最需要的地方，特别是在重大灾害事故面前，你们不畏艰险、冲锋在前，作出了突出贡献。
>
> ——习近平

人物：赵智军，凭祥人，中共党员，柳州市消防救援支队融水苗族自治县高岭消防救援站站长。留着寸头、面容清瘦、穿着"火焰蓝"制服的他，显得沉静又踏实。他无数次出入火场，救人于危难之中。

父亲是消防员，我也是消防员。我从小就和父母生活在消防营区里，说我是被消防员抱大的一点不夸张。父母忙时，消防员叔叔抱着我，给我喂饭。童年伙伴玩塑料枪、模型车，我却研究消防装备，对它们的用途比我背的课文还熟。就这样，成为一名消防员的梦想在我心里悄悄种下。

2010年6月，我从广西警察学院毕业。通过考试后，2011年7月，我被分到武警柳州消防支队河西中队（现柳州市消防救援支队河西消防站）。"我能像父亲一样，为人民冲锋陷阵了！"我兴奋得一蹦三尺高。

后来，我被调往九万大山腹地——融水苗族自治县。2012年3月5日，我一个人拿着行李坐上汽车，山路十八弯，摇摇晃晃，3个多小时才到达融水。

透过车窗，我看到田野、高山和绿水，哼着歌曲《人民需要我》，沉浸在"人民需要我时刻准备着，中国消防的好男儿，捍卫平安幸福的生活"的歌词里，埋在心里那点失落感已烟消云散。

"中国消防的好男儿，捍卫平安幸福的生活"这句话，印在我的脑海里，刻在行动足迹上。

2015年5月的一天，一辆运载水泥的货车途经滚贝侗族乡时，不小心掉下山崖，车上两人被困。接到报警时，我看了看手机，已是凌晨时分。

事发地距离融水县城八九十公里。"你们到哪了？快点来啊！"身处险境的被困人员因为害怕，不停地打电话催促。因为山高路远，我和队员花了3个多小时才找到事发地。

当救援车的照明灯照亮事发地时，我看到垂直距离超过20米，货车只有左前轮被石头托住，车身在山崖边摇摇晃晃，十分惊险！只有破拆车门才能救人。我和破拆手只能站在这块"生命之石"上进行救援。破拆手是颤抖着完成破拆的，看得我心惊肉跳。经过艰辛努力，我和队员将被困人员转移至安全地带，并交给医护人员，被困人员连连向我们致谢。

能救人于危难之中，我和队员感到工作很有价值和意义，但也常常感到忧虑。木楼林立，拥有20个乡镇、207个行政村的融水，时常让我感受到远水救不了近火的难过和无奈。

说实话，我最怕的是接到乡下的火警，等我和队员从县里赶到火灾现场，很多时候已经来不及了……

2020年3月的一天凌晨，火警从拱洞乡洋鸟村传来。我和站长助理孙金龙等6人出警。"估计要走5个多小时，希望我们的救援来得及。"孙金龙在车上说。当我们一刻不停赶到现场时，一片木楼已被烧成炭。一名队员指着其中一处说："站长，那是我的家！"

看着失去家的老乡和队员，我和孙金龙这个山东大汉都红了眼眶。

2020年年初，要在乡镇组建专职消防队的消息传来，我和队员高兴极了。这意味着，能有近水解救近火，为救援争取更多时间。

这项工作的推进落在消防监督员刘彬肩上。刘彬走遍融水100多个行政村，开展消防宣传培训，被群众称为"蓝老师"。

2021年年底，20个乡镇专职消防队组建完毕，1000多个村屯建立志愿消防队。我也加入训练专职消防队员的队伍中，让很多没有救援基础知识的村民成为合格的消防队员。

每年汛期，我都胆战心惊。2020年7月11日，这一天让我难忘。那天，融水县城城区三分之一被洪水淹，不少人员被困。正在轮休的我，当天6时30分接到了立即归队的指令。

当我和队员驾驶冲锋舟在被淹的街道上救援时，一栋民房二楼有人招手高呼："这里有孕妇需要转移！"这栋民房一楼被淹，水流湍急，舟艇难以固定，只有一扇窗可以爬，孕妇转移很困难。最后，我用双手当"支架"托举着孕妇，才将其转移出来。孕妇和家人一直向我们道谢："幸亏有你们！"很多地方没法架设楼梯，被困人员只能踩着我的肩膀下来。当一名180斤重的群众踩在我的肩头时，130多斤的我只得咬紧牙关顶住。

我数了一下，当天7时至20时，站里共接到24起抗洪警情，共疏散143人。消防救援站班长余浩彬和我一样，在一次次救援中向群众掷地有声地说："踩我肩膀！踩我肩膀！"

○ 后 记

无数和我有着同样初心和梦想的兄弟，一起用最美的年华守护家园，一同奔赴"火焰蓝"的星辰大海，我从不觉得孤单害怕。"一名党员就是一面旗帜。"作为一名党员，我要坚守"救民于水火、解民于危难"的初心使命，护岁月静好，守一方平安。

077 一个号:"连心桥"通民心

/ 李斌 /

> 把各种渠道的群众反映综合起来受理和解决,是一个好做法,既要注重提高办事效率,又要建立长效机制。
>
> ——习近平

人物:林羽,中共党员,柳州市政府热线12345主任。"我觉得,我们不能只做群众诉求的'二传手',还要做解决诉求的推动者和监督者。"作为一名有着多年工作经验的"热线人",林羽说话掷地有声,双眸充满自信与坚定。

一条热线,架起了政民沟通的"连心桥";一个"12345"的电话号码,串起了精细治理的"服务线"。"桥"与"线",在我看来,是市政府热线12345画出的"民生符号"。

"您好,这里是市政府热线,请问有什么可以帮您?"每每听到话务员接线时说的这句话,我的内心就充满成就感。

回首凝眸,时间定格在2007年3月。那时,我是市政府热线12345一名普通的值班员。有市民来电反映:柳江大桥有一束垂落的线缆,绊倒了一辆摩托车,导致车主受伤。其投诉辗转10多个部门,虽然得到暂时性处理,但无单位愿意担责。

一束线缆竟能难倒这么多个部门!那一刻,我意识到,市政府热线12345不能只做群众诉求的"二传手",而是要充分利用话务资源,为市民解决更多问题。

2007年5月,市政府热线12345迎来重组,值班人员从6名增加至26名,随之而来的是重重压力。初夏时节,气温不断升高,比天气更"热"的,是市政府热线12345话务量的直线上升,刚挂电话不过3秒,下一个电话就立马接了进来……我和同事们忙而不乱,做到市民反映的问题件件有回音。

跨过一山又见一峰。市政府热线12345接得通的问题解决了,我和同事们舒了一口气。但如何让市民的诉求办得实,我和同事们的眉宇间又多了一道愁痕。

2011年,一场及时雨飘然而至,拂去我和同事们的愁痕。我市将市政府热线12345办理工作纳入绩效考核工作体系,把办件反馈率、及时率、回复群众满意率三项指标纳入绩效考核。

放眼全区,这是件"破天荒"的事!"这一'破',破除了各部门在受理市民投诉时的推诿扯皮。"市政府热线12345业务培训股股长谢敏深有感触。三项指标未被纳入绩效考核时,一些部门对市民反映的问题不上心;被纳入绩效考核后,这种情况大为改观。藏在我脑袋里的数字可以诠释"改观"二字:有些职能部门的办件反馈率、及时率、回复群众满意率,从被纳入绩效考核前的50%左右逐渐增长到90%。

"90%"这个数字映射出了柳州职能部门为民服务、敢为人先的精气神,吸引了其他城市前来取经。2014年,广州市政府热线12345工作人员来柳学习,听到介绍后,感叹道:"柳州市政府热线12345的工作力度竟如此之大,办事效率如此之高,令人没想到。"

市政府热线12345为民而变、为民而干的脚步声始终在我耳畔回响。2015年,我市落地"八个一"综合改革试点工作方案,成为全区首个推进政务热线整合工作的城市。由此,市政府热线12345成为市民反映问题的平台,多条市级政务热线资源先后并入,实现了电话、微信、APP、门户网站、市长信箱等多渠道统一受理。"一个号码管服务"实现了!

为抽查那些存在争议的办件是否藏猫腻,从2017年起,我和市政府热线

12345督办考评股股长陈雪莲穿梭于县区的各个角落。

"不仅要督得严，还要考得细。市政府热线12345是政府服务窗口，要防止民生矛盾像雪球一样越滚越大。"陈雪莲说。

慢慢地，越来越多的市民通过市政府热线12345解决了问题，还专门向我和同事们送来锦旗。"遇到问题，打'12345'"成了市民遇到困难时的第一反应。

2021年9月，市民李文龙反映工资被拖欠，希望相关部门核实处理。接到反映后，市政府热线12345工作人员迅速协调。当天，李文龙便如数拿到了工资。事后，李文龙将饱含着感谢之情的锦旗送给市政府热线12345。那一刻，我和同事们都有一个共同的感受："这些年的辛苦付出，值得了！"

一条线，串起大民生。我翻阅工作记录本后发现，2021年，市政府热线12345共接到群众和基层单位来电（信）370639次（件），全市职能部门的办件反馈率和及时率达99%以上，回复群众满意率达93%以上。

看到这些为民办实事的沉甸甸的数字，我和同事们自豪感涌上心头。

○ 后 记

市政府热线12345这条"线"很长，深入大街小巷、田间地头；这条"线"也很短，贴近民生百态、人间烟火。民生需求在变，我和同事们的服务意识也需要改变。未来，我和同事们将继续把"一个号码管服务"的理念化为人民看得见、摸得着的实事，让这座"连心桥"更直接地通抵民心。

078 ▸ 一个圈：消费观促升级

/ 黄慧妮 /

> 流通体系在国民经济中发挥着基础性作用，构建新发展格局，必须把建设现代流通体系作为一项重要战略任务来抓。要贯彻新发展理念，推动高质量发展，深化供给侧结构性改革，充分发挥市场在资源配置中的决定性作用。
>
> ——习近平

人物：杨世春，湖南邵阳市人，柳州市商务局市场体系建设科科长。记者初见杨世春，只见他剑眉英挺，一身洒脱气质。他负责商务工作多年，见证了柳州零售业的成长、发展与变革。

每当夜幕降临，我从高处望去，城市中多个商圈亮起星光点点，像银河洒向大地，熠熠生辉。

我在柳州工作和生活30多年，看着市民逛街购物的地方从谷埠一条街、人民广场的小摊，逐渐延伸到柳州各个区域的商圈，不禁感慨万千：商圈在不停地发展变化呀！

我认为，商圈的变化更迭，恰恰反映了一座城市零售业的发展。

品一杯茶后，靠在沙发上回想，20世纪80年代的一些场景在我脑海里切换。那个年代，市场经济还未盛行，柳州可以逛街的地方并不多，主要集中在五星商圈和谷埠一条街。很多商家搭起棚子售卖商品，市民在这些棚子里能买到吃、穿、住、用、行的许多商品。

20世纪90年代，五星商圈在消费浪潮的推动下兴旺起来。当时能来五星

柳北区的商圈吸引大量市民前来逛街、购物

街逛街是很开心的一件事，繁华的街头留下了许多我与家人、朋友们的美好回忆。1996年2月，听说一座新的百货大楼开业，我马上约朋友一起去看热闹，想一睹盛况。见到新商场时，我和朋友不约而同地惊呼："太富丽堂皇了！"

这座百货大楼就是后来的五星商业大厦。当时，同类的大型百货商场并不多，全新的百货公司模式，给消费者带来新的购物体验。后来，这一带成了柳州的核心商业区，汇集高端商业网点，各种国际知名品牌琳琅满目，拥有五星商业大厦、柳州工贸大厦等大型商场，龙城路、解放路等特色街是市民逛街购物的主要目的地。

1997年，一次机缘巧合，我认识了现在柳州五星百货股份有限公司黄金珠宝化妆品招商部的总经理杨洋。当时，杨洋还是一名基层营业员。杨洋说，他在工作中明显感觉到，市民的消费理念在转变，变得更愿意消费了。

我知道，这与改革开放的深入不无关系。

杨洋告诉我，商圈经营愈发火热，商厦发展蒸蒸日上，得益于市民消费水平的不断提高，消费理念从传统的基本生活消费逐步向发展性和享受性消费转移。1997年，五星商业大厦所隶属的柳州市百货股份有限公司，成为柳州商业系统唯一一家税利超千万元、增加值5000万元的企业。

2006年的一个好消息令人沸腾。在"十一五"期间，国家提出要"丰富消费性服务业"，鼓励提升商贸服务业水平。五星商业大厦开始重新定位经营方向，大胆增加楼层，实现了由传统百货到主题精品百货的转变。看到这种转变，我感觉"春天来了"。

2013年，又一个大转变闪耀在我眼前：步步高商业广场、城中万达广场、万象城等商业综合体接连入驻柳州，单个商圈一枝独秀的日子已成为历史。"城市的发展与商业密不可分，多个商圈的崛起与城市扩张的步伐是相一致的。"柳州五星百货股份有限公司董事长郭荣跟我聊天时说，随着城市不断发展，新的商业网点越来越多已是大势所趋。

在多圈并举的新态势下，郭荣意识到：转型，已势在必行！

要做好百货公司，一定要有创新意识。2018年，电商直播开始风靡，社区团购逐渐兴起，新兴的营销模式层出不穷，杨洋告诉我，对于线下的实体经济来说，这是一场不小的冲击波。

一场冲击波，引发了一场转型波。以五星商业大厦为代表的老牌商圈开始主动转型，商场的经营模式逐渐朝着新兴模式靠拢，通过线上推广为线下引流，实现线上线下融合发展……

这一变化对市民吕世明来说印象更深，他也随着发展的变化而变化了。"我今年75岁了，还是习惯去线下实体店购物，现在儿子教会我如何在线上领券，购物也更划算了。"吕世明说，他家所在的社区最近在推行"15分钟生活圈"，一些基本的消费需求，只要在小区步行15分钟的范围内就能满足。

消费模式日渐丰富，生活愈发便利……柳州的一个个商圈如星星撒落在各个生活空间里，愈发耀眼。

○ 后 记

商圈不仅是一个个商业网点，也是一座城市的地标，更是许多柳州人的时代记忆。在工作中，我鼓励商家不断优化业态结构，深化体制改革，顺势而为，设法改变模式，促进消费升级，续写新的辉煌，创造新的荣光。

079 ▸ 一套房：安居梦遂心愿

/ 李书厚 /

> 要重点发展公共租赁住房，加快建设廉租住房，加快实施各类棚户区改造。在推进这项工作的过程中，要注意尽力而为和量力而行相结合，努力满足基本住房需求。住房是群众安身立命之所，质量安全至关重要。要优化保障性住房规划布局、设施配套和户型设计，抓好工程质量。
>
> ——习近平

人物：吴晓宁，柳州市住房和城乡建设局住房保障科科长、柳州市保障性安居工程办公室负责人。在他办公室的墙上，挂着一份保障性安居工程目标任务作战图。每天进入办公室，他都要深情专注地凝望一下作战图，了解各个保障性安居工程的建设进度。

当得知建设又有新进度或是又有住房困难群众搬进新房子，我心里就特别高兴。

衣、食、住、用、行，其中住是老百姓排在第三的刚性需求，但对于城镇低收入困难家庭来说，实现住房梦却往往遥不可及。我的工作就是负责落实市委、市政府的民生举措，帮助城镇住房困难群众圆安居梦。从事这份工作，我深感责任重大，但也很乐意。

柳州作为一座老工业城市，企业、厂区宿舍区数量多，普遍为红砖房、大板房，结构简单，年久失修，存在房屋面积小、配套设施不全、居住环境差等问题。让居住在这里的群众，实现小房换大房、忧居变乐居，这是我要努力实现的目标。

打开我的记忆图,2008年尤为亮眼。那一年,我市结合城市特点,按照就地安置、小房换大房的原则,在全区率先启动了以改造改制企业职工危旧房集中区为切入点的棚户区改造工程。和兴园小区,就是最早实施改造的一个,入住将近3000户,大多数是已经改制的搪瓷厂、棉纺厂、针织厂、印刷厂职工。

我统计了一下,全市已累计实施棚户区改造项目291个,改造户数约91000套(户),近30万棚户区、城中村居民实现了出棚进楼、撤村建居的安居梦。

柳州市经济适用房——品尚名城

努力实现住房困难群众的居住梦，我市的做法得到了国家的肯定，获得国务院2020年棚户区改造工作督查激励，成为全国获此殊荣的几个城市之一。看到这份沉甸甸的荣誉，自豪之情填充了我的心。

"获得国务院督查激励的城市，在中央预算内投资和安排专项资金时将会得到奖励。有了中央预算资金的支持，柳州就能建设更多的保障性住房，解决更多困难家庭的住房问题。"看到获得国务院督查激励能得到的这些实惠，我既自豪又增添了信心。

在抓好棚户区改造的同时，我市还通过筹建公租房和保障性（政策性）租赁住房，以及发放住房租赁补贴等方式，帮助城镇住房困难群众实现住有所居的安居梦……我感受至深的是筹建公租房，因为它是解决城镇中低收入人群、新就业大中专毕业生和外来务工人员等各类住房困难问题的关键性举措之一。

我点开电脑的文件夹看到，从2010年开始筹建公租房到如今，我市累计筹集公租房47000套，实现对47000户家庭约14万人口的住房保障。这些数字中饱含着民生福祉。

"有房源，我们就尽快分配入住，能快就不会慢。"市保障性住房服务中心副主任杨超君告诉我，2021年，我市就在公租房小区柳莲新居，为650户城镇低收、低保、特困住房困难家庭分配了住房，很多人在新房里过春节。

看到这些群众住上了新房，我乐开了花。柳莲新居小区租户杨铭高兴地告诉我："在新房里过春节，感觉就是不一样。"

当然，高兴的还有他们——住进人才公寓的才俊。我得知，大学本科毕业到柳州就业的罗佳入住了市人才公寓，不仅实现拎包入住，房租也只需支付一半价钱。

罗佳告诉我，是人才公寓解决了她的后顾之忧，让她更好地投入工作。"到2021年年底，已筹建15个项目共3959套人才公寓，目前已交付使用896套。"我也把这组数据分享给了罗佳，她用竖起的大拇指回应。

在实行住房保障实物配租的同时，我们还通过发放住房租赁补贴的方式，缓解城镇困难群众和外来务工人员的租用住房的经济压力。到2021年，我们已向5595户住房保障家庭发放了租赁补贴。我得知，2022年，我市还将继续加快推进保障性安居工程建设，让更多的住房困难群众实现住房梦。

推进保障性安居工程建设是我工作的出发点和落脚点，我将一如既往地做好。

○ 后 记

"安得广厦千万间，大庇城镇住房困难群众尽欢颜"，这不仅是城镇低收入人群、新就业大中专毕业生和外来务工人员等各类住房困难群体的期盼，还是我的愿景。在实施保障性安居工程的路上，我将逐梦前行，用实干之力把美好的愿景化为亮丽的实景。

080 ▸ 一公园：运动场强体魄

/ 覃科　韦苏玲 /

> 要紧紧围绕满足人民群众需求，统筹建设全民健身场地设施，构建更高水平的全民健身公共服务体系。
>
> ——习近平

人物：梁鹏，柳州市社会体育运动发展中心体育产业科科长。回望体育公园的建设历程，自豪、激动与喜悦在他心中涌动。现今，他的电脑中仍保存着各座体育公园的规划设计图、场馆建设图、园区航拍全貌图……一张张图片记录着柳州敢为人先的城建故事。

今年5月的一天，我再次驱车前往鱼峰全民健身中心施工现场。不久后，又一座体育公园将在这里拔地而起。它的建成，将把柳州"每个县区建设一座体育公园"的美好图景变为实景。

鱼峰全民健身中心园区建在一汽柳州特种汽车厂老厂区旧址，新面貌将覆盖这片旧时工业记忆。看着眼前已经腾空的厂房，我不禁掏出手机拍下几张照片，记录点滴的变化。有空的时候，我就翻阅手机里的照片。这些照片把我的思绪带回到推进体育公园建设的悠悠岁月。

2018年7月，我带队赶赴南宁市李宁体育园参赛。占地527亩的体育园，涵盖了体育运动区、文化活动区、运动休闲区等全套市民健身场地……目睹这番景象，我倍感震撼。

夜幕降临，我看着熙熙攘攘的人群涌入体育园锻炼。球员在场上挥汗如雨，观众的欢呼声此起彼伏，整个体育园充满了活力。当时，我就思索，要是柳州市区也能有一座集多项体育运动于一体的体育园，那该多好呀！

幸福往往就来得这么突然，我惊喜不已。2018年年底，我市决定按照"五馆四场"的标准，计划在城中区、柳北区、柳南区、鱼峰区，分别建设占地面积不小于150亩的体育公园。这意味着，一座体育公园能同时容纳2000人入场锻炼。

想人民之所想，急人民之所急。让老百姓多跑运动场，少跑医院！我市通过建设群众身边的体育场地设施，打造城市社区"十五分钟健身圈"。柳州的务实举动，让我感受到深厚的为民情怀。

建设体育公园的理念很快延伸至柳州所有县区，各县区纷纷规划体育公园项目。加上已投入使用的融水民族体育公园、柳东体育中心，每个县区都拥有

从空中俯瞰，融安县体育公园如同一个调色盘

柳北体育园

一座体育公园的大格局开始形成……我见证着为民惠民的"柳州速度"。

2019年，我有幸成为体育公园建设联络员，全程参与各座体育公园建设。三年来，我走遍各县区体育公园，与项目业主、施工单位多次沟通协调，推出切实可行的方案。

记得在城中体育公园建设的过程中，我发现室内场馆将使用复合材质的运动地板。我深知运动地板的重要性，运动地板对弹性形变、防潮防霉、运动者膝盖保护等方面都有较高的技术要求，而这些恰是复合材质的运动地板难以达到的。我便与当时修建城中体育公园的项目经理梅明安及业主方沟通，要求必须安装实木运动地板。后来，体育公园四个场馆均安装了实木运动地板。

我见证着方案在时间的浇灌下结出了市民能共享的"果实"：2020年4月起，城中体育公园、柳北体育公园和柳南体育公园相继建成并开园投入使

城中体育园

用；鹿寨、柳江、柳城、融安的室外场地项目也都相继建成向市民开放。

每个县区各建设一座体育公园，是我市的一项重大创举，在国内三线城市中尚属首例，这一模式获国家发展改革委、国家体育总局推广。

一座体育公园，亦是城市的一种符号。

这些年，我带着不少区内外城市的调研组人员到各座体育公园参观。他们连连点赞："柳州人开明开放，敢为人先，创新创业，自强不息，非常了不起！"

体育公园作为柳州这座城市的一种符号，令人印象深刻。

体育公园建成后，我市均参照国家大型体育场馆免费或低收费运营管理模式，实行公益性开放，"体育为民、体育惠民"观念深入人心。我了解到，截至2021年年底，柳州人均体育场地面积达到2.96平方米，位居全区第一，人民群众的幸福感和获得感与日俱增。

家住北雀路的陈其瑞看到柳北体育公园开园后，欣喜不已："早就盼着家门口能有一座体育公园，如今梦想成真。"

与陈其瑞一样，家住柳南区革新路的刘俊杰也喜形于色。"强身健体有了新去处，日常运动量倍增，"他说，"柳南体育公园等运动场地开放后，一些市民增加日常锻炼频次，身体好起来了。"

看着市民脸上流露出的喜悦之情，我和同事们干劲十足：把建设体育公园的理念下沉到所有乡镇，为乡镇居民打造占地面积4万至6万平方米、绿化率达到65%的小型体育公园。

○ 后 记

体育公园为城市注入新活力，有效解决了市民"健身去哪儿"的难题。我见证并参与了柳州打造出市民在家门口就能锻炼的体育圈，从追赶者一跃成为领先者的全过程。我对下一步推进城乡公共体育服务高质量、均等化发展充满信心。

081 ▶ 一村医:"守护人"为民康

/ 周仟仟　韦苏玲 /

> 要把人民健康放在优先发展战略地位,努力全方位全周期保障人民健康,加快建立完善制度体系,保障公共卫生安全,加快形成有利于健康的生活方式、生产方式、经济社会发展模式和治理模式,实现健康和经济社会良性协调发展。
>
> ——习近平

人物:张唐象,中共党员,柳北区石碑坪镇古木村卫生室医生。个子不高,面容祥和,穿着干净整洁的白大褂……这是他给记者的第一印象。三十年来,他在石碑坪镇安家、立业,扎扎实实为村民服务。一间不大的村卫生室,承载着他的医者仁心,牵起他和村民的丝丝情谊。为多少名村民看过病,他已经记不清了,但他那一颗为村民服务、送去健康的心,走过的路知道,蹚过的水知道,医治过的患者知道。

回想学医的初衷,医疗工作者救死扶伤的崇高使命令我心驰神往。正是因为这份热火般的渴望,我成为家中第一位医生,由此和柳北区石碑坪镇的村民结缘。

1992年,我从卫生学校毕业,直接到石碑坪镇卫生院工作,有了一个新的身份——村医。我一头扎进基层医疗卫生服务工作,一干就是三十年。我从初来乍到人生地不熟,到如今与村民情同手足;从在学校学习知识,到如今练成十八般武艺……所有的故事仿佛就发生在昨天。

20世纪90年代,成为一名入门级村医,要先闯过两道关卡:信任关和硬件关。当时硬件设施只有"老三样"：听诊器、体温计和血压计。由于硬件不"硬"，村民难免对年轻医生的能力心存疑虑，不够信任。无论遇到多少困难，我都没有产生过弃医的念头。我深知，要想赢得村民的信任，就必须潜心钻研医术，提升自身软实力，通过看得见的行动，获得村民的认可。

"治病救人是首要，以心换心是关键。"这句话我谨记于心，笃之于行。走深、走实脚下这条路，势在必行，我走近村民切实了解他们的需求、理解他们的难处，用行动和服务让他们感受到关怀。这些年来，我去过石碑坪镇大仙村的每一家，真正成为村民身边的"120"。

2021年，按照工作安排，我离开石碑坪镇大仙村卫生室，到石碑坪镇古木村卫生室工作。"张医生你走之后还回不回来啊？"73岁的村民兰华梅得知我要离开的消息，在电话中几度落泪挽留我。对我来说，治病问诊是一件普通寻常的事，但接完电话那一刻，我意识到，它的分量在老百姓心中是多么重。

我的爱人温琦也是一名村医，与我一同坚守在基层医疗战线。多年来，我们两人互相配合，保持着24小时随时出诊的状态。哪里有村民的需求，我们就到哪里去，紧紧牵牢这条"信任线"。

常有人问我：作为一名村医，和三甲医院的医生相比，是否会有职业获得感上的落差？我会心一笑，答案就隐藏在石碑坪镇人民的点滴行为中。一个笑容、一句道谢、一声问候，村民如家人般诚心以待，毫不吝啬他们的信任。在石碑坪镇从医的三十年，淳朴的民风民情常常使我动容，而这是村医享有的"专属待遇"。更何况，现在柳州市基层医疗体系越来越完善，基层的工作环境和条件日新月异。血糖仪、电子血压计、心电图机、保温箱、重症治疗室等配套设施一应俱全，标准化的卫生室已经建成。

我还记得2020年11月4日发生的一件事。

"患者胸闷且伴有压榨感，ST段改变，异常Q波……"一张心电图，让石碑坪镇卫生院胸痛微信群里的所有人，心都提到了嗓子眼。一时间我难以做出专业判断，立即向同仁求助。

"这是典型的急性下壁心肌梗死！"我们立即将心电图资料传给市中医医院胸痛中心，向柳州市120急救指挥中心报告。直到患者进入导管室实施了介入手术转危为安后，我们所有人才如释重负，而整个过程仅用时80分钟。

这场救治之所以能做到快狠准，得益于一条快速的救治"高速公路"。通过我市"三一"医联体建设，如今村卫生室条件得到改善，基层医疗卫生服务质量稳步提升，更多帮扶资源下沉到村镇。

2021年是我从医第三十年，我为村民服务的心始终未变，并且在这条路上并不孤单。我从卫健部门得知，截至2021年年底，全市已建立起853个村卫生室，拥有包括我在内的980名乡村医生。

今后，我将与广大乡村医生一道，继续尽力帮助村民增强健康意识，引导他们强体魄、护健康。

○ 后 记

大医精诚，医者仁心。我将把好治疗的第一道关口，修医德、行仁术，怀救苦之心，努力提供更加优质高效的健康服务，当好人民健康的守护人，让人民的身体更健康。

082 一纪录：好环境育主体

/ 宁静波　韦苏玲 /

> 新冠肺炎疫情对我国经济和世界经济产生巨大冲击，我国很多市场主体面临前所未有的压力。市场主体是经济的力量载体，保市场主体就是保社会生产力。要千方百计把市场主体保护好，激发市场主体活力，弘扬企业家精神，推动企业发挥更大作用实现更大发展，为经济发展积蓄基本力量。
>
> ——习近平

人物：覃刚，柳州市鱼峰区市场监督管理局副局长、鱼峰区知识产权局局长。他面容和蔼，小麦色的脸上嵌着一双炯炯有神、充满阅历的眼睛。2022年是他从事市场监管和行政执法工作的第27年。谈起营商环境的变化，他感慨系之："有幸目睹了营商环境的日新月异，有幸见证了市场主体发展土壤的愈加肥沃！"

广西第400万户市场主体在鱼峰区政务服务中心诞生！

400万户！新纪录！

2022年5月30日是一个普通的日子，但一个令人振奋的纪录，给这个日子赋予了非同寻常的意义。接到这令人精神抖擞的好消息，我难以按捺心中的喜悦之情。

多年来，广西市场主体数量牵动着我的心。2005年，市场主体数量突破100万户；2015年，市场主体数量突破200万户；2019年，市场主体数量突破300万户；2022年，市场主体数量突破400万户大关。从300万到400万，仅用时3年。

这些重要时间节点，都记载在我的工作履历上。

作为土生土长的柳州人，我决心为家乡的营商环境尽一份力。1995年我从广西工商行政管理学校毕业后，回到市工商行政管理局工作。

这份决心，带领我见证了营商环境的进一步优化、加速优化和持续优化。2019年以来，国家出台有关市场主体保护、市场环境、政务服务、监管执法和法制保障等一系列优化营商环境的政策条例，为营商环境的优化全程保驾护航；同年，鱼峰区市场监督管理局组建成立，融合了工商行政管理、食品药品监管、质量监督、物价、反垄断执法、知识产权等职能，全方位打造良好的营商环境。

记得2020年，一大型商业街区开业在即，市场方主动找到我们，咨询我们批量办理营业执照的事宜。本着为企业和经营者提供服务的态度，赶在开业前夕，我和办证的同事主动协助商户，通过简化登记材料及流程，帮他们及时拿到营业执照。

"在优化营商环境、保护和激活市场主体方面，要做就做最好！"我们从缩减办理时间、节约交通成本的为民惠民角度出发，增设了线上咨询渠道，创建鱼峰区企业登记交流群，在线上为企业答疑解惑，零距离提供服务。

在优化审批流程方面，我们做到了审核合一、一人通办。我们以企业开办线上线下"2个环节、7个事项、1个工作日内办结"为目标，推动市场主体准入环境不断提升，让企业开办便利度实现从"跟跑者"到"领跑者"的跨越……优化营商环境后的"柳州速度"，让我无比自豪。

400万户！更是新起点！

我深知，营商环境是企业生存和发展的土壤。"重视企业、服务企业、厚待企业。"这句话，早已刻在了我心中。

今年3月，《中华人民共和国市场主体登记管理条例》正式施行，条例内容让我感到：政策肥水滋养市场主体发展的春天来了！

"条例有效地提升了市场主体登记和注销的便利度，流程更便捷了，前来办证的市民花费的时间更短了!"鱼峰区市场监督管理局登记注册股副股长谭立与我一样,感同身受。

谭立说,正是因为我们把市场主体的呼声记在心里,以认真负责的态度、热心的服务、耐心的解答咨询,打通了许多企业顺利开办的"最先一公里"和"最后一公里"。

"反馈意见和投诉问题减少了,我们收到的好评反馈愈发增多。"登记注册股股长李文晋对我说,友好的营商环境形成后,不只是市场主体活力向好发展,我们的工作也得到极大帮助,与商户的审办对接更为和谐,商户的满意度提升。

日前,怀揣着鱼峰区政务服务中心工作人员发放的市场主体营业执照,市大华电子科技有限公司管理人员李秋琪高兴地对我说:"从取得营业执照和公章,到办税开票和银行、社保、医保、公积金开户,完成这7个环节仅需半天时间,优化营商环境后的'柳州速度'让我们信心满满。"

看到前来办理业务的企业人员满意地竖起大拇指,我心里乐开了花:在服务的阳光雨露下,一个个市场主体枝繁叶茂,为经济稳增长提供了有力的支点。

○ 后 记

市场主体稳步增加,标志着营商环境的不断改善;营商环境的不断改善,推动着市场主体不断增多。随着营商环境的继续优化和提升,一定会吸引更多的投资者加入创业创新的行列,更多的市场主体出现在龙城大地上,成为经济的根、就业的魂。我将自始至终以严谨、负责的工作态度,奋斗在优化营商环境的道路上。

083 ▸ 一杆秤：守公平护正义

/ 覃珩　张婷婷 /

> 要深化司法责任制综合配套改革，加强司法制约监督，完善人员分类管理，健全司法职业保障，规范司法权力运行，提交司法办案质量和效率。要健全社会公平正义法治保障制度，努力让人民群众在每一个司法案件中感受到公平正义。
>
> ——习近平

人物：孙涛，柳州市中级人民法院刑事审判第二庭副庭长，2009年毕业于湘潭大学刑法专业，2011年进入柳州市中级人民法院工作。他身材壮实，戴着一副眼镜，与记者面对面坐着的时候，腰杆挺得笔直，有种法官的威严，但是"80后"的他，交谈时却十分幽默。与北方汉子粗犷的外表形成反差的，是他谈及自己审理的案件时有着南方人的细腻。

"办好一个案件胜过千言万语。它会像一面镜子，照到老百姓的眼里和心里，只有老百姓说好才是真的好。"这是我从业多年来最深的感悟。

我的书桌上最常见的就是案卷，案件少的时候有十几本，多的时候有上百本。看案卷、看现场、核数据、写判决书……是每一名法官的日常工作，但我从不敢怠慢，在我看来每个数据都会影响案件的认定和审判结果，甚至会影响当事人的人生走向，责任重如泰山，比如窦某某集资诈骗案。

2022年2月，窦某某不服法院一审判决，提起上诉，请求把集资诈骗罪改判为非法吸收公众存款罪。两罪名判罚程度不同，若判罚不公，将影响当事双方的切身利益，甚至可能引发群体性事件。作为法官的我，深感法槌重若千钧,因为它一头连着公正,另一头连着民心。

为公正判罚,我和同事们花了大量时间,围绕二审案件争议点开展阅卷工作,将涉案60余人的口供、银行转账流水、案卷等证据再分析、再梳理,于万字材料中寻找蛛丝马迹。

经过多年审判磨砺,我深知并不是所有的是非曲直都会直白地刻印在那些堆积如山的书面材料上,而案件时间跨度有近6年之久,面对浩繁复杂的账目,我们该如何全面准确地认证?

当事双方说辞不同成为我们认证的关键突破口。我们反复核对每一个口供、每一本账目、每一笔流水、每一份凭证,确保数据不差分毫,了然于胸后,再通过看、听、说、记的方式,逐一找当事人一遍遍复核,最终查明案件真相。

经审查,窦某某在公司没有实际经营的情况下,以高额利息为诱饵向社会公众非法集资787.607万元,集资后未将资金用于公司生产经营,只有少部分用于支付集资参与人的本金及利息,其行为已构成集资诈骗罪。

法槌代表公平正义,当终审判决宣告、法槌落下后,其中一名受害人说:"听到结果的时候,心中的大石终于落地,十分开心。因为我们曾花费半年多时间用各种办法追回欠款均未果,最后还是法院为我们讨回了公道。"

司法有力度也有温度。我的同事罗艳梅法官,就接到了一个涉企刑事案件,并做出了公平又有温度的裁决。

2022年年初,韦某与徐某产生纠纷,韦某以公开徐某相关隐私问题为要挟,索要"赔偿款",徐某未支付钱款,而是直接向公安机关报案。韦某一审被判处有期徒刑3年。

这个判处结果,让韦某的公司陷入群龙无首的困境,重点项目停滞,员工多数离职。罗艳梅对此感到痛心:新冠肺炎疫情下,民营企业生存本就不易,如果因为我们的判决,让企业陷入更严重的经营困境,减少员工收入,我们将于心不安。

如何才能平衡好法理与情理？罗艳梅想方设法用行动拉直问号。她一边处理手头同时进行的十几个案件，一边认真研究优化法治化营商环境政策，希望找到宽严相济的刑事政策依据，为企业纾困，解决员工难题。

罗艳梅一边研究相关法律政策，联系相关部门合力解决问题，一边马不停蹄与同事到企业走访调查，核实韦某身份情况，查阅公司工程承包合同……在罗艳梅等人的努力下，受害人出具了书面谅解。同时结合社区矫正条件的调查评估情况、司法行政机关和检察机关的缓刑建议等，最终，该案依法判处韦某有期徒刑3年，缓刑4年，并处罚金2万元。

"韦某重回企业后，我们对其进行了回访，看到企业生产经营持续好转，员工精神饱满干劲足，我觉得特别欣慰和自豪。"在罗艳梅看来，一名法官，既要依法做出公正裁决，又要心中有一杆秤，释放最大司法善意，为地方经济社会发展献力。

广西英腾教育科技股份有限公司董事长兰涛就深切感受到了这份法治力量与司法温度。2021年7月，全国首例判结生效的网络培训平台题库侵犯知识产权刑事案件在市中级人民法院终审宣判，有效维护了企业权利。兰涛说："案件时间跨度长，难度大，但是法院依旧能克服困难为企业伸张正义，坚定了企业的发展信心。"

○ 后 记

国家立法要顺应人民期盼，要从有法可依走向良法善治，案件审理也同样需要回应群众殷切期盼。我将时时用"法施于人，虽小必慎"提醒自己，认真对待每一个案件，力求它们经得起历史和时间的检验，以司法为民的担当做到维护公平不徇私。

084 ▸ 一座桥：发展路变通途

/ 李书厚 /

> 港珠澳大桥的建设创下多项世界之最，非常了不起，体现了一个国家逢山开路、遇水架桥的奋斗精神，体现了我国综合国力、自主创新能力，体现了勇创世界一流的民族志气。这是一座圆梦桥、同心桥、自信桥、复兴桥。大桥建成通车，进一步坚定了我们对中国特色社会主义的道路自信、理论自信、制度自信、文化自信，充分说明社会主义是干出来的，新时代也是干出来的！
>
> ——习近平

人物：吴润富，曾担任柳江大桥建设指挥部民选总指挥长。如今他已88岁，有些耳背，精神尚好。说起参与建设柳州市区内第一座跨江公路大桥以及全国第一座T型钢构桥——柳江大桥建设的那段历史，他记忆犹新，双眼透射出骄傲的光芒。

我大约是1964年在当时的柳州市市政工程处担任技术员。1966年3月，柳江大桥复工，我被派去参加大桥建设。

说起柳江大桥，可谓是命运多舛。大桥的建设最早可以追溯到新中国成立前，但因各种困难，大桥迟迟建不起来。然而，沿江而居、饱受洪水侵袭的柳州市民太需要一座跨江大桥了。

为了把大桥建起来，柳州有关方面还专程从苏联邀请来桥梁专家，可专家看了柳江的地质勘探资料直摇头，认为要想在溶洞多、地质复杂的柳江建桥，就需要请波兰的地质专家、匈牙利的悬空专家过来帮忙，或许才能解决。

苏联专家走后，1964年12月，当时的国家计委、建工部批复同意在现址上修建大跨径预应力混凝土T型悬臂加吊梁的桥型方案，并将大桥的建设作为建工部的重点工程来抓。

柳江大桥工程上升到了国家层面。

1966年3月，大桥复工时被称为"三边工程"。当时，我以柳州市市政工程处技术员的身份，参与了大桥建设指挥部的工作。所谓的"三边工程"就是边设计，边试验，边施工。因为全国都没有成熟的经验可借鉴，再加上技术差、钢材紧张、设备跟不上，为了推进大桥的建设，大桥建设指挥部还专门做了个1∶1的模型桥。

建设柳江大桥这段时间，正处于困难时期，大桥建设遭遇到前所未有的困难。就在这个时候，大桥建设指挥部成立，大家都推选我做总指挥长。

"下定决心，不怕牺牲，排除万难，去争取胜利。"在建设大桥期间，虽然困难重重，但在那个讲究奉献的年代，人人都想多出力，这是当时喊得最多的口号。在技术落后、设备缺乏的年代，我清晰地记得，在浇筑桥墩的时候因为水泥浇注中间不能中断，混凝土搅拌工人、浇注工人连续奋战了53个小时完成全部工程，无人喊苦喊累。正是有了这种无私奉献的精神，才铸就了柳江大桥的高品质。

1968年12月26日，柳江大桥正式通车。柳州人民从此结束了靠浮桥和渡船过江的历史。我清楚记得，柳江大桥通车那天，柳州可以用万人空巷来形容，大家兴高采烈，走在大桥上，就像过年一样热闹。

柳江大桥之后，我市又陆续建设了河东大桥、壶东大桥、壶西大桥、白沙大桥和官塘大桥等桥梁，大桥的造型一座比一座漂亮，需要攻克的难关也一个比一个大。我路过这些桥时，脑海里就浮现一代又一代建设者，以大无畏的精神，克服重重困难建设大桥的情形。

时间来到2021年12月30日。我看到新闻报道，柳州市区河段第二十二座跨江大桥，也是世界上最大的跨江风雨桥——凤凰岭大桥正式建成通车。当天，不少柳州人纷纷赶到凤凰岭大桥拍照留念。"就像50多年前柳江大桥通车一样热闹。"那种热闹在我心中翻滚。

凤凰岭大桥

"凤凰岭大桥成为柳州又一处'网红打卡'胜地。特别是夜晚,桥上的灯光亮起,金碧辉煌,如同这盛世。"当我听到市民的议论时,建柳江大桥那股自豪感又一次次涌上心头。

从第一座,到第二十二座,这不仅是数量的变化,更是质的飞跃。每一座大桥的成功建成,都是柳州人智慧的结晶,都闪耀着柳州制造的力量。我为这种力量而骄傲。

中铁上海工程局柳州凤凰岭大桥项目书记杨志强,到柳州建设桥梁时,就了解过柳江大桥的建设历史以及我当时建桥面临的情况。他说,他走过很多城市,建设过很多大桥,柳州是他见过建设桥梁最多的城市。柳州不同时期建设的桥梁,不仅体现了建桥时的工艺水平和桥梁风格,更是被赋予了不同的时代内涵。

官塘大桥

还有现任中铁上海工程局集团五公司总工程师何鹏,他跟我一样都是柳州人,都为柳州建设了多座桥梁,"作为柳州人,能为家乡建设桥梁,我们很骄傲,也很自豪"。

○ 后 记

除了柳江大桥,后来我还参与建设了河东大桥等桥梁。如今,柳江市区河段上已建成通车了二十二座跨江大桥。柳州桥梁从无到有,造型从简单到复杂,从单一到优美,每一座桥梁的诞生,都创造出不同的历史和殊荣,见证着柳州不同的发展脉络,柳州因此成了名副其实的"桥梁博物馆"。为此我常为自己是一名建桥人而自豪,平时有空就让家人带我去看看新建的桥梁,感受柳州桥梁发展的澎湃力量。

085 · 一条路：连万家通幸福

/ 吴祉婧 /

> 交通运输部等有关部门和各地区要认真贯彻落实党的十九大精神，从实施乡村振兴战略、打赢脱贫攻坚战的高度，进一步深化对建设农村公路重要意义的认识，聚焦突出问题，完善政策机制，既要把农村公路建好，更要管好、护好、运营好，为广大农民致富奔小康、为加快推进农业农村现代化提供更好保障。
>
> ——习近平

人物：王凯菊，融水苗族自治县交通运输局办公室副主任。她总是戴着一副黑框眼镜，将一头黑发扎成马尾，快人快语，给人一种很干练的印象。说起农村公路的发展，她打开电脑，找出由她负责整理的融水苗族自治县获得各级"四好农村路"荣誉的材料，脸上写满了自豪。

我就是融水人，从小就生活在山沟沟里。对于一条条农村公路怎么变成产业路、致富路和幸福路，我既是亲历者，又是见证者。因为路不通，2004年上初中以前，我没去过融水县城。我的家乡同练瑶族乡大坪村的大多数村民在当时也没去过融水县城。

岁月磨灭不了我的记忆。记得第一次离开家乡去上学的那天，我提着住校要用的行李，先从家出来走了3个小时的山路，到了通车的英洞村，再坐上客车，颠簸近5个小时，才到了当时只听过、没见过的美丽的融水县城。

一个山里娃来到了县城，先不说别的，光是主城区那些通达各方的水泥路，就足以让我惊叹：原来通了路以后，各种各样的车就能替代步行，想去再远的地方也能变得简单。

从那时起，我常想：要是山沟沟里也能有这种路，那该有多好！

没想到，进入融水公路所工作后，我发现，这些曾经的奢望变成了现实。这几年，我的家乡实现了乡乡通油路、村村通水泥路，20户以上的通屯水泥路都修到了家门口。今年过年，我和爱人带着孩子，开车直接到家门口，很方便。

我翻阅材料得知，2017年，融水苗族自治县获评为"四好农村路"自治区示范县；次年，又获评为"四好农村路"全国示范县。

在市公路发展中心主任粟英严看来，荣誉的背后有无数公路人日日夜夜奋斗的身影，也有无数村民日复一日的付出。粟英严是一名老公路人，一个个修路的故事不断在他眼前浮现。"2016年到2018年，我参与融水四荣至环江路段107公里通乡油路修建工程期间，看到了村民对路的渴望、对修路工作的支持，感动的眼泪湿润我的眼睛。"粟英严回忆，哪怕没有征地补助，村民都愿意让出自家的土地，有的村民甚至还拆掉了自家的房子，就是为了给路让地。那连贯沿线7个乡镇的路开通后，村民们满心喜悦甜如蜜。

要致富，先修路。随着一条条农村公路建成通车，山沟沟里的农产品运出去了，住在山沟沟里的人也富了起来。村民们都说："一条路改变了我们的一生！"每每听到这朴实的话语，我的成就感就油然而生。

修路的艰辛，可以用"滚石上山"来形容，我的体会至深。比如曾因"九山半水半分田"的地理特点影响道路建设的融水苗族自治县良寨乡，硬是"啃"下了一块块山石，在全县率先完成"村村通"。

良寨乡乡长唐笛说，基础路修好后，乡里结合紫黑香糯的特色产业发展需求，将一条条农村公路升级为产业路，让水泥路直通紫黑香糯种植基地。如今，乡里家家户户都抢着去种售价20元/斤的紫黑香糯，乡亲们的生活如芝麻开花节节高。

唐笛以良寨乡大里村为例，曾与我粗略算了一笔账：紫黑香糯种植面积达上千亩，连片百亩以上的产业基地就有3个。村里100多人进入了"党支部+合作社+农户+基地+两星党组织"形式运营的紫黑香糯生产基地工作，普通

①

②

① 融水苗族自治县洞头镇彩林屯，水泥公路修到群众家门口

② 融水苗族自治县良寨乡大里村，村民们在展示刚刚收割的紫黑香糯

劳动力年收入达万元。

"依靠产业路，村民们富起了'口袋'，可以说，产业路就是幸福路。"良寨乡大里村党总支书记、村委会主任吴斌说。

在大里村参与紫黑香糯种植的47岁村民贾老行，这几年和爱人就是从路中收获了财富和幸福。"有路，我们的农产品才能运出去，卖个好价钱。收入高了，越来越多人买车、建房，日子越过越好。"贾老行说。

○ 后 记

一条路一头连着民心，一头连着民生。在40个全国首批"四好农村路"建设市域突出单位里，柳州光荣上榜。在乡村振兴的征途中，我与广大公路人不仅要把农村公路建好，还要把公路管好、护好、运营好，让条条公路成为农村发展振兴之路、农民富裕富足之路。

086　一楼长："小管家"筑和谐

/ 张威 /

> 要加强和创新基层社会治理，坚持和完善新时代"枫桥经验"，加强城乡社区建设，强化网格化管理和服务，完善社会矛盾纠纷多元预防调处化解综合机制，切实把矛盾化解在基层，维护好社会稳定。
>
> ——习近平

人物：李云，年逾七十，原柳州市印染厂退休职工，2002年开始担任鱼峰区屏山大道323号楼及325号楼的楼长。她作为小区贴心的"小管家"，二十年如一日，用点滴的"微服务"，换来了"大和谐"。记者见到她时，她脸上泛起的微笑，似乎在述说着化解邻里矛盾、促进和谐的故事。

"邻里关系和谐，居住设施完备，环境卫生良好"，这是我作为楼长的心愿之一。

1982年，我与丈夫李汝建从厂里被分到了屏山大道325号楼的一间住房，没想到就此与这个生活小区结下了不解之缘。323号楼与325号楼在一个生活小区里，我与厂里的同事是楼里的首批住户。入住之后，厂里负责小区的各种管理。

然而，这一切在1996年发生了变化。这一年，工厂经营不善，宣告破产，小区的管理也戛然而止。从此，小区开始走样。平坦的水泥路面出现破损，变得坑洼；原来干净的路面，垃圾遍地；花圃里的花草也逐渐被杂草取代……每天来来往往，看到这些，我心里很不是滋味。

"谁愿意与垃圾生活在一起？"左思右想，我决定处理小区出现的各种问题。我了解到，工厂破产后，有一个破产清算小组在处理相关事宜。清算小组是否能处理小区的问题？我找到了清算小组反映问题。清算小组的成员十分理解小区的难处，核实后拨付了一部分资金用于修缮道路和修剪杂草，但无法解决清理垃圾的问题，因资金不足以长期雇人。

"这可怎么办？"我与丈夫及邻居商量了多次，决定召集小区所有住户召开业主大会。令我没想到的是，小区20户居民都对此比较支持，均积极参会。会上，居民们各抒己见。经商量，大家一致同意，每户每个月支出5元，每月筹集100元，雇一名兼职的保洁员清理垃圾。很快，资金就凑齐了，保洁员也到位了，垃圾问题迎刃而解。

几年后，桃源社区居委会成立了，楼栋管理有了坚实的后盾，但是问题还是接踵而至。2015年，多个问题又冒了出来。如小区路灯坏了，居民晚上只好摸黑进出；化粪池堵了，苦了1楼住户；大门不牢靠，小偷"光顾"，一些摩托车与自行车遭盗窃；等等。

问题暴露后，我马上去找清算小组，不料小组已经解散了。于是，我找到桃源社区，与社区负责人再次召集业主召开业主大会。会后，我和社区工作人员逐一拜访对此有意见的居民，晓之以理，动之以情，请他们实地感受污水反冒的脏臭的情况。体验过后，这些居民逐渐改变了想法，同意出资清理。

看到他们的改变，我也很高兴。我向桃源社区主动请缨，通过货比三家，找到了最实惠的疏通排污人员清理化粪池。桃源社区通过申请惠民资金，帮助小区维修了路灯，新增了太阳能路灯，修缮了路面与围墙，更换了大门。

小区道路变得平坦，路灯与大门焕然一新；夜间不用再摸黑行走，车辆很少被盗；化粪池也不再闹心了……看到这些，我觉得作为楼长很自豪。

处理了环境问题，还有邻里矛盾需要化解。2020年10月，325号楼4楼住户家中天花板出现漏水问题。经查，是5楼的下水管道渗漏所致。4楼居民多次找5楼邻居协商解决,但5楼居民不配合处理。

我了解情况后,联系桃源社区党委书记、社区主任利柳卿。利柳卿与我一起去拜访了5楼住户,拉着5楼居民的手,带她到4楼查看和体验漏水的情况。最终,5楼居民同意出资修缮,问题得到解决。

2021年年初,325号楼入口处,2楼的住户浇花用水过多,淋湿1楼晾晒的物品,双方大吵大闹。我得知后,联系桃源社区红旗网格员前来一起从中协调,让双方站在对方的立场,各让一步,如浇花的减少用水,晾晒物品的尽量不超出阳台范围等,最终化解了矛盾,双方握手言和。

更换了集体水表、电表,增设了新的路灯,修剪了过度生长的多棵果树,在小区出入口增设广角镜……作为楼长,我为小区的各项事务奔波,忙并快乐着。如今,小区里绿树成荫,车辆停放井然有序,环境卫生整洁干净。325号楼住户黄美群感受至深。她说:"楼长二十年来管理楼栋及小区,大公无私,让人放心。这些年来,也多亏有她,我们才能安居乐业。"

○ 后 记

六出飞花入户时,坐看青竹变琼枝。良好的居住环境才能让人安居乐业。只要身体允许,我将继续为小区居民服务,管好小区的点滴小事,希望大家一起努力,让问题不"过夜"。

087 一个乡:"同心舟"驶远方

/ 文鑫豪 /

> 没有民族地区的全面小康和现代化,就没有全国的全面小康和现代化。我们要加快少数民族和民族地区发展,推进基本公共服务均等化,提高把"绿水青山"转变为"金山银山"的能力,让改革发展成果更多更公平惠及各族人民,不断增强各族人民的获得感、幸福感、安全感。
>
> ——习近平

人物:覃乙山,柳城县古砦仫佬族乡龙美村党总支书记、村委会主任,土生土长的古砦人。他外表粗犷、身材健硕,举手投足间给人热情好客、彬彬有礼的印象。他说,多年来村里村外和睦友善的环境,让村民们都如他一样,外表粗犷,内心细腻柔和。

小时候,在我印象中,龙美村是一个比较闭塞的穷山沟,村民们鲜与外界有联系。正是这样闭塞的环境,导致了村民们内敛孤僻的性格,不愿意与人沟通,像极了那句歌词——"最熟悉的陌生人"。

12岁那年,我和父亲在田里种水稻,听见远处传来吵架声。事后我才知道,村里发生土地纠纷,双方都不愿意坐下来好好谈谈,导致矛盾升级。像那样的吵架声,在我儿时记忆里很熟悉。

赶圩是最热闹的日子,三天一圩,一月十圩。在我的印象里,每次走在街上,村民们都像陌生人,宁愿撇头走开,也不太愿意驻足相互交流。

我第一次去赶圩,是和村里的覃源基一起去的。在街上,我俩看见一位妇女不小心踩了前面男子的脚,两人遂发生争执。当时争执的情景如今还历历在目。

龙美村呈现的那种"最熟悉的陌生人"的状态，一直持续到20世纪90年代才有了转变。

20世纪90年代初，政府修宽修平了道路，乡里通了车，发展的春风也吹进了村里。不少村民到外面务工，外面也有人进村做生意。村民们都忙着把日子过得更好，人与人、村与村之间的矛盾逐渐减少。我记得最明显的改变就是村里又兴起了"开塘节"。

当时，不少村子开始修建村集体鱼塘，由在家的村民义务养鱼，等外出务工的村民回来后开塘捞鱼，按人头分给各家各户，以示有福同享。"开塘节"和谐的场景，增进了村民之间的感情。

与外界接触越发频繁，村民的思想观念改变越发明显。2000年，我和村干部到上富村平峒屯走访，一户贫困家庭让我记忆深刻。

家主名叫孔亚连，是一位残疾人。在我与村干部入户开展相关政策宣传时，孔亚连说，他不太识字，让我与村干部把重点内容标注好拼音，留一份给他，好让他把信息准确地传递给亲戚和家人。

我与村干部在标注拼音时，孔亚连把炒好的黄豆端出来说："大家都是一个乡的，那就和一家人一样，我家穷，没有肉，只能炒些香豆豆，你们一定要吃点。你们来一趟也不容易呀！"孔亚连的热情好客让我感到意外又欣慰。

缕缕发展春风不断激发出村民淳朴、好客、友善的内在美，让古砦仫佬族乡这个少数民族人口占总人口近一半的地方逐渐兴起了民族团结的新风尚，并先后获得了广西壮族自治区、柳州市民族团结进步创建示范乡等称号。我这个土生土长的古砦人，脸上写满了自豪。

正是民族团结的新风尚，让原来覃村屯、岩口屯、中团屯、龙美村因放牧产生纠纷的17.2亩争议地，成为如今的古砦民族文化广场，乡亲们私下把这里称作"石榴籽广场"，因为这里是他们像石榴籽一样紧紧抱在一起的见证。

"以前村民们为这块地吵得不可开交，现在大家在这块地上唱歌、跳舞。大家能把矛盾化解，生活在一起真是太好了！"每次我与村里老人覃玉平到"石榴籽广场"上散步时，都听到他发出这样的感叹。

我了解到，除了古砦仫佬族乡，全市还有融水苗族自治县的同练瑶族乡、滚贝侗族乡和三江侗族自治县的同乐苗族乡、富禄苗族乡、高基瑶族乡5个少数民族乡。这些乡都在紧紧围绕民族团结开展一系列工作，加快民族地区的发展，让村民生活过得越来越好，芝麻开花节节高。

古砦仫佬族乡党委书记邱威围对我说："我们也要抓住机遇，靠山吃山，靠水吃水，加快发展，提高村民们的生活水平，不能落后于新时代！"

"要不断发展产业，让老百姓丰衣足食，才能实现社会长久稳定。"邱威围理出了发展思路，乡村振兴，产业先振兴。要按照发展实现社会稳定的思路，组织村民种优质水稻，打响"古砦香米"品牌，让村民荷包更鼓，关系更亲，家庭更和谐。

○ 后 记

民族团结让社会和谐稳定，让经济发展，这是我最深的体会。我们要像石榴籽一样紧紧抱在一起，划好"同心桨"，扬起"同心帆"，推动广大乡村的"振兴之舟"行稳致远。我将笃定"共同团结奋斗、共同繁荣发展"的信念，把民族团结事业发扬光大，让村民手挽手、肩并肩，共同奔向美好未来。

088 一条心："团结花"齐绽放

/ 覃珩 /

> 广西是全国民族团结示范区，要继续发挥好示范带动作用。各民族共同团结进步、共同繁荣发展是中华民族的生命所在、力量所在、希望所在，在全面建设社会主义现代化国家的新征程上，一个民族都不能少，各族人民要心手相牵、团结奋进，共创中华民族的美好未来，共享民族复兴的伟大荣光。
>
> ——习近平

人物：韦春梅，2008年毕业于广西民族大学中国少数民族语言文学专业，同年她进入柳州市民宗委系统工作，现为柳州市民族宗教事务委员会机关党支部专职副书记、办公室副主任。她面容清秀，戴着一副无框眼镜，声音柔和又清脆，与之交流总能让人感觉如沐春风。

2022年1月25日是一个特别的日子。

那天，看到《柳州日报》刊发柳州成功创建全国民族团结进步示范市的喜讯时，我的心情久久不能平静，因为这荣誉背后是一段各民族群众风雨无阻的奋进征程。

回想创建之路，我最大的感慨就是："万事开头难！"2019年，柳州决定争创全国民族团结进步示范市时，摆在眼前最大的困难就是没有经验。

而令我印象最深刻的，就是要在最短时间内制定全市创建全国民族团结进步示范市动员大会启动的方案。没有任何经验的我只能每天上网查找其他省市的先进经验，再逐一打电话和发公函请教，但好在"一人打铁锤不响，二人打铁响叮当"。在团队的合力下，我迅速理清思路，梳理出会议流程，

在柳州市龙潭公园，上千名群众身穿盛装，共同起舞庆祝"三月三"

顺利完成这次紧急任务。

创建全国民族团结进步示范市是一个系统性工程，内容涉及政治、经济、社会、治安等方方面面，并且按照要求我市必须在2021年完成创建验收工作，但是创建考核新标准是我市启动创建工作后的第二年才出台的。

这比摸石头过河更难，因为我和参与的同事连能摸的"石头"都没有！尽管前路困难重重，但在市委、市政府的支持下，我和同事们仍信心十足，坚信风雨过后是彩虹。

结合实际，抓住亮点，我和同事们决心蹚出一条具有柳州特色的创建之路，从谋划、载体、融合方式、治理和引领五个方面进行探索与创新，构建了"工业辐射带动，城乡携手共建，交往交流交融，共同繁荣发展"的创建格局。

广西科技大学学生身着少数民族服装进行表演

播下种子，喜获丰收：一首民族团结之歌、一批微电影、一幅长卷、一个标识、一条公交专线、一本画册、一个专栏……民族团结贯穿柳州的方方面面，并在融安县闪耀出夺目的光芒。

赵小芳，融安县板榄镇龙纳村原村委会主任，现为融安县长安镇融康社区党支部书记。赵小芳告诉我，过去，龙纳村500余户村民中有90余户属于建档立卡贫困户；如今，龙纳村在她的带领下，实现了产业脱贫。

为鼓励村民发展金桔产业，赵小芳将自家培育的16万株金桔苗，或以成本价销售给村民，或赊账给实在付不起果苗钱的村民，直到上百亩黄澄澄的金桔挂上枝头。之后她又带领村民在村屯架涉水桥、安路灯、修公路，结束了村民徒步过河的历史，解决了村民出行与发展难题。

脱贫路上一个民族也不能少，这是我市创建全国民族团结进步示范市中

柳石路小学开展民族文化运动会

交出的脱贫"答卷",而促进各民族交往交流交融,则是柳州创建成功的另一把"金钥匙"。

我清楚地记得2020年10月1日这一天,广西首条以民族团结为主题的公交专线开通,它有一个特别响亮的名字——56路"石榴红"民族团结公交专线。

专线司机顾芳初到工作岗位,压力大,困难多,但她仍坚持把工作做到最好,工作中她努力为各民族乘客提供安全、舒适、便捷的出行服务;工作之余阅读各类有关民族文化的书籍,了解其风俗习惯和历史故事等。她说:"我要在平凡的岗位上,为'中华民族一家亲,同心共筑中国梦'贡献力量。"

青山座座皆巍峨。在创建中,新冠肺炎疫情突如其来,我和广大龙城人一样,至今也忘不了:全市各族人民像石榴籽一样紧紧拥抱在一起,在共同抗击疫情的斗争中，不断铸牢中华民族共同体意识，守护家园。

扎根柳州10多年的新疆维吾尔族兄弟买买江·吾曼尔江，主动给柳州各大高速路口防疫检查站的执勤人员送去热乎的烤馕、烤串和饮料。他说："柳州人像紫荆花一样美丽包容，柳州是我的第二故乡，我要做些力所能及的事来回馈社会。"

"在危机和大考面前，民族精神始终是凝聚力量和创造幸福生活的不竭源泉！"我感同身受。

○ 后 记

成功创建全国民族团结进步示范市是全市各族人民团结一心的结晶，作为其中的参与者，我深感荣幸。我始终相信，在党和政府的坚强领导下，我们的力量将无坚不摧，我们要把团结奋进的力量转化为推动柳州经济社会高质量发展的不竭动力，共创美好未来。

生态文明

工业城市中山水最美，山水城市中工业最强。在习近平生态文明思想指引下，传统工业城市柳州创造了绿色发展的奇迹。一江碧透、一花倾城……人与自然和谐共生之道，作为观察美丽中国建设的一个窗口，柳州给出了越来越多的答案。

089 一朵花：同心瓣溢馨香

/ 李华　周枳伽 /

> 要践行绿水青山就是金山银山的理念，推动国土绿化高质量发展，统筹山水林田湖草系统治理，因地制宜深入推进大规模国土绿化行动，持续推进森林城市、森林乡村建设，着力改善人居环境，做到四季常绿、季季有花，发展绿色经济，加强森林管护，推动国土绿化不断取得实实在在的成效。
>
> ——习近平

人物：汪绪斌，中共党员，毕业于中南林学院园林专业，高级工程师，柳州市林业和园林局副局长。他平头发型，湖南口音，小麦色皮肤。谈起洋紫荆的"前世今生"，他如数家珍，娓娓道来。

"迟日江山丽，春风花草香。"

2017年，春姑娘踏着春风，迎着草香，迈着轻盈步伐，款款而来，把五彩春色洒向生态柳州。弯塘街巷，繁花遍开，拂面动人。风乍起，吹皱紫荆花瓣。落英缤纷，打在我的车窗。我与这朵花不期而遇，今生有缘仿佛如昨。

1994年，为了心中的渴望，我背着行囊来到都乐公园工作。

一年后的春天，园中一片粉色吸引了我。五六十棵树上繁花多似叶，粉嫩花瓣呈圆锥花序，花朵成簇。这批从广东引进的洋紫荆花，粉得让人心醉。

一年后，这朵花从公园"走"到街道。时任市园林局总工程师张世良对弯塘路进行规划设计——洋紫荆间八月桂，绿树红花相互映衬。当时我还住在弯塘路，见证了这条"网红"赏花路的华丽蜕变。后来，洋紫荆的花香一

每年 4 月,柳州近 30 万株洋紫荆烂漫盛开

组图：处处盛开的洋紫荆让柳州美不胜收

路飘到三中路、迎宾路等20多条道路,香满龙城。

正当大家喜迎世纪之交时,洋紫荆不知不觉间融入市民生活。彼时,我被调到了市园林局从事城市景观设计,我与这朵花再续不解之缘。柳州开始了有史以来最大规模的城市道路绿化建设,城市景观要"花化、彩化、香化",洋紫荆便成为首选品种。

可以说,洋紫荆与柳州相约,有着天时地利人和。2012年开始,洋紫荆迈上花园城市的"主角"之路,从城市道路"紫荆盛放、四季花开",到打造"紫荆花城"城市名片,倾城红粉成为一年一会的约定。

与花打交道,就跟谈恋爱一样。女孩的心思很难猜,花期预测也是如此。我的思绪回到2017年,一场罕见的倒春寒让人难以忘怀。

这年3月底,天气"孩儿脸"最让人揪心。白天阳光和煦,一早一晚却寒气逼人,早晚温差大。按照市园林研究所预测,洋紫荆原是4月初进入盛花期,街头却只有零星花开。那些日子,我除了吃饭、睡觉,就是观天,每天拿着尺子量花苞,观测和记录花蕾长势,就怕春寒料峭冻坏它。

这朵花就是不服输,它从战时农都时期初展娇颜,便是带着战火中坚韧的气质而来。10天后,20多万株洋紫荆的花朵如约而至,以龙城大地为画卷,姹紫嫣红点染,绘就诗情画意。当宝骏小E从花下驶过,路过的市民连声赞叹,一座生态宜居之城呼之欲出,这样的场景便是园林工作者心之向往的。

从那时起,越来越多的市民发出疑问:"柳州市花不该是紫荆花吗?"

当时,时任市政协委员、市园林局总工程师黄旭慧将这一城粉红写进了提案,建议将洋紫荆评为柳州市花。她说:"这满城绽放的洋紫荆不是柳州市花,不仅是众多市民的遗憾,也是我作为一名园林工作者的遗憾。"

2018年,新一轮"市树市花"改选启动后,市园林局多次组织专家座谈,从花文化到景观效果和乡愁味道,初评结果选洋紫荆作市花当之无愧。

"洋紫荆跟柳州更配!"当时的微信朋友圈里全是为洋紫荆投票的内容。在市民投票中,洋紫荆以绝对性优势成为第一。2018年年底,洋紫荆一举夺魁。一朵花幸福一座城，这在别的城市是少有的。

2021年春天，我开车再次从弯塘路驶过。电台传出一首原创歌曲《紫荆红尘》，"梦回壶城青丝灰，紫荆倾城麟翅飞……"行车的心情也随之惬意起来。

现在市民、游客为紫荆花谱歌写曲、摄影拍片，紫荆花书院、柳州紫荆花文化创意长廊将"季节花"变为"四季花"，洋紫荆已将和谐包容、繁荣进取的美好寓意，融入了柳州祥和美丽的光阴。

二十多载旖旎岁月，这朵花由一个小女孩成为这座城的大家闺秀。我也从一个青涩少年成为中年大叔，在柳州成家立业。因花结缘，与花相伴，就是最好的相守。

○ 后 记

"环境就是民生，青山就是美丽，蓝天也是幸福。"这句话，一直萦绕我心。我和广大园林人将"唤起工农千百万，同心干"，把习近平生态文明思想融入我心，落在我行，以"一朵花"为载体，打造花园城市和城市品牌，持续传递这座宜居宜业之城满满的幸福感和昂扬向上的精神状态，将其转化为激励柳州市民追求幸福、奋进向前的新时代力量。

090 ▸ 一江水:"母亲河"长清流

/ 粟桂利 /

> 广西生态优势金不换,要坚持把节约优先、保护优先、自然恢复作为基本方针,把人与自然和谐相处作为基本目标,使八桂大地青山常在、清水长流、空气常新,让良好生态环境成为人民生活质量的增长点、成为展现美丽形象的发力点。
>
> ——习近平

人物:张彦,中共党员,毕业于湖南大学环境工程专业,"2021广西最美环保人",柳州市生态环境局水环境管理科科长。她戴边框眼镜,留着过耳卷发,语速略快,干练坚定又不失知性。她从事环保工作30多年,把治污当成了浪漫的事业。

水是生存之本、文明之源。

清清柳江水,冠绝三百城!我的感受是骄傲和自豪。干环保一干30多年,一干一辈子,干出了名堂,这是我一生很浪漫的事。

左边是白墙红色字"绿水青山就是金山银山",右边是红底金色字"咬着牙干,握着拳干,硬着头皮干,顶着压力干",我和同事们每天进出单位,抬头就见到这两句话。我们不是照本宣科、例行公事,而是以"我爱我家"的态度,努力工作,默默前行。

柳江始于滴水之聚,源自云贵高原南麓。"但谁说柳州是靠天吃饭,我第一个不服气。自然条件是先天的,但水质全国冠军是后天努力得来的。"第一代环保监测技术员、85岁的韦金志老人,是我的前辈。他与水相识相知相爱。韦金志的两个女儿都从事与水有关的事业，父女三人对柳江水质的数据如数家珍。柳江上下游都没有重工业城市，根据生态环境部的考核结果，柳江水质从2019年以来始终排名全国前列，2020年1—12月以及2021年1—11月在全国300多个地级及以上城市中稳居冠军位置。

在我的记忆中，杨崇毅、赵福等老环保人，经历和参与了柳江从污到清的治理过程。20世纪八九十年代，自然被打扰了，一种微妙的天然平衡被打破了。我来到了柳州，跟新老环保人齐心，与水污染打起了交道。

"大批工厂沿柳江而建，柳州工业高速发展，柳江水质变差，"杨崇毅回忆说，"一片丹心向碧水。新世纪之初，市委、市政府下定了决心，开启蓝天碧水工程。"

"一座城市的选择，看似平凡，实则不凡。"赵福说，柳州不惜壮士断腕，痛定思痛，坚定地转型发展：搬迁一批、改造一批、关停一批、整治一批。559家"散乱污"企业全部完成整治，40家重点行业企业完成清洁化改造。一批电镀厂退城进园，柳州锌品厂等企业搬迁改造，柳化老厂区等政策性关停。

柳州的取舍，让我懂得了"改善生态环境就是发展生产力"的真谛。

过去30多年，我的生活与水污染防治紧密地连接在一起。我每天琢磨着要如何对付各种各样的环境污染物，长年累月面对繁复又庞大的污染数据、一个接一个的治污工程项目……这个过程并不浪漫。但是，我感受到踏踏实实干生态环保事业带来的美好。我的孩子会想起，曾经跟着妈妈在整栋楼只有两间办公室亮灯的地方度过一个个深夜，记忆里的两盏白光多么温暖、浪漫。

曾经的疮痍已经被抚平，我和同事们开始面对新的奋斗。污染问题治住了，成果更要守得牢。护柳江、守底线，打基础、利长远，让群众望得见山、看得见水。

我的同事，全国"最美公务员"焦延雄，在生态环保执法一线奋斗了12年。为抓企业偷排危险废物证据，寒冬腊月他带队在柳江区穿山镇大子岭的

百里柳江穿城而过,宛若百里画廊,青山碧水蓝天,刷新了人们对这座工业城市的认识

沟壑和草垛,通宵蹲守了12天。

守护绿水青山,责任在肩的我们,都愿做一颗钉子。

我看见柳江之畔,很多农户端上了"生态碗",吃上了"生态饭"。三江侗族自治县八江镇岩脚村的村民石文村是第一个吃螃蟹的人。他种植的一片林地中的260棵杉树,卖碳汇每年给他带来了780元的收益。

我很骄傲,柳江之畔还是"鸟中大熊猫"中华秋沙鸭迎接新生命希望之旅的目的地。通过观鸟爱好者王志鸿的镜头,我也收获了同样的惊喜:2022年来柳越冬的中华秋沙鸭群里,有亚成鸟。好生态,孕育了新希望。

○ 后 记

柳州水质，全国冠军，这不亚于一块奥运冠军奖牌。"外树形象，内提素质"这句话一直激励着我。柳州的转型发展，印证着朴实而深刻的道理，绿水青山和金山银山不是非此即彼，而是要走一条兼顾经济与生态、开发与保护的发展新路。作为柳州的生态战士，在这条路上的我们，需要接续奋斗。

091 ▶ 一张"图":发展快留记忆

/ 张捷 /

> 城市历史文化遗存是前人智慧的积淀,是城市内涵、品质、特色的重要标志。要妥善处理好保护和发展的关系,注重延续城市历史文脉,像对待"老人"一样尊重和善待城市中的老建筑,保留城市历史文化记忆,让人们记得住历史、记得住乡愁,坚定文化自信,增强家国情怀。
>
> ——习近平

人物:蒙超,柳州人,资深摄影职业人,曾担任柳州市摄影家协会副主席,其拍摄的柳州全景图等作品被各大杂志及单位采用。他中等身材,清爽干净的面庞看不出岁月的痕迹。谈及柳州全景图的拍摄经历,他眼里闪烁着光芒。

柳江沿岸,矗立着一座座大大小小、千姿百态的奇峰,挺拔而峻峭;柳江碧水,清澈澄明,如一条飘过龙城的玉带……当你走进柳州,脚踩大地,一座美丽而神奇的城市映入眼帘;如果你没到过柳州,只看到一张崭新的柳州全景图,一座生态宜居的城市便展现眼前。

俯瞰柳州,我用镜头记录时代的变迁以及城市的发展与变化,只能用"震撼"来形容。我从2000年开始,坚持每年拍摄柳州全景图,把柳州的自然美、宜居美、发展美记录下来。每一次登高拍摄,都会有新的美闯进我的镜头。

我之所以走进影像世界,源于热爱。1987年,我的父亲、哥哥和姐姐都购买有相机。闲暇之时,我就借他们的相机来玩。从18岁开始至今,我在实践中不断提高摄影技艺。玩相机已有30多年时间，可以说，我是"年轻的老摄影师"。

1996年夏天，收音机广播里不断传来有关洪水的资讯，道路交通一度中断，随处可见抗洪抢险的画面。我和吕少明、王卫东等摄影爱好者，骑着自行车，扛着近30斤重的摄影器材，直奔马鞍山山顶，选景、聚焦、按下快门……记录下"7·19"洪水的历史时刻。

那时我用的是胶片相机，拍摄全景图得使用接片技术，由一块块图拼接而成，用了近10卷胶卷，每一张照片曝光等参数要求很精准。我把细节拍得很清晰：柳江沿岸植被逐渐茂密，蓝天白云的景象成为常态，市民精神面貌的变化折射出其获得感、幸福感、满意度不断提升。

市民蓝春雨看了我的一组组柳州全景图后说："在柳州生活了30多年，一花一树、一景一色变化得太快了。市民着装的变化呈现其生活水平不断提高；柳州工业博物馆、文庙等标志性建筑从无到有，见证了柳州飞速发展的历程。"

2001年，我辞掉国企工程师的工作，专注于钟爱的摄影事业。晴天的傍晚，我登高拍星空，到了夜深人静的时候，仿佛与天际融合；雨天，我在山顶凉亭中待一晚上，捕捉闪电的精彩画面。

我与吕少明等摄影爱好者一路同行，用影像记录壮族的歌、瑶族的舞、苗族的节、侗族的楼桥、融安县的红茶沟，从原来单纯拍摄风景，到人与景结合，力求从人物的表情、服饰的变化，折射出社会的变化。每每看到这些图片，我们都回味无穷。

如今，我习惯用手机记录生活，称为"手机拍照日记"。我把每天的情感融入影像，以图片折射城市的发展与变化。

多年来，我的电脑里存储了800G约5.5万张马鞍山山顶拍摄的柳州全景照片，更换了10多台相机，就连可拍照15万次的相机快门，也用坏了5个。只可惜照片拍得再多、再快，也赶不上柳州发展的速度。

《柳州风光》画册收录了我的不少作品。该画册编者廖六田说，近年

来，柳州的摄影工作者和爱好者，不辞辛劳地拍下柳州的一处处景观，留下这座古城多姿多彩的倩容，令人动容。

从我与摄影爱好者拍摄的这一幅幅光与影组合的画面中，像蓝春雨一样，广大市民可以鉴赏这座城市岩溶地貌形成的奇山、幽洞、深潭、曲水等奇观，看到这座历史文化名城高楼与青山比肩、街道似经纬纵横、江桥若彩虹卧波、灯火与繁星争辉的美景。

从市民们看到柳州全景图等各种图片的表情，我们可以感知到，生活在这座生态宜居的城市，他们是幸福的。

组图：蒙超用镜头记录时代的变迁以及柳州城的发展与变化

○后 记

用影像留住柳州的历史文化印记，让人们了解并记得历史。早些年，我骑自行车街拍，后来骑摩托车、电动自行车街拍，现在开新能源汽车拍，从点滴拍摄中看到人们生活变化、城市变化。现在，我坚持每天都手不离手机地拍摄，记录着我们城市的人文情怀和城市发展状况，留下回忆，也是给后人留下一笔财富。

092 ▸ 一方石：美韵味蕴品位

/ 范桢 /

> 美术、艺术、科学、技术相辅相成、相互促进、相得益彰。要发挥美术在服务经济社会发展中的重要作用，把更多美术元素、艺术元素应用到城乡规划建设中，增强城乡审美韵味、文化品位，把美术成果更好服务于人民群众的高品质生活需求。要增强文化自信，以美为媒，加强国际文化交流。
>
> ——习近平

人物：朱国红，柳州市赏石协会副会长、中国观赏石协会科学与艺术顾问，柳州市奇石园管理处原主任，柳州奇石馆原馆长。她气质高雅，眼神充满追求，藏着对奇石的喜爱。看着奇石馆里的奇石藏品，她娓娓道来奇石中演绎着美术与艺术、审美韵味与文化品位的融合。

"蓝石头"是我的笔名。我用简洁的文字替奇石"说话"，用朴实的语言为奇石"传播"魅力。奇石是柳州特有的自然资源。我幸运走进"石头圈"，以心玩石，以笔叙石，探索奇石，充满乐趣。

我与奇石的故事，得从1986年说起。那年，我刚参加工作，在都乐岩做讲解员，讲解岩洞里的石头。1994年，中国第二届赏石展在柳州举行，让我离奇石又近了一步。我发挥擅长写美术字的优势为获奖参展石写展牌，帮组委会解决了难题。全国大江南北的代表和从国外赶来的客商以石会友，这热闹的场面让我印象深刻。

此后，柳州奇石在全国乃至亚洲引发震动。柳州奇石的知名度越来越高，我心中的自豪感油然而生。2000年，我担任市园林局学会科科长、市赏石协会秘书长，负责学（协）会管理和《赏石》报的编辑工作。为了办好报刊，我骑着一辆自行车穿梭于各大奇石市场之间，与赏石玩家们畅聊。

在摸索奇石文化的过程中，我听到最多的一个名字叫赵有德。他曾担任市园林局局长。20世纪80年代，他推动柳州奇石走出国门。当年，他与园林人带着十几吨柳州奇石奔赴新加坡参加展销，以"旺"字画上最美句号，令人惊奇。

很多人把赵有德称为"龙城品石翁"，他为柳州奇石打开了康庄大道，比如推动建立八桂奇石馆、马鞍山奇石市场，写下许多珍贵的学术论著。他写的一副对联至今仍为石界人传诵——"奇石贵天然虚实肥瘦皆无价，精品在人为形色质纹自有情"。"形色质纹"四个字开创了符合水石审美标准的当代赏石理念。

榜样的力量激励我前行。从办报刊、办赏石沙龙、办奇石展览，到被调去箭盘山奇石园，再到参与筹办历届柳州奇石节，我与精美又会"说话"的奇石"行"在一起。

时间的指针拨回到2003年，在河西奇石馆，我买下属于自己的第一块石头。这块大化彩玉石上的图案好似一片无花果叶，金色的叶脉勾起我儿时的记忆，看到它我就想起了家乡的那棵无花果树。我买下它，就是买了一份乡愁。与石相知，我才领悟到，每个玩石的人都有不同的心境。市民周志刚是爱石之人，专挑造型奇特、色彩鲜艳的奇石收藏，对奇石文化情有独钟。

时间的指针拨到2006年，那是柳州奇石的高光时刻：在第四届柳州国际奇石节上，中国观赏石协会、中国收藏家协会联合授予柳州"奇石之都、文化名城"之美誉。那一年，也是马鞍山奇石市场搬迁和赏石市场建设之时。说到这，我想起了时任市园林局局长的刘柏丽。

由于马鞍山奇石市场十分火爆，新市场选址较为偏僻，几乎没有商户愿意搬迁。刘柏丽见商户劝不动，就从内部着手，动员身边的园林人。

有一次，她对我说："小朱，你们奇石馆可以去新市场要个店铺做宣传窗口呀！"我嘴上虽答应，但仍心存疑虑：这事真能办成吗？

尽管面对一万个难题，刘柏丽仍咬牙去做。她一边寻找投资商，一边加大动员力度……功夫不负有心人，马鞍山奇石市场顺利搬迁，顺应了城市发展规划。

如此魄力，让我钦佩的同时也思索着：箭盘山八桂奇石馆是不是也要更上一层楼？于是，我大胆提出：柳州应该拥有一个更"高大上"的柳州奇石馆。很快，此事得到了市里的支持。2009年11月，位于马鹿山的柳州奇石馆开工建设。

从施工、装修到进馆，这里的点滴我都参与其中。2011年10月28日，柳州奇石馆正式对外开放。10多年来，我与奇石馆的全体员工不断丰富馆藏精品，不断打造好"石都柳州"这个独具特色的旅游窗口。

我希望，"奇石之都 文化名城"八个大字高高屹立在城市中，把这张名片越擦越亮。

○后 记

柳州奇石文化的发展得益于一棒又一棒的接力。2017年至今，我写了60多篇玩石圈里的小故事，并提议在马鹿山奇石博览园建一组展示柳州奇石文化发展脉络的雕塑群。如今，雕塑群已建成，赏石游步道深受游客喜爱。退休后，我仍会做一名爱石之人，继续诉说奇石故事，传播奇石文化。

093 ▶ 一部法:"利牙齿"护清流

/ 李俊 /

> 要完善生态文明制度体系。推动绿色发展,建设生态文明,重在建章立制,用最严格的制度、最严密的法治保护生态环境,健全自然资源资产管理体制,加强自然资源和生态环境监管,推进环境保护督察,落实生态环境损害赔偿制度,完善环境保护公众参与制度。
>
> ——习近平

人物:李俊,中共党员,广西苍梧人,柳州市十五届人大常委会法工委主任。他一头短发,尽显干练。他说,《柳江流域生态环境保护条例》旨在用最严密法治守护柳江的一泓碧水。这是我市践行全过程人民民主的生动体现。

办公室,窗明几净。我忙完工作后,时常翻开《立法日志》,与同事们复盘《柳江流域生态环境保护条例》(以下简称《条例》)立法的细节。点开历次审议的《条例》"花脸稿"比较,几乎是不断"回炉重造",凝聚了全市人民的智慧。

全市人民对"母亲河"爱之深、护之切,我们必须字斟句酌、精雕细琢。是支流干流一起保护,还是只管干流,或者只管市区河段?是只管水环境,还是水、土、林、田等一起管起来?上游来水怎么管?……讨论一开始就很激烈。

知易行难,行胜于言。《条例》横跨两届人大,2015年柳州获得行使地方立法权之时,我市已通过代表议案建议办理,持续推动柳江流域的治理。2017年,《条例》被正式列入我市首个五年立法规划。面对多个"问号",

我们深知，坐而论道，不如起而行之。

乘舟向山行。由市人大常委会领导率队，我们从柳江源头的贵州独山县到下游的广西梧州市，全程调研1000多公里河段。大家目睹柳江的壮美，感恩"母亲河"的无私；同时，也感受到她的呼唤，倾听到她的哭泣。

无序网箱养殖，破坏水质。乱砍滥伐，造成水土流失现象时有发生。非法河道采砂的情况也有。……"母亲河"的呼唤与哭泣，更坚定了我们立法护江的决心。

立法之路，道阻且长，行则将至。我的同事市人大环资委副主任委员谢凯桐对能参与《条例》制定工作，感到很自豪。他说，柳州经历过酸雨之害、镉污染之痛，更懂得珍惜，愿意用尽一切办法，不重蹈覆辙。

议案办理、专题调研、专题视察、专题询问……谢凯桐说，我市立法机关充分发挥主导作用，穷尽人大所有法定职能，推动立法，就是要让《条例》经得起历史的检验、人民的检验，对得起"母亲河"的无私馈赠。

让《条例》经得起检验，集中体现在河道采砂的有关讨论中。

"是全面禁，还是只禁干流，或是划河段限采？全面禁，会不会对经济社会发展带来重大负面影响？有没有可替代方案？"市人大监察和法制委员会副主任委员黄祥善和我一起，经历了这个艰难过程。

一个个县区调研，一处处河段走访，一个个细节论证。黄祥善说，柳江流域保护的立法过程，贯穿从严呵护、严格依法、尊重群众意愿要求，破解矛盾的焦点。

我们在一次调研中，找到了解决问题的钥匙：本地丰富的石英矿资源可以替代河道砂石，不影响建筑行业用砂需求。最后，市委一锤定音，拿出壮士断腕的决心，明确：全面禁止经营性河道采砂活动。

《条例》作为首部提交大会表决的实体性法规，于2021年3月31日，获得市十四届人大六次会议高票表决通过。那一天，不少与会人大代表激动地说："保护柳江将成为更具约束性的行为。"

"法非从天下，非从地出，发于人间，合乎人心而已。"由大会表决通过,彰显了《条例》的重要性和权威性,更是在立法中坚持最广泛人民民主的生动实践。在立法过程中,我参与各类座谈会、论证会、协商会及调研视察活动等数十次之多,收集各类意见建议400多条,采纳意见建议80多条。

上下游协同立法,推动河池市就干流交界11.8公里河段保护进入立法程序;边立法边治理,践行全过程人民民主……《条例》的立法实践,得到自治区人大常委会的高度肯定,更让市民获得感十足。

有时候,我会到柳江边走走,听听市民的声音。市民程勇几乎每天都要到柳江游两圈。他告诉我,这几年,明显感受到柳江水质持续好转,畅游在"全国第一"的水中,感到很幸福。

最近,生态环境部门对融水苗族自治县和睦镇的融水县益贝沙场违法行为进行处罚,市人大常委会领导和各级人大代表很关注。

"严惩砂场的违法行为,是《条例》'长牙''带电'的体现。"谢凯桐说,通过依法护水,就是要让大家知道"母亲河"不容亵渎,柳州人立的法是管用的。

○ 后 记

立法活动需要围绕人民需求、聚焦社会关切,立法过程凝聚百姓智慧。我坚定人民代表大会制度自信,也坚定了良法善治的决心。我们将继续为柳州人民磨出更多"法治利剑",护航柳州的发展。

094 ▸ 一样本："年轻态"更健康

/ 张捷 /

> 城镇建设水平，不仅关系居民生活质量，而且也是城市生命力所在。
> 在提升城市建设水平的同时，必须注重防治各类"城市病"，给百姓创造一个宜居的空间。
>
> ——习近平

人物：匡林虎，柳州市城乡规划设计研究院有限公司主任规划师，被人称为城市体检"医生"。他一头短发，穿着运动装，显得年轻有活力。他做事格外干练、沉稳。2021年，柳州成功入选全国59个城市体检样本城市。每当他拿起"城市体检报告"，双眼就盯在各项指标上，分析起来头头是道。

春天花开时，阳光和煦，空气清新，流水潺潺，鸟鸣清脆……有着2100多年建置史的柳州，风华正茂，活力无限。如今，看到这座城市的"年轻态"，作为城市体检"医生"，我为自己对这座城市的"把脉问诊"而喝彩。

城市忙碌了一天，街道点亮了路灯。午夜过后，大街小巷渐渐安静下来，住宅的灯也熄灭了。这时，我和同事们正在办公室挑灯夜战，整理城市体检各项指标，并逐一形成报告。我抬头看了看挂在墙上的钟，时针指在0时15分。

城市已进入梦乡，我与同事们还在热烈讨论城市体检的话题。何为城市体检？城市就像人体，在发展过程中也会出现各种各样的"城市病"。和人的体检一样，只有通过城市体检，提前发现病灶、诊断病因、开出药方，才能采取有效应对措施。

一声声的讨论，打破了静寂，把我带回到记忆的时光中。

我的团队有10多人，分别担任城市分析师、城市规划师。我和同事们每天像蜜蜂一样，到各部门（单位）采集生态宜居、健康舒适、安全韧性、交通便捷、风貌特色、整洁有序、多元包容、创新活力8个方面共计76项城市体检指标，进行全面深入的检测分析。另外，还有柳州根据自身特点设定的自检项目。

有一次，我和市住建局科技科科长王振华交流。王振华告诉我，柳州入选城市体检样本城市，与城市人文历史、宜居环境、绿色发展等健康指标有关。

王振华对我说，住建部门积极探索城市体检柳州模式，在指标设置的时候要充分考虑从市民的需求角度去探索特色指标的内容，如反映国家产教融合试点城市的高职院校毕业生本地就业率等8项特色指标。围绕城市居民舒适便捷生活的热点问题，设置市区级公共体育设施服务半径覆盖率、三级医院下转患者率等3项特色指标。

我和同事们采集柳江流域各项指标，定期分析大数据、评估、监测和反馈，发现"城市病"，督促开展城市治理。

清晨7时许，城市美容师佘柳政驾驶冲锋舟，熟悉地使用加长版的网兜，用竹筐打捞柳江水面垃圾。机械化保洁船则张开"大嘴"，"吃掉"主河道上漂浮的各种垃圾，护理"水肌肤"洁净。

严禁在饮用水水源一级保护区内垂钓、游泳或进行影响饮用水源安全的其他行为。城市美容师曾凡智沿着水域，引导市民宣传保护柳江行动。

依靠群众开展城市治理，充分动员和发动群众参与城市建设，开展城市体检的社会满意度调查是重要一环。我积极发动群众参与调查。北站路居民黄宇接到社区的电话后，积极参与城市体检的社会满意度调查，认为普惠性幼儿园等社区服务设施、物业管理方面仍有提升空间。

红光小区居民唐明说，参与城市体检的社会满意度调查后，了解到医疗、住房、学校、交通等指标与百姓生活息息相关，每个生活在这座城市里的市民都应该提出合理的建议和意见，通过大数据分析，给"城市病"对症下药，促进城市健康发展。

我们耗时半年，采集了10万余条、约100G存储量的各项体检指标信息，综合2000多份城市体检的社会满意度调查问卷，最终得出一份翔实的城市体检报告。我和同事们分析后发现，我市的生态环境状况优良，空气质量优良，地表水环境质量高，公园绿地服务半径覆盖率相对较高。在全国城市体检视频交流会上，柳州市2021年度城市体检报告得到专家组肯定。

"城市健康了，更宜居宜业了！"黄宇和唐明异口同声地说，"生活和工作在这座城市里，我们感到很幸福，很快乐！"

柳州居民社会满意度整体较高，在59个样本城市中排名靠前。这份亮丽的"答卷"，无形中增添了我做好城市体检工作的信心。

○ 后 记

人民城市人民建，人民城市为人民。我和同事们要像绣花一样，做好城市体检报告，充分了解群众诉求，听取各方意见，判断存量改什么，增量加什么，再做解决问题的规划，让柳州这座城市更健康更宜居，更富"年轻态"。

095 ▸ 一氧吧："大绿肺"焕生机

/ 宋美玲 /

> 绿水青山就是金山银山。良好生态环境既是自然财富，也是经济财富，关系经济社会发展潜力和后劲。我们要加快形成绿色发展方式，促进经济发展和环境保护双赢，构建经济与环境协同共进的地球家园。
>
> ——习近平

人物：周军，柳州市莲花山保护中心安全防火管理科科长，在林业系统工作超过15年。方框眼镜后，是他见证莲花山片区华丽转身的目光。在春日暖阳下，他用洪亮爽朗的声音将柳州天然大氧吧的前世今生娓娓道来。

南风送暖，阳光不燥。春光里，莲花山保护区成了市民、游客乐享春光的"网红"地标，环江滨水大道上游人如织。看到城市氧吧中的一张张幸福笑脸，我不由得感叹莲花山之变。

让我印象深刻的是，在《柳州市莲花山保护条例》（以下简称《条例》）出台前，莲花山山背处的一大块区域，成了一些人偷倒各类垃圾的大型垃圾场。那里垃圾堆积成山，面积足有几个足球场大。莲花山片区的青山绿水本如一位美丽的姑娘，而这些乱象给美丽的姑娘穿上了破烂的衣裳，化上了脏乱的妆容，让人心痛。

城市的"绿心绿肺"生病了！我市开展专项整治，市人大常委会通过议案督办形式保护莲花山……我见证这些行动后心想：只有专门立法保护莲花山，"大氧吧"才能得到更好保护。

我心中的那朵欣喜之花在2015年綻然绽放了。自治区十二届人大常委会第十七次会议表决通过了关于柳州等6市行使地方立法权的决定。拿起法律的武器保护绿水青山成为柳州获得地方立法权后要做的第一件事。

《条例》出台前夕，我还在三门江国家森林公园管理处工作。公园处在莲花山片区的核心范围，公园的建设管理方向与其他区域关系密切。时任市人大常委会法工委主任林炬，都快把管理处的门槛踏破了。他多次与我和我的同事们商讨条例的内容，旨在使立法更符合实际。

星光不负赶路人。林炬的付出有了回报。2016年9月，市十三届人大常委会第四十四次会议全票通过了《条例》。

2017年8月1日，《条例》正式施行，由三门江国家森林公园管理处先行落实。曾经的乱象在一次次整治行动和督查中一点点消失，这些转变回应着我们的付出。

时间回到2019年12月18日，那是一个我此生难忘的日子——柳州市莲花山保护中心揭牌成立。莲花山保护区有了专职保护机构，我有幸成为其中的一员。

一场拆违清乱的莲花山保卫战打响了。市城市管理行政执法局联合市莲花山保护中心、市公安局等部门开展拆违行动；市生态环境部门也对莲花山山背的垃圾场进行了整治清除，并种下异木棉；城中区破釜沉舟，整顿关停了一批污染环境的养殖场……我参与其中，积攒了难忘的人生经历。

为确保《条例》更好实施，莲花山保护中心与市城市管理行政执法局建立了联合巡查机制，在三门江国家森林公园和古亭山森林公园各设立了一个联合巡查站。现在，我的重要工作内容之一就是和队员们一起，骑着摩托车在保护区范围内巡查，守护城市"绿肺"。

巡查时，看到曾经的莲花山山背垃圾场变成了如今的异木棉林，我喜上眉梢。去年10月，这片异木棉开花，为"大氧吧"添彩。现在保护区很多乱象不复存在，环江滨水大道越来越美、越来越热闹，过去的违建村屯变成了如今的生态旅游小镇……莲花山这位美丽的姑娘穿上了新衣、化上了新妆，

城市"绿肺"——莲花山保护区

令人流连。我市知名画家林富章常背着画板，走进"大氧吧"写生。林富章说："我总是忘不了这位姑娘的美，她还有更多的风采值得挖掘和探索。"

莲花山片区重现生机与活力并不是保护工作的终点。我发现，随着保护区范围内旅游经济的兴起，不少村民在环江滨水大道两侧和雷村屯大榕树下摆卖农产品和特色美食，影响环境卫生，造成交通拥堵。

2021年6月以来，我所在的保护中心与城中区相关部门认真研究，在广泛征集村民意见后，利用雷村屯旅游码头设置旅游集市进行规范管理，化堵为疏。

如今，旅游集市不仅是市民、游客喜爱的"网红打卡地"，更是环江村村民李宗旺的致富地。李宗旺对我说："生意红火时，我在旅游集市一天的营业收入可达2000元至3000元。"李宗旺脸上洋溢的笑容仿佛告诉我：绿水青山真的是金山银山！

○ 后 记

保护生态环境并非一朝一夕之举。下一步，我所在的市莲花山保护中心将联合保护区范围内各辖区政府和村屯推进《条例》的宣传工作，让《条例》更加深入人心，成为"长牙齿"的硬规定，依法保护好"大氧吧"。

096 ▸ 一片林：优质树育生态

/ 文鑫豪 /

> 森林关系国家生态安全。要着力推进国土绿化，坚持全民义务植树活动，加强重点林业工程建设，实施新一轮退耕还林。要着力提高森林质量，坚持保护优先、自然修复为主，坚持数量和质量并重、质量优先，坚持封山育林、人工造林并举。
>
> ——习近平

人物：唐长明，柳州市苗圃林场场长。记者与他握手，其右手拇指上一块大大的淤血格外显眼，他说："我们每天与林木做伴，以大山为家，身上有点伤很正常。能用我们身上的小伤，换来林业发展的健康，是我们林业人最大的骄傲。"

人不负青山，青山定不负人。

21年前，我从教育界转行到了林业界，从此便以山为家，以林为伴，脚踩泥土，鞋挂露珠，常年穿梭在密林深处。

刚转行到市苗圃林场的我，认为自己并不会出现"水土不服"。毕竟之前我是育人，之后我是育树，都有一个"育"字。护林防火、选苗育种、动物保护、病虫害防治……当我真正接触到林业工作时，我才发现自己还是把育树想得简单了，要成为合格的林业人，首先要有强健的体魄。

我记得刚开始去杨柳林区巡林时，经验不足的我穿着短袖、短裤就进山了，还没走多久便被蚊虫和植物弄得手脚发痒。越往深处走，越感受到温度变化，身上一会儿被汗打湿，一会儿又被山风吹干，回来后我便发了高烧。

刚开始巡林时,我脚步跟不上同事们,每次同事们都要回头伸手拉我一把。当时,同事陈毅对我说:"我们每日都与大山和树木为伴,虽然很枯燥,但这份事业很有意义,咬咬牙坚持下去。"

往后不管多累,我总会咬牙坚持,心里想不能拖了队伍的后腿。渐渐地,我的肤色变得黝黑,脚步也变得轻快。

光有强健的体魄,还远远不够。我与同事甘进活开展护林防火工作时,他曾对我说:"在林场里不仅要走得稳,还得看得准。在巡林时,要用眼睛仔细去看,不错过林场里任何一处防火的漏洞或盗伐者的痕迹。在林场里不仅要练就钢筋铁骨,还要练出火眼金睛。"

往后的日子里,我总是以眼观六路、耳听八方的状态走进山林。在2007年的一次驾车巡林中,我看见前方的山路上突兀地出现了一堆枯叶,这堆枯叶似人为铺设。我将车辆停在枯叶前,下车拨开枯叶,发现几个码钉藏在枯叶下。

我立刻意识到这是盗伐者设置的陷阱,我随即报警,并与同事徒步上山查看。在经过30分钟的排查后,我们终于找到了盗伐者。我蹲守在远处,让同事下山带警察过来。最终,盗伐者被成功抓获。

我们不忘初心,以绿色情怀呵护的这片青山是大自然的财富。

2017年,林场迎来改革。围绕着提高林区生态效益、观赏效益与经济效益的主线,我和同事们进行了林场林种的结构调整。

要做好结构调整,就必须选好树苗。为此,我和同事们前往重庆、广东、贺州等多地选苗,最终与广西林科院技术专员一起选中了贺州的树苗。随后,我和同事们在柳南区文笔林区利用速生桉采伐基地营造珍贵乡土树种阔叶林,面积共计280亩,植苗3万株。其中,珍贵树种闽楠160亩,珍贵乡土阔叶树枫香、石笔木等120亩。

在选树苗的过程中,同事梁灵华对每一株苗木的性状都进行了详细的检查,并提出了挖大坎、施基肥、种植混交林(指一片区域混种多个树种)的建议。他说:"种植新林不仅要适地适树,更要良种良法,这不仅可以大大提高树苗的成活率，还能有效缩短树苗成材的时间。

依托广西林科院、市林业技术推广站的技术优势，经过3年多的精心培育，目前，我们新植的闽楠、枫香平均树高达到4米，格木、石笔木平均树高达到3米，林分郁闭度达到0.6以上。

如今，我们的林场林木长势良好，树木清幽翠绿，林区溪水潺潺、鸟鸣不断。其中，种植枫香、石笔木等珍贵乡土阔叶树达到了涵养水源、保持水土、提高生态和经济效益的目的。

接下来，我和广大育林人还要继续扩大珍贵乡土阔叶树的种植，加强林木抚育，坚定不移走生态优先、绿色发展之路，为老百姓打造一片生生不息的城市森林。

○ 后 记

植树造林，是功在当代、利在千秋的伟大事业。我和广大育林人要一年接着一年干，一代接着一代干，为群众提供更优质的生态环境，让大家共享生态文明建设成果。

097 ▸ 一棵树：精细化护"古董"

/ 覃珩 /

> 广西生态优势金不换，保护好广西的山山水水，是我们应该承担的历史责任。
>
> ——习近平

人物：袁茜茜，柳州市林业和园林局绿化建设发展中心主任，古树名木保护专家。2006年，她从广西大学林学院园林专业毕业后进入园林系统工作，目前已有10多年的园林绿化从业经历。每每谈及与古树的故事，她总是神采奕奕、如数家珍。

"一生只挖一口井。"这句话很适合形容我的工作和心态。

18岁时，我被一部讲园林人故事的电视剧吸引，便默默许下心愿：要做一名园林人。带着满腔热情，2002年我考取了理想中的大学，2006年如愿加入园林队伍，2017年成为一名专职的护树人。

一棵古树就是一段历史，要善待古树。生活中，"路让树""人护树"的故事比比皆是。古树如人，如果不加以规范化管理和精细化保护，它会慢慢衰弱和死亡，后代子孙只能在书本和老人的口中了解它的过去。

2019年，我与广大园林人一道，开启规范化管理、精细化保护古树名木的新征程。我统计了一下，目前，全市在册古树名木共有12300棵。近年来通过制定措施、宣传发动，全市古树管护协议签订率达到94%。在工作中，我感受到：虽然规范化管理、精细化保护古树的脚步在加快，但人们的思想与观念却还跟不上。

令我印象最深刻的是在柳城县东泉镇永安村雷塘屯保护古樟树群落的一次经历。村民听说我与同事们要给村里的古树挂牌保护，三番五次设置梗阻。为说服村民配合工作，我与同事们组建了专业团队进村入户，在田间地头宣传古树保护知识，但村民们不为所动。眼看时间流逝，古树保护专家们心急如焚。因为，专家们在调研过程中发现，村屯里的42棵古树均已出现白蚁侵害的情况，再不及时处理，这些珍贵的古树将会衰弱直至死亡。

一边继续做动员，一边"治病开方"，专家团队清理了古树周围的垃圾，破除硬化，用片石重新给古树安家。看着古树一点点重新焕发青春，村民们慢慢被说服，甚至参与了古树的保护工作。

地面硬化，也是造成古树名木死亡的原因之一，因为树木根部会因硬化无法"呼吸"，导致衰弱与死亡。我的同事罗西每天都要面对和处理这个棘手问题，最近他刚将2棵树龄80年的樟树准古树从墙的"牢笼"里成功解救出来。

广西科技大学第二附属医院（广西柳州肿瘤医院）建于1971年，院内有2棵准古树。老员工回忆，过去樟树不算高大，但随着时间的流逝，樟树长到7层楼高，树干也越来越粗壮，最后被卡在了水泥墙上。

为让树木毫发无伤地去除"紧箍咒"，工作人员围着树木从外侧一点点清理石块和泥土，掏出一个半圆形，给树木生长和透气透水留出了足够空间。

每一次破除硬化对罗西来说都是一场硬战，但目前全市仍有300棵古树名木急需破除硬化。罗西说："尽管保护古树名木道路多曲折，但是每一次的努力与付出都能结出硕果。"

"砍生树、偷直木、砍弯树，抓得柴担，抓得扁挑，要他父赔工，要他母出钱……"在三江侗族自治县独峒镇岜团村，我与同事们惊喜地发现村民将保护古树写进村规民约，开始有意识地保护古树。

古龙眼树环绕美丽的雷村屯

在城中区环江村雷村屯正"上演"着"绿水青山就是金山银山"的感人"剧目"。一棵550年的古龙眼树风华正茂，它的主人麦力丹配合政府工作，主动在古树树冠垂直投影向外5米范围内留出空地，将原来的树池拆除、破除水泥硬化，并开了家古树民宿。麦力丹说："我们几代人在接力守护它，如今它也给予我们福报了。"

我与广大园林人制定古树领养方案，希望发动社会力量共同参与古树名木保护；我与广大园林人如律师熟悉法律条文般熟记古树名木保护条例；我与广大园林人组建专业的保护古树名木团队，给树木筑牢安全屏障；我与广大园林人不断学习古树保护技术，给古树"治病安家"……我与广大园林人会一直保持初心、坚定向前。

○ 后 记

种好每一棵树，护好每一棵树，这是我的责任与使命。我将与广大园林人携手并进，像对待人一样对待树，特别是那些历经岁月沧桑的"古董"，用我们护树人"化作春泥更护花"的深情，换来柳州的绿色屏障、城市的宜居生态、百姓的幸福家园。

098 ▸ 一座山："美符号"延文脉

/ 宋美玲 /

> 要加强对城市的空间立体性、平面协调性、风貌整体性、文脉延续性等方面的规划和管控，留住城市特有的地域环境、文化特色、建筑风格等"基因"。
> ——习近平

人物：熊奕，鱼峰公园管理处副主任。戴着黑色方框眼镜，温和的笑容，儒雅的谈吐，这是他给记者的第一印象。作为一名资深园林人，熊奕的办公电脑仿佛就是鱼峰山的资料库。轻轻点击鼠标，打开桌面上精心收集整理的60个鱼峰山历史文化文件夹，熊奕如数家珍般说起了这座山的前世今生。

我是一个地地道道的柳州人，鱼峰山于我而言不仅仅是一座山，更是一个值得骄傲、最美的文化符号。

作为一个园林人，我满怀自信。著名的柳州古八景中，"南潭鱼跃""天马腾空"二景在鱼峰公园内，柳宗元、徐霞客都对鱼峰山不吝笔墨。鱼峰山脚下经久不息的山歌更是一种"活历史"，宛若从千年前飘来，为这座山注入灵气。

"牛王甩尾已离开，金虎下山送福来！祝福大家新年好，身体健康财运来……"我时不时听到鱼峰山脚下传来这样的歌声。我观察到，只要不下雨，广西"山歌王"、广西非物质文化遗产"鱼峰歌圩"代表性传承人陆连芳和其他歌手对歌的声音就会在歌仙广场上响起。43岁的舞蹈教练黄雪梅，

① 市民和游客在马鞍山山顶上欣赏百里柳江的宜人景色
② 鱼峰山美景

也会十年如一日地来到公园里教舞、锻炼。

每每听到歌手们的山歌对唱,看到游客在公园中展露笑颜,我都感到无比自豪。因为柳州在保护和建设鱼峰山的过程中不仅留住了青山,更延续了文脉。如今的鱼峰公园不仅是城市中心的一座公园,更是人民喜闻乐见的休闲乐园、承载柳州独特历史文化的礼园。

每思及此,记忆便回到了从前……

2006年以前,鱼峰公园还是以鱼峰山和马鞍山独立划分的两座公园,每座公园都要收取入园门票。我的电脑中还收集有20世纪90年代两座公园的纸质门票照片。

2006年起,我市对鱼峰公园进行扩建改造,将鱼峰山、马鞍山连片建设,把两园变为一园,拆除山边破旧建筑,新增上百种树木,新建歌仙广场、对歌坪、歌堤、歌仙路、歌仙祠、天马广场等。2007年春节前夕重新对外开放的公园可谓焕然一新,处处绿树成荫,花鸟成群,山水相映,三姐文化、宗教文化、历史文化与景点融为一体。

应市民之声,公园免费开放。这一惠民措施,把越来越多游客吸引进了公园。作为公园的管理者,"更好地感受鱼峰山的文化"是我和广大园林人努力的方向。

公园管理处的老员工范伟还记得,公园内有名的三姐骑鱼塑像最初是设在"南潭鱼跃"景点前,游客给三姐拍照时,无法将鱼峰山一同装入取景框内。为了解决这一问题,管理处把三姐骑鱼塑像整体挪到了小龙潭东北侧。

别看只是小小一挪,塑像移位后,鱼峰山就在其背后,游客只需在塑像前举起手机,便能轻松地与三姐和鱼峰山同框。刘三姐从鱼峰山纵身跃下小龙潭,骑鱼升仙的民间传说,也就被更多游人拍入照片中,装进脑海里。

这些年来,鱼峰山喜人的变化太多,我数也数不清。要说不变的,我认为,就数那片青檀古树群了。《鱼峰文史》一书记载,这些青檀古树早在明清时期就在鱼峰山上扎根,其中年纪最大的两株有360岁了。为了让这些青檀古树年年青绿如初,大家公认的"植物专家"——公园管理处副主任莫松可没少费心。每年年初,他都会带领工作人员给青檀"体检",修枝、填洞、施肥、打药……莫松忙得不亦乐乎。他让鱼峰山的青檀古树群成了"活古董",成了一种独特的"城市基因"。

"公园的环境越来越好了!"黄雪梅说,她越来越喜欢泡在公园里了。今年,她还应征成为公园的"市民园长",以市民的身份参与到公园的建设中来。

为给人民更好地打造鱼峰山这座生态、文化"富矿",时任鱼峰区政协主席戈传祥在市政协十二届五次会议上,提出关于将鱼峰公园内建筑群打造成为山歌民俗文化街的提案。提案得到市林业和园林局采纳,下一步计划在鱼峰山脚下打造集刘三姐文化博物馆、遗属藏品展览、文化研究等多种形式于一体的民俗文化街;加强智慧公园建设,丰富智慧导览方式,用现代化的手段把传统文化打造成新的文旅品牌……

我期待着这些新变化早点到来。

○ 后 记

"人不负青山,青山定不负人。"保护生态环境是如此,传承历史文化亦是如此。我不仅要做鱼峰山公园的管理者,更要做鱼峰山文化的传播者。目前,我正以兼职组长的身份参与公园管理处编纂《鱼峰公园志》的工作,全面记录鱼峰公园近90年的发展历史。希望通过写好一座山的故事吸引更多游客来到柳州,助推柳州建设文化旅游特色名城,为全市文旅产业高质量发展作出贡献。

099 一民约：实治理育新风

/ 朱柳融 /

> 乡村振兴不能只盯着经济发展，还必须强化农村基层党组织建设，重视农民思想道德教育，重视法治建设，健全乡村治理体系，深化村民自治实践，有效发挥村规民约、家教家风作用，培育文明乡风、良好家风、淳朴民风。
>
> ——习近平

人物：谭永记，中共党员，柳江区穿山镇高平村平地屯党支部书记。戴着草帽，身着淡蓝色衬衣、西装裤、休闲皮鞋，这是他夏日的标配。他拿出屯里最新版的《村规民约》，指着新增的一条内容说："为了鼓励村民努力读书，最近增加了'凡是本村户口考取大学的以资奖励'。"

清风习习，大渡河绕村而过，白鹭翻飞着唤醒了平地屯村民的一天。

我每天都要在村子里走上好几次。村里有300多户人家、1500多人口，绿树环绕、道路整洁，屋前不仅鲜花盛开，还悬挂着家规家训。

肥沃的田地里，已是满眼绿色。200多亩荷田，荷花已露出尖尖角，套养着鲤鱼、螺蛳。通往小龙虾基地的路也铺好了。村里足球场扩建进入了施工阶段。来村里考察、调研的人一波接一波在我眼前匆匆而过……

村子蜕变的脉络在我脑海里十分清晰。

在2019年以前，村里给人的印象是杂物乱堆、垃圾乱扔、乱搭乱建。那时，我作为屯党支部书记，看着成团镇成团村莲花屯、同乐村竹达屯经过"三清三拆"等治理，变得干净整洁，乡风也发生巨变，心里不是滋味；我们屯还要持续脏乱差多久？

要改变，一定要有行动。2019年6月30日，村里组织举行村民会议，偌大的篮球场，明亮的灯光下只有几十人参加。大家讨论在村里开展"三清三拆"活动时，你一句我一句没个结果。"打扫一次容易，怎么维持？""在我家的地盘搭建，你凭什么拆？"……

这时，我意识到这件事必须要党员带头。33名党员从自身做起，主动拆除自家的旧房屋，清理房前屋后垃圾，我也不例外。此外，我们组建了2支党员先锋队，划分了25个党员卫生责任区，一次又一次深入村民家中宣传"三清三拆"活动。

仅用了2个月，村容村貌就焕然一新，村民看着村里的变化也高兴，而要想长久维持，必须有制度保障。于是，村里通过村民小组会议、理事会会议、村民监事会会议，制定了村规民约。

在这近20条内容的村规民约中，涉及村庄环境管理的就有15条内容，并获得村民的高票通过。如"不得将垃圾乱扔于河道、水渠、农田及其他公共场所"，"实行'门前三包'责任制，即包卫生、包绿化、包秩序"……我深切地感受到村民环保意识增强了，对于人居环境的要求也提高了。我对美丽平地屯建设也更有信心了。

为充分调动村民参与乡村治理的积极性、主动性、创造性，我们引入了乡村振兴积分制管理，开设了乡村振兴积分超市，对村民积极参与乡村文化活动、产业发展、环境卫生整治等给予积分奖励，对不良行为也设立了减分项。村民可以把每次投工投劳都转为积分，到乡村振兴积分超市兑换日常用品。

乡村振兴积分超市里的电磁炉、电饭锅、书包等被村民一件件兑换搬空。他们高兴，我也欣慰，这换来的是：村民齐心努力，把荒废水塘变成了乡村足球场，把污水池变成了小花园……

傍晚时分，我总会来到足球场和村民一起，看着几十个孩子在公益足球教练的带领下开展训练，朝着自己的足球梦努力。

"德高为师,身正为范,为人师表,知行合一,做令人尊敬的教育人","与人为善,知书达理,勤俭持家,和睦共处,建设美丽平地屯"……一条条悬挂在家门口的家规家训,成为村民的行动指南。村民韦凤飘说,她的3个女儿都是教师,在订立家规家训时,家人商讨要以"做令人尊敬的教育人"为目标。

谭加玉、谭兆猛、谭凌端等农户自愿让出的4亩土地,作为太空莲种植的试验田,现已发展到200多亩。如今,我们成立了合作社,努力打造赏荷花、收莲子、荷下养殖的立体"莲子经济"。

公益足球教练邓君经常和我说,村里不仅环境美,村民也热情、积极向上,每次进平地屯都能看到新变化。

荷田里有杂草要除、产业道路要修整、足球场要扩建……只要在群里发通知,立刻会有大批村民积极参加。

这一切,我看在眼里,喜在心上:乡村振兴的路上,村民由最初的"看客"变成了真正的"主角"。

○ 后 记

我深知平地屯还有很长的路要走,我自己也还有很多事没有做到位。但我有信心,和村民一起朝着产业振兴、文化振兴、人才振兴、生态振兴、组织振兴的目标奋发努力。建成产业兴旺、生态宜居、乡风文明、治理有效、生活富裕的平地屯,不会是一个遥不可及的梦。

100 ▸ 一条道:"最美路"释红利

/ 张捷 /

> 城市是人集中生活的地方,城市建设必须把让人民宜居安居放在首位,把最好的资源留给人民。
>
> 做好城市工作,要顺应城市工作新形势、改革发展新要求、人民群众新期待,坚持以人民为中心的发展思想,坚持人民城市为人民。
>
> ——习近平

人物:庞伟,中共党员,高级工程师,柳州市城建集团城投公司副总工程师、桥梁项目部经理。戴黑框眼镜的庞伟,外表文质彬彬。他小心翼翼地展开一张起褶皱的环江滨水大道工程平面图,眼里闪着光。8年来,他见证了环江滨水大道从无到有,从有到兴。

一江旖旎,一条大道,一路风景……

闲暇时,我漫步在环江滨水大道,一幅幅刻骨铭心的画面浮现在眼前。以前,城中区河东大桥至静兰大桥的沿江路段还是沙石路,"晴天一身灰,雨天一脚泥"。如今,环江滨水大道开通后,走在约30公里长的平整路面上,"百里柳江,百里画廊"的美景尽收眼底。

2014年,我受命负责环江滨水大道工程项目A、B两段,其中A段4.36公里,B段19.76公里。从道路规划设计、进村动员村民搬迁到施工进度把控等工作的画面还历历在目。

这条大道最初设计为四级公路,要最大限度保留沿江风貌、自然景观。我与建设者们严格按照绿色发展理念,把环江滨水大道升级为景观大道。

听说要修路、要搬迁，祖祖辈辈生活在老屋、走的是老路的村民一时难以接受。该项目建设涉及城中区环江村、柳东村、河东村等10多个村屯和数千户村民，动员村民搬迁成了该项目重中之重。

无数个日夜，我和同事们不是在去往项目的路上，就是在村民家中做动迁工作，每天有上百个问题待解决、急处理。我们如同救火队员，不断发现问题、解决问题。时间就是命令，民生就是责任。我积极发动环江村村干部，向村民做好宣传引导工作。大多数村民接受"要致富，先修路"的思路，并大力支持这条民生路建设。

"群众需要什么，我们就干什么！"虽然工程图纸上显示为两段路，但是为了保证附近村民正常出行，我们还重修了原来通行的沙石路，这是运输工程物资和村民出行的连心路。

2016年2月，该项目建设完工并通车。我激动不已。

气温较低的一个晚上，我和刘金义总工程师在崭新的环江滨水大道体验了一番。走到油榨屯路段时，我们查看路灯的照明情况，站在灯光较昏暗的位置查看照明效果。这时，一名村民与我打招呼："庞工，晚上好！这么晚还没回去呀？"

"你好呀！"一句亲切的问候，一个骑车的背影，至今让我难以忘怀。

我们为民修路、建桥，为民办实事、办好事，已得到大家认可。每逢节假日，我和亲朋好友也去环江滨水大道游玩，艰苦的历练刻在心里，喜悦的心情写在脸上。

一条环江滨水大道勾勒出"柳州山水最美风景线"，成为沿线村屯的致富路、希望路……环江村村干部戴任明感受最深。戴任明说，以前，环江村村民以种植蔬菜为主，每逢圩日，村民们得乘船到洛埠镇卖菜。环江滨水大道开通后，不少商人来此投资农庄，村民们在家门口创业，出租旅游观光车辆、售卖农副产品，人均年收入超万元。

村级综合服务中心、游客服务中心、儿童乐园等设施建设好了，每逢节假日，市内外的游客络绎不绝。李运良、戴柳华等村民的油堆小摊，每天可

①

②

① 市民在环江滨水大道上骑行

② 环江滨水大道上的风雨桥

销售2000个左右，一年下来收入超过20万元，带动村民们共同致富。李运良说，原来在外打工的不少村民选择回村创业，村民们现在以种植、养殖为副业，逐渐向旅游服务业转型。

绿水青山就是金山银山。如今，我欣喜地看到，环广西公路自行车赛最美赛道、中国十大最美乡村、"网红打卡地"等标签赋予环江滨水大道新的活力。

○ 后 记

一斑窥全豹，一砾见沧海。我仿佛看到，这是一条方便出行、改善交通的民生路，也是融合自然风光、生态文明、休闲旅游等元素的景观路，更是村民产业升级、乡村振兴的致富路。"城市面貌新改善，城市品位新提升，城市文明新常态，人民群众的获得感、幸福感、安全感不断提升。城市建设者自豪感、幸福感油然而生。"我们将不断满足市民群众对宜居环境的需求，为市民群众提供更舒适、便捷的出行环境。这就是我们城市建设者的奋斗目标。